AZUL Y GRIS

Raphael Griego Olmos

Contents

Para Miriam los últimos dos años han sido tristes pero mantenía las esperanzas, bueno, hasta hace poco las tenía.

El comienzo de su vida adulta no fue como esperaba. Paso de tener una vida enérgica que con lentitud termino encerrándola en su habitación la mayor parte del día.

La gente a su alrededor entendía parte de su estado pero para ellos, ella estaba exagerando un poco. Su familia cree que Miriam debe salir de ese cuarto lo más pronto posible, viajar fuera de la ciudad era la mejor opción. La decisión estaba tomada.

Algunas situaciones a ella le dan vergüenza y jaquecas, a él le causan gracia.

¿7 meses son suficientes? ¿Ella puede retomar su vida?

No pasará nada malo si le sigue la corriente al chico, ¿o sí?

Ella con un lápiz en mano, él con un micrófono. Dibujar por medio de melodías un nuevo color.

01: ¿Trato?... Es un trato.

Paul Rand o el padre del diseño gráfico moderno, como algunos lo conocen, una vez dijo:

"El diseño es el método de poner forma y el contenido juntos. Diseño, al igual que el arte, tiene múltiples definiciones, no hay una definición única. El diseño puede ser arte. El diseño puede ser estético. El diseño es tan simple, es por eso que es tan complicado."

Estas palabras fueron suficientes para que yo me decidiera estudiar diseño gráfico.

Irónico ya que el dibujo no era algo que se me diera muy bien en ese tiempo.

Todo muy bonito, lo único que no dijo es qué hay que hacer cuando la creatividad no te llega y tampoco dijo que pasar tanto tiempo en la misma posición puede hacer que te quedes sin culo.

Si no fuera por el ejercicio, estaría más plana que nada.

——Solo serán unos meses, quita esa cara ——se queja Leo mientras sube mi maleta a la camioneta.

—— ¿Y tú por qué te quejas?

——No quiero que te vayas.

——Mentira.

——No lo es. Me preocupa que mi hermanita se vaya.

—— ¡Pero si tú fuiste el de la idea! ——ahora soy yo la que se queja.

——De hecho, fue idea de Alan y yo solo se las comenté a mis papás.

——Pues odio su idea de hacerme salir de casa.

——Es por tu bien.

Sigo pensando en que si no es por eso, es porque lo que en verdad quieren es deshacerse de mí.

——Si, como digas. ¿Y Alan?

——Eh... no lo sé, supongo que no tardará en bajar.

——Estoy listo, ¿Me extrañaras hermanita? ——desordena mi cabello.

——En tus sueños, Alan.

——Yo sé que sí.

——Que no.

——Yo digo que sí.

——No.

——Sí y mucho ——intenta abrazarme pero lo empujo de inmediato.

—— ¡Qué no y no vuelvas a intentar darme un abrazo! ——le advierto y subo al auto, él imita mi acción entre risas y Leo lo regaña por molestarme. Al final también se termina riendo de mí.

Estoy en el asiento trasero en medio del par de idiotas salvajes y latosos que tengo como hermanos. A mi lado derecho esta Alan y en el izquierdo Leo, mis padres no tardan en salir de casa.

—— ¿Llevas ropa suficiente? ——empieza a preguntar papá encendiendo un cigarro antes de arrancar la camioneta.

——Sí.

—— ¿Tu celular tiene suficiente carga?

——Sí.

—— ¿No te han cortado la línea?

——No.

—— ¿Recuerdas la dirección de la casa?

—— ¿La de aquí o la que rentaste?

—— ¡La que renté!

—— ¡La recuerdo pero no hace falta que grites!

——Bien ——Alan y Leo no se aguantan y se rompen en risas. Observo el vecindario a medida que avanzamos.

——Irse tiene sus ventajas ——murmuro y mi mamá saca un tema de conversación.

——Los vecinos te han deseado un buen viaje, querían decírtelo en persona pero les dije que estabas dormida.

——No noté cuando fueron a la casa y no es como si hubiera querido verlos, pero te lo habrán dicho ya muy tarde como para que yo estuviera dormida.

——Fueron a la casa ayer al mediodía ——me gruñe.

Ah sí, también estaba dormida a esa hora.

——Bueno, no importa. Igual me caen mal los vecinos, más el gordo de bigote.

—— ¿El señor Wilson? ——pregunta mi madre viéndome desde el retrovisor.

——Supongo que así se llama, no me sé su nombre. Me estresa verlo.

——Miriam, él no vive en nuestro vecindario.

—— ¿Entonces?

——Vive a dos calles del vecindario.

—— ¿Y? Me sigue cayendo mal todo el vecindario y el gordo ese.

—— ¿Te cae mal por gordo? ——Leo despega su mirada de la venta y la fija en mí.

——Nop.

—— ¿Por el bigote? ——Alan se une a Leo tratando de adivinar.

——Me cae mal y ya.

—— ¡A ti todo el mundo te estresa y te cae mal!

—— ¡Si ya sabes entonces para que preguntas!

——No te entiendo ——me da un zape y yo se lo devuelvo.

——Y nunca lo harás ——me picotea el estómago, me desespero y en vez de picotearlo le doy un puñetazo——. Inclúyete en las personas que me estresan.

——Podrían dejar de ser tan inmaduros, callarse y comportase como los adultos que son.

—— ¡Cállate! ——le gritamos al mismo tiempo a Leo que se voltea hacia la ventana indignado.

La camioneta se detiene de golpe, nos miramos sin entender, papá gira la cabeza hacia nosotros y mamá solo se pellizca el puente de la nariz.

—— ¡Los tres se callan y al primero que escuche discutir lo bajo en medio de la carretera!

——Baja a Miriam.

——Alan...

——Perdón, ya entendimos papá.

——Más les vale.

Saco mis audífonos tratando de ser una persona paciente. Estoy a punto de escuchar la gloriosa voz de Ruel cuando...

—— ¿No escuchas otros artistas? Desde que te encerraste no paras de escuchar las canciones de ese tal Rul ——me susurra Alan para que papá no lo escuche.

Si hubiera preguntado otra cosa lo hubiera ignorado pero se ha interesado un poco por Ruel, mi cantante favorito y en mis sueños más bonitos, es mi novio.

——Es Ruel y si he escuchado canciones de otros cantantes.

—— ¿Y qué tal?

——La verdad no sé, las he escuchado cuando pones la bocina a las tres de la mañana.

Entrecierro los ojos terminando la conversación y vuelvo a mis intentos de recuperar la paz interna para no convertirme en asesina.

——Perdona, perdona. Aunque no puedes negar que las últimas canciones que he puesto esta semana son muy buenas.

——Si puedo.

—— ¿Si puedes qué?

——Negarte que son buenas.

——No seas tan odiosa, Miriam.

——Aghhh, bien. Las canciones no son malas.

—— ¡Lo sabía! Son de un grupo que es demasiado bueno y no lo digo por ser su fan.

——Alan, ¿Traes un cierre?

Leo deja de hacerse el dolido y lo mira irritado.

——Ah, no.

——Pues deberías tenerlo en la boca, escucharte parlotear es un puto dolor de cabeza.

Abre la boca y le ruego a algún padre celestial que también aplique la ley del hielo para que se calle.

——Lo bueno es que tú eres el hermano mayor.

——Pues sí.

De ahora en más no creo en Dios.

¿Creías en Dios?

Ah, un poco.

——Técnicamente Paul es el hermano mayor ——los corrijo y los dos me ven mal——. ¿Qué?

——Ya sabemos que es tu hermano favorito, no hace falta que nos los restriegues en la cara.

Bufa Leo y yo me carcajeo internamente.

——Me gusta recordárselos.

En lo que queda de camino hacia el aeropuerto escucho música y duermo de a ratos, no es de mi agrado estar despierta a las cuatro de la mañana; Leo y Alan discuten cada 20 minutos ——susurrando para que mi papá no los escuche——. Mi madre no para de quejarse por el humo del cigarro.

En cuanto llegamos al aeropuerto salí corriendo tal perrito sin correa. Huyendo.

—— ¿A qué hora sale tu vuelo?

——En una hora.

——Bueno, si es así, pórtate bien cariño ——Mi mamá se acerca a darme un beso en la mejilla.

——Siempre me porto bien ——Alan tuerce los ojos, Leo los entrecierra y mi papá se ríe de ellos.

——Tú, deja de dormir y tú, búscate una novia ——señalo a los mugrosos que tengo enfrente.

——Deja de darnos órdenes, somos tus mayores. Y no me vengas con lo de buscar pareja, la que se iba a casar eras tú, no yo.

"La paciencia es amarga, pero su fruto es dulce".

Aquella frase era muy repetida por mi profesor de filosofía. Me la aprendí de memoria pero no era como si la aplicara.

Y me salió el tiro por la culata porque no fui paciente y el final fue lo más amargo.

Aprieto los labios y la vergüenza aparece. Un silencio sepulcral por el comentario de Leo. Mis papás se lo quieren tragar con la mirada y Alan le da un zape.

——No le hagas caso a este zoquete. Solo te pido que vuelvas a ser tú para que volvamos a hacer desmadres juntos. Ya no soporto tu lado vampiro.

——No te preocupes por tu lado de vieja gruñona, ese no se te quita ——murmura papá y le saco la lengua.

——Odio esto.

—— ¿Qué, irte? ¿Nos vas a extrañar?

—— ¿Eh? No los voy a extrañar, lo que odio es salir de mi cama, ¡a quién demonios se le ocurrió que viajara en agosto!

—— ¡Oh, ya cállate! ——Mi papá se molesta y mi mamá se acerca a darme un abrazo.

——Tienes siete meses para distraerte pero si te sientes mejor con solo unos días, llámanos. Estarías a tiempo para festejar tu cumpleaños.

——Lo pensaré ——no lo haré——. ¿Ya puedo irme? ¡Se me hace tarde!

——Sí mujer, que poca paciencia tienes. Recuerda ir a la oficina que te indique, mi amigo es un poco desordenado y...

——Necesito ser paciente ——a completo la frase.

Mi papá la repite cada que salimos a algún lugar.

——Exacto. Él te dará las llaves de la casa.

Mi papá tiene un amigo que renta casas o departamentos; lo del viaje realmente nunca me pareció tan mala idea, pero mi familia es un caos y mi irritabilidad hacia la gente aumentó en exceso.

——Cuídate mucho, Miriam ——mi padre y yo nos abrazamos, mis hermanos me ven sin poder creerlo.

——Ustedes me caen mal ——les doy un zape——. ¡Nos vemos!

—— Adiós y consigue novio y hazme tío de una buena vez.

Me despido y antes de subir al avión me llega un mensaje de Leo:

L. Salvaje 1: Anne y Adonis también irán, llegarán de sorpresa.

Menuda sorpresa.

Anne y Adonis Henderson son hermanos. A ella la conozco desde la universidad y su hermano fue un crush mío —la verdad es que su nombre le hace honor a su aspecto, es bastante atractivo——. Nunca me le declaré luego de tanta burrada que hice junto a Anne.

Y luego de quedar como una idiota hace unos meses tomé distancia, me sentía muy apenada. Me trago los nervios y subo al avión.

El vuelo duró 1 hora y 15 que aproveché para dormir que es mi actividad favorita desde... desde siempre.

Llego a la ciudad y tengo hambre pero no pienso cargar con la maleta, es pequeña pero sigo con sueño y mi humor no da para andar cargando cosas.

Me pongo los lentes de sol aunque el cielo ha pasado se ser azul a gris ——es para no hacer contacto visual——. Mi familia no se queja de eso, es un hábito que tengo desde pequeña.

Camino para salir del aeropuerto, llamo a un taxi para que me lleve al lugar que me indicó mi papá.

—— ¿Cómo me dijo que se llamaba su amigo?

Me quedo pensando frente al pequeño edificio. Mis intentos en recordar son en vano y me distraigo al escuchar a unos chicos discutir.

——Yo no perdí en el juego.

——Pues yo tampoco pero...

——Pero nada, hay que despertar al cabeza de coco.

——Está dormido.

——No importa.

El chico de hombros anchos abre la camioneta mientras que el otro se pelliza el puente de la nariz.

El estómago me ruge. ¡Deja de perder el tiempo Miriam!

Entro al edificio y camino derecho hasta que veo a una muchacha que al parecer es la secretaría.

——Buenos días, ¿el señor está en la oficina?

——Sí, permítame que la guíe a la oficina del señor Bruno.

——Muchas gracias ——me sonríe y festejo por dentro.

Maté dos pájaros de un tiro.

La chica me lleva hasta la entrada de la oficina, toca y se retira.

——Adelante ——se escucha desde adentro y abro la puerta.

——Buenos días señor Bruno, soy Miriam Shane ——le sonrío sin quitarme los lentes.

Es un señor moreno, robusto y desde lejos se le ven las canas.

—— ¡Miriam! Es un gusto volver a verte ——me sonríe con alegría.

¿Nos conocemos de antes? Yo no lo había visto nunca en mi vida.

——Es obvio que no me recuerdas, te conocí cuando tenías un año de edad. Una pequeña habladora.

Bueno, es muy amable pero... yo solo quiero irme.

——Sí, eso creo. Por cierto, mi padre le manda saludos y yo...

——Vienes por las llaves ——me señala y yo asiento——. Dame unos minutos para que la secretaría me de los papeles y las llaves. Por favor, toma asiento.

——Gracias...

—— ¿Cómo están los chicos?

—— ¿Mis hermanos?

——Sí. Paul, Leo y Alan.

Pienso que responderle tratando de no impacientarme. Tengo demasiada hambre y está apunto de llover.

¿Paciente?

——Ellos están...

Alguien toca a la puerta y Bruno le da el pase.

Un joven alto entra un poco adormilado. Trae una sudadera negra y un cargo pants del mismo color. Tiene piercings en una oreja y en su mano veo los tatuajes.

——Bruno, buenos días, necesitamos las llaves antes de que...

Me nota y la cara adormilada desaparece de inmediato.

——Buenos días ——me dice y yo solo asiento con la cabeza.

Su voz es linda.

——La plática quedara para otro día Miriam ——me dice el señor Bruno——. Al parecer la lluvia trae con prisa a todos. Hijo, toma asiento y ahora regreso.

¿Es su hijo? No se parecen en nada.

——Por su puesto.

El chico se sienta a mi lado y yo no me molesto en detallarlo. El que no aparte su mirada de mí me hace sentir incomoda.

——No eres de por aquí, ¿Cierto?

Habla el chico de cabello castaño claro con una sonrisa en labios.

—— ¿Me hablas a mí?

——No creo que haya alguien más en esta oficina, un gusto soy...

El señor Bruno entra a la oficina a pasos apresurados con una cara que no me gusta para nada y una sonrisa nerviosa.

Veo los papeles pero solo un par de llaves.

——Jóvenes ha ocurrido un pequeño problema ——nos dice——. Martina se ha equivocado y... prácticamente le ha rentado la casa a Miriam.

Con una mierda.

——Señor, tengo prisa y no estoy para juegos ——le digo molesta.

——Lo sé y les pido una disculpa. La única solución que les puedo dar por el momento es que uno de ustedes se instale en un hotel hasta que haya una casa o departamento disponible para ti, Miriam.

—— ¿Y el dinero? ——suelto una bocanada de aire.

——Se te rembolsará.

——Nosotros no podemos ir a un hotel y los sabes, tampoco entiendo cómo es que paso esto con la casa, pero... ——el chico se calla cuando me levanto y mis manos se vuelven puños conteniendo la molestia.

——Señor Bruno, espero el rembolso y no se preocupe por mi estadía. Lindo día.

Me doy la vuelta y siento la mirada del chico sobre mi espalda. Salgo de la oficina antes de que explote y le diga una mala palabra.

Cuando salgo del edificio con mi maleta quiero maldecir a todo el mundo.

—— ¡Esto no me puede estar pasando!

Chillo. Está lloviendo.

Saco mi celular y me decido por llamarle a Leo.

—— ¡Greñas! ¿Ya llegaste?

——Sí y ya voy de regreso a casa.

—— ¿Ah? Oye eso no-

—— ¿No? Claro que sí. El ese señor Bruno me ha dejado sin casa, tengo hambre, sueño, estoy de mal humor y...

——Tú siempre estás de mal humor.

Pongo los ojos en blanco.

—— ¡Está lloviendo! ——vuelvo a chillar.

——Antes te gustaba jugar bajo la lluvia.

—— Oh sí claro, quizás antes me era agradable caminar bajo la lluvia tranquila pero ahora mismo no deseo caminar y... ¡que me caiga un rayo!

——Te caiga un rayo o no, no puedes regresar a casa.

——Sí puedo.

——No porque no estamos en casa.

—— ¿Y? No van a tardar mucho en lo que sea que estén haciendo.

——Sí vamos a tardas porque tampoco estamos en la ciudad.

—— ¿Qué?

——Hemos venido a visitar a Paul y a Young mi.

¡Lo sabía!

—— ¡Fueron sin mí!

——En siete meses puedes quejarte y matarme si quieres, ahora, ¿Qué vas a hacer?

——Tomar el primer vuelo que salga para ir con Paul.

——Miriam no seas ter-

Cuelgo. No me importa que ellos no me quieran ver tan pronto, me siento como perrito callejero.

Solita, triste y hambrienta.

Por lo normal los perritos de la calle le menean la cola a todo el mundo queriendo recibir un cariñito, sí... en cambio yo, sería un perrito con ganas de morderle la mano a cualquiera que se me intente acercar.

No quiero mojarme pero no hay de otra, visualizo la camioneta de los muchachos que estaban discutiendo. Suspiro y bajo el primer escalón cuando...

—— ¡Hey! ——alguien me toma de la muñeca y me giro dispuesta a gritarle a esa persona pero mi mirada se topa con los ojos del chico de los piercings—— Quédate con ella.

Me tiende las llaves de la casa pero no logro evitar el poner mi mirada en su mano que aun sujeta mi muñeca de manera suave, él lo nota y libera mi muñeca de inmediato.

——Tómalas ——insiste.

——No es necesario de hecho...

——Quédate con ella, nosotros buscaremos donde quedarnos ——arrugo las cejas, es la segunda vez que dice "nosotros"——. Mis amigos y yo estaremos bien.

Aclara.

——Escúchame chico de los piercings ——le digo y él sonríe, al parecer le divierte——, no es necesario. Mi vuelo está por salir así que si no es molestia te agradecería...

Suelta una risita demasiado adorable para la cara y aspecto que tiene.

——See, un vuelo en medio de una tormenta eléctrica que tiene como destino la muerte ——se burla——. No seas tan abnegada Miriam.

Abro la boca indignada, ¡me acaba de decir que soy abnegada!

——Pasaré por alto que has dicho mi nombre y...

——Tú me has llamado, chico de los piercings ——enarca una ceja.

—— ¿Te molesta?

——Para nada, ¿Qué te parece y hacemos un trato?

——Que consiste en...

——En que tomes las llaves y te vayas antes de que la lluvia se ponga más fuerte.

——Oye, ya te dije....

——Nosotros buscaremos un lugar en donde quedarnos y si no lo hayamos... vivamos juntos.

—— ¿Ustedes y yo?

——Ujum, si lo que te molesta es que nosotros somos hombres... No es eso, el problema es que no los conozco.

——Sí, me sería incomodo estar viviendo con... ——lo miro y el capta al instante.

——Somos cuatro, cinco contando con la novia de Reggie. Anda Miriam, nadie pierde.

——No lo sé...

——Préstame tu teléfono ——dudo pero se lo termino dando——. ¡Listo! He guardado mi número de celular y yo tengo el tuyo, sí no encontramos un lugar te avisaré.

—— ¿Y si lo encuentran?

——No nos vamos a volver a ver, así que borras mi número y ya está, ¿aceptas?

——Mhm... acepto.

No pienso quedarme varada en la nada.

—— ¡Eso es todo! ——festeja y me quito los lentes, nuestras miradas se encuentran—— Ha sido un gusto conocerte Miriam, debo irme pero me tomé el atrevimiento de llamarte un taxi.

Me giro y es verdad, el taxi esta frente a nosotros esperándome.

——Te llevará hasta la casa ——me sonríe——. Tus ojos son lindos.

Dice antes de irse y por mi parte me encamino al taxi y no entiendo el por qué estoy sonrojada.

—— ¡Oye! ——le grito antes de que se aleje más—— ¿Cómo es que te llamas?

—— ¡Sígueme diciendo el chico de los piercings!

Trota, se acerca a una camioneta ——a la misma de los chicos que vi alegando—— y sube. Dejo de observarlo y subo al taxi.

El trayecto es corto, saco dinero para pagarle al señor.

——Oh, no es necesario, el joven ya me ha pagado.

—— ¿El chico de los piercings? ——asiente—— Ah... entonces, muchas gracias.

——No es nada señorita, es mi trabajo ——sonríe y arranca el auto.

El gesto del chico me parece caballeroso pero creo que estuvo un poco demás que me pagara el taxi.

Introduzco las llaves y entro a la casa, es acogedora pero espaciosa. Hay cuatro habitaciones con su respectivo baño. Dejo mi maleta en una esquina y entro en el dilema de elegir una habitación o dormir unos días en el sofá.

Si tomo una habitación y luego llega el chico de los piercings con sus amigos tendré que sacar todo y si duermo en el sofá pero él nunca llega, solo habré dormido incomoda por nada. No llego a tomar una decisión ya que mi estómago exige comida, obviamente no hay nada que comer en casa y... yo no sé cocinar.

——Piensa Miriam, piensa ——me digo mientras me quito la ropa y me pongo una sudadera y unos pantalones deportivos——. ¡Comida rápida!

Saco mi laptop de la maleta y me pongo a buscar sitios de comida rápida cercanos y que la comida de preferencia sea sushi.

Me quedo con el antojo porque solo consigo que traigan una pizza y tampoco puedo quejarme, debería alegrarme de que aceptaron traerme comida en medio de la tormenta.

Ya por fin cómoda, alimentada y calientita en el sofá, llamo a Leo pero no me contesta y a los pocos segundos me regresan la llamada pero desde el celular de Alan.

—— ¡Greñaas!

——Dejen de llamarme así ——me quejo

——No te molestare porque tengo a Paul a mi lado y me meterá un puñetazo en el intento.

—— ¿Me tienes en altavoz?

——Sí, Paul te está escuchando.

Estoy a punto de gritarle pero él se adelanta.

——Antes de que me reclames pensando que tu hermano te ha engañado, te diré en mi defensa que yo también fui engañado por los mugrosos y por mis papás.

—— ¡Mentiras!

—— ¡No lo son, me dijeron que también venías!

—— ¿Y cómo sé que no me mientes?

——Te compré un CD de Ruel ——me dice y escucho los chillidos de Leo y Alan de indignación.

Yo también chillo pero de emoción.

——Haré como si no note el favoritismo y ahora dinos en donde te estas quedando ——habla Alan.

—— ¿Estas en un motel? ——inquiere Leo y se calla al instante—— Necesito saber antes de que Paul me golpee, veo exceso de favoritismo.

—— ¿Estás bien?

Me pregunta Paul y noto su preocupación.

——Lo estoy, al final me he terminado quedando en la casa que rento papá.

——Qué alivio, yo ya estaba con dolor de cabeza de solo saber que pensabas venir—— me molesta Alan.

——Para mí fue una verdadera lástima, ya estaba planeando como quitarte lo gilipollas.

—— ¡Paul, defiéndeme! Miriam me ha insultado y no dices nada.

—— ¿Defenderte? Pero si yo también he estado haciendo los mismos planes ——se ríe——. Miriam, ¿Ya comiste?

——Sip.

—— ¿Qué comiste?

——Comí... ¡Lasaña! ——miento.

—— ¿Las has hecho tú?

——Sí y me ha quedado como para chuparse los dedos.

—— ¡Mamá, greñas ha cocinado! ——grita Leo—— Oye Miriam, qué sucedió con el señor Bruno, te oías como si quisieras matarlo.

——Un problemilla, no es nada, ya está solucionado y podré pasar siete meses en una casa para mí solita.

—— ¿Lo solucionaste tu sola?

——Ujum...

Lo solucionó un chico de piercings pero mejor evito mencionarlo. Hablamos por un buen rato y luego finalizo la llamada despidiéndome de ellos.

Busco un gimnasio por internet, hago uso del dinero que me dio papá para pagar las rutinas de un mes. Retomar el ejercicio no me viene mal.

La lluvia no cesa y lo que resta de la tarde duermo... de hecho no despierto hasta que suena la alarma indicándome que ya ha amanecido.

El día es soleado.

Me coloco la ropa deportiva y salgo de casa trotando.

Llego al lugar y solo está el entrenador y una joven de cabello corto que tiene un cuerpo bastante sexy. Un golpe a mi autoestima.

——Buenos días...

—— ¡Oh por Dios, buenos días! ——se me acerca—— No soy la única "loca".

—— ¿Qué?

——No me hagas caso, es solo que mi hermana dice que estoy loca por hacer ejercicio en otoño ——hace un pausa para respirar y sigue——. Un gusto soy Katie, ¿Tu eres?

Me mareo por la rapidez con la que habla.

——Eh... yo soy Miriam ——le sonrío.

——Miriam... ¡qué lindo nombre! Será un gusto ser tu compañera de gimnasio.

——Lo mismo digo, Katie.

Y no miento, habla bastante rápido pero me es agradable.

——Mir... ¿te puedo decir Mir?

——Mhm, sí.

Se me hace un poco raro que me vuelvan a llamarme Mir, hace un buen tiempo no lo hacen.

Hacemos la rutina que nos dan a cada una y Katie no para de hablar ——de a ratos me pierdo en lo que dice pero no la interrumpo——, me habla de su novio y de su trabajo. Ella ha pedido vacaciones.

Yo termine la universidad y quería estudiar otra carrera, pero los rumores hicieron que me este tomado un año sabático; desde que termine de estudiar diseño no me tome el tiempo de buscar empleo ni nada. Necesitaba tiempo y espacio.

Quizás en estos meses me ponga a buscar un trabajo.

——Jinisel y yo nos tenemos una confianza enorme, en un inicio era complicado por la distancia y por los meses en lo que no nos veíamos.

—— ¿En qué dices que trabaja, Jini... sel?

Que nombre más raro.

——Ah... tiene un trabajo complicado ni yo lo entiendo. Algo de equipos de sonido o algo así.

—— ¿No sabes en que trabaja?

——Casi no le gusta hablar de su trabajo cuándo estamos solos.

—— ¿Eso no te parece raro?

——Para nada, supongo que ha de ser bastante agotador. Tampoco es de mi agrado hablar de trabajo cuando estoy con él, eso de ser secretaría cansa.

——Sí claro, entiendo.

Apuesto a que de seguro la está engañando.

No tengo pruebas, pero tampoco dudas.

Agrégale que tienes experiencia.

Termino de hacer ejercicio y me despido de Katie, nos compartimos nuestros números y me dirijo a casa y vuelvo a pedir pizza para
desayunar.

Me pongo unos vaqueros rotos, una polera blanca y encima de esta
me coloco una sudadera del mismo color. Mi cabello solo lo cepillo,
no lo sujeto con nada. Me voy a la tienda y compro despensa para una
semana ——al parecer tendré que aprender a cocinar——. También
compro café, ya me estoy sintiendo un poco loca de que en mi sangre
no hay cafeína desde hace más de 12 horas.

El café es importante por las mañanas.

Camino con pesadez, ya me duelen los brazos de cargar la bolsas y...
¡pero que mierda!

Mis pasos se aceleran al ver que están metiendo a la casa un montón
de instrumentos y varias maletas.

—— ¡No me mientas Reginald, esa ropa es de mujer! —— recla-
man, ¿Katie?—— ¡Te voy a matar!

El chico se golpea la frente.

——Katie...

—— ¡No, eres un...!

Ignoro el hecho de que está discutiendo con ese pobre chico y me
adentro con prisa a la casa, dejo las bolsas en el piso y me preparo para
pegar de gritos a quien sea que esté haciendo esto.

—— ¿Dormiste en el sofá? ——escucho una voz detrás de mí.

El chico de los piercings.

—— ¿Qué haces aquí? ——es lo primero que se me viene a la
cabeza y él solo sonríe.

——Por si no lo recuerdas, tú y yo teníamos un trato y... ¡no intentes cambiar el tema! ¿Dormiste en el sofá?

——Nop ——le miento.

——See, no sabes mentir.

¡Eso es falso, soy una maestra del disfraz! ¡Ni siquiera Paul nota cuando miento!

——No estoy mintiendo ——alego en vano ya que mi cara de sorpresa me delata.

——Debiste elegir una habitación, seguro dormiste incomoda ——de hecho no, el sofá resulto ser bastante cómodo——. Oye Miriam...

——Un momento chico de los piercings, necesito que me digas qué es todo esto, qué está pasando, qué hace Katie peleando con un chico en la calle y cuál es tu nombre.

——Sí, Katie y... ¿Conoces a Katie?

——Oye, comienza a ser moles-

—— ¡Beck, por tu vida promiscua casi mato a Reggie! ——entra furiosa pero se detiene al verme—— ¿Mir?

—— ¿Te llamas Beck? ——ignoro a Katie y me llevo las manos a la cintura confundida.

—— ¿De dónde se conocen y por qué te ha llamado Mir? ——frunce el ceño.

—— ¿Qué está pasando? ——el chico con el que se encontraba discutiendo Katie se acerca, pregunta asustado al vernos.

——Ella es mi amiga ——Kate me jala del antebrazo colocándome a su lado.

——Ujum y Beck me crió, no seas ridícula que solo Reggie te aguanta ——se burlan y veo a un chico bajando de las escaleras que llevan a la azotea.

Alto, hombros anchos...

—— ¡Son los dos chicos de ayer! ——exclamo al reconocerlos.

—— ¿Nos conoces? ——Reginald me mira preocupado.

——No diría que conocerlos sea la palabra correcta, los vi discutiendo afuera del edifico de Bruno.

—— ¿Es ella?

——Ujum ——asiente el chico de los piercings, Beck o como se llame.

——No sé qué ridiculez ha hecho Beck per-

Empieza el joven de hombros anchos pero no lo dejan continuar.

—— ¡AHHHHHHHH!

Katie grita de la nada haciendo que todos los que estamos ahí nos tapemos los oídos y cuando termina de gritar me le quedo viendo preguntándole con la mirada de qué rayos fue eso.

—— ¡Necesito que me expliquen porque no entiendo nada!

——Tener que explicarte por qué eres ridícula y loca sería en vano.

——Henry...

——Reggie... —— le dice y luego se ríe al igual que el chico que ahora mismo trae unas botas color café.

Henry, es el nombre del chico de hombros anchos y de risa escandalosa.

Quiero seguir en esta bonita reunión pero acabo de notar que son muchas personas desconocidas para mí y me comienzo a sentir intimidada.

——Eh, yo solo quiero saber qué hace ese carro de mudanza y por qué las cosas las están metiendo a la casa.

——El trato ——canturrea.

——Sí pero cuando hicimos el trato prometiste llamarme antes.

—— ¿Qué trato? ——nos mira Reginald.

——A ver, arreglemos esto ——dice Katie——. Cariño, ella es mi amiga y nos conocimos hoy en el gimnasio.

¿Cariño?

—— ¿Reginald es tu novio?

——Ehm, sí ——acepta nerviosa.

—— ¡Me dijiste que se llamaba Jinisel! ——miro a Reginald esperando a que proteste pero al parecer entiende todo.

¡La que parece loca soy yo!

Me desconcierto al escuchar las risas del chico de hombros anchos y del chico de los piercings.

—— ¡Oh por Dios! ——se secan las lágrimas—— ¿Qué otros nombres piensas ponerle al pobre Reggie, eh?

——Reginald pero me dicen Reggie, un gusto ——me sonríe y estrechamos las manos.

——Miriam y te diría que también es un gusto conocerte pero la cabeza me está doliendo por culpa del chico de los piercings.

—— ¿No sabe tu nombre?

——El de ninguno de nosotros, sorprendente ¿cierto? ——su mirada regresa a mí.

¡De qué rayos hablan!

——Ah... él que está comiendo helado y quién sabe de dónde lo saco es Henry ——lo señala y este me guiña el ojo sin dejar de comer—— y él es Beck.

Señala al que yo llamo chico de los piercings.

—— ¿Beck? Entonces ese es tu nombre.

—— ¿No te lo dijo? ——se acerca Henry y yo niego—— Ugh, a nosotros tampoco nos contó de ti, nos habló de u-

—— ¿Alguien quiere comida? ——pregunta Beck y Henry sonríe con diversión.

——Sí, pide lo que quieras.

—— ¡Que no sea pizza! ——pide Katie mientras caminan con Reggie dejándose caer en mi cama, o sea, el sofá.

——Oye, si a esas vamos también me voy a quejar de que estando tu aquí se acaba la paz y la música. Estaremos bajo la luz de la luna escuchando gritos claros y fuertes.

——Es casi como escuchar noisecore ——Henry se ríe por lo bajo y choca las manos con Beck.

——Nosotros no peleamos a gritos ——protesta Katie con el ceño fruncido, tomo las compras que deje en el piso y las llevo a la cocina sin entender de qué hablan.

——No estamos hablando de peleas.

Reggie mira mal a Beck y este junto con Henry se ríe.

——Festejemos con sushi que nuestra inquilina no ha huido.

¡Sushi!

——Ni siquiera lo pienses Beck ——le advierte Katie desde el sofá.

—— ¿Ah pero por qué? No tiene nada de malo festejar, ¿te molesta la idea, Mir?

——No, supongo que no es mala idea ——me encojo de hombros aceptando la idea de Beck.

——Beck, te aseguro que tu idea de asustarla haciéndote el incognito es una muy mala idea y en el intento te voy a arrancar el cabello. Te lo advierto.

Pues si se ha hecho un poco el incognito.

Lo reviso de pies a cabeza, sus facciones, su forma de vestir, sus gestos. No se ve como alguien que asuste.

—— ¡Yo no me hago el incognito y tampoco asusto a nadie! Ella va a vivir con nosotros y si es tu amiga, tiene que saber que tú y Reggie se la pasan como pulgas chupándose entre sí.

—— ¿Chupa... qué? ——miro para todos lados pidiendo una respuesta, entrando en un pequeño estado de trauma mientras que Henry se ríe de mí.

——Como lo oyes, en el momento que escuches ruidos no tendrás que pensar mucho para entender de lo que hablamos y entenderás que no chupan exactamente sangre.

—— ¡Deja de ser tan grosero! ——lo regaña Reggie.

——No soy grosero, soy honesto y no me gusta mentir ——tocan el timbre y sale corriendo——. ¡La comida!

Ni siquiera he notado cuando la mudanza se ha ido pero han dejado todo acomodado.

——Meh, esto no es nada ——me dice Henry sacando el refresco que compré——. Falta que llegue el gatito y todavía te faltaría conocer a los otros tres, lástima que no vendrán.

—— ¿Los otros tres gatos no vienen? ——me mira y se vuelve a reír.

——No tenemos gatos.

—— ¿Entonces de que gatitos hablas?

——De Simon.

—— ¿El gatito se llama Simon?

——Que no tenemos gatos, Simon es una persona ——se comienza a desesperar, lo noto y eso me divierte.

——Ahhhh, ¿Y dónde está Simon y los tres gatitos?

—— ¡Que no tenemos gatos! ——se exaspera y yo me río.

——Muy bien, ya entendí que no hay gatos.

——Sabes cómo acabar la paciencia de la gente ——me señala con una sonrisa.

——Supongo es un don que se les da a los que no tienen paciencia.

——Probablemente, aunque Beck es la excepción. Es bastante paciente pero también tienen el don de convertirse en Bart Simpson y querer estrangularlo como lo hace Homero.

Me río y veo a Beck acercarse sonriente por la comida.

——Él es muy juguetón pero cuando se ponga pesado, ignóralo ——me aconseja.

—— ¿De qué hablan? ——pregunta Beck dejando y acomodando la comida en la mesita que está enfrente de los sofás.

——De nada nuevo, haciendo apuestas de que tan poderosa es la loca.

—— ¿Hablan de Katie? ——pregunto y asienten—— ¿Les cae mal?

——Nah, solo nos gusta hacerle burla. La loca es buena ——dice Beck.

—— ¡Te estoy escuchando! ——le grita Katie.

——Lo sé, nuestra amiga tiene que saber que estas mal de la azotea.

—— ¡Ella es mi amiga y tú eres un pesado!

——Deja de ofenderme y síguele chupando la sangre a Reggie ——se burla y sigo sin entender de que tanto se ríen.
Estás bastante oxidada.

—— ¿En serio tu nombre es Beck? ——lo miro con duda.

—— ¿Qué? ¿No es bonito? Igual me puedes seguir diciendo el chico de los piercings, no me molesta.

——Yo le digo cabeza de coco o Beckie ——se burla Henry.

—— ¿Cabeza de coco? ——Beck tuerce los ojos y lo señalo—— ¿Tú eres el chico que venía dormido?

—— ¿También escuchaste eso? ——Henry me ve sorprendido.

——Ujum, es un apodo tierno.

——Es ridículo ——se queja Beck.

—— ¿Y Beckie?

——Solo yo puedo decirle Beckie ——me dice Henry——. ¿Verdad, Beckie?

——Ignóralo ——me pide, Henry se ríe y se va al sofá——. Me gusta que me llamen Beck, pero no es mi nombre, es mi apellido.

——Creí que te llamabas como el chico de Victorius.

—— ¡Ese es guapo! ——grita Reggie y Katie le da un manotazo en el hombro.

——La diferencia es que ese Beck no andaba de pr... ——Reginald le planta un beso y ya no vuelve a decir nada.

Henry sonríe mientras ignora a todos y come. Beck intenta hablar pero lo vuelven a interrumpir.

——Su nombre es Jaden ——Henry habla antes de meterse otro rollito a la boca.

—— ¡Déjenme hablar! ——hace un leve puchero y regresa su mirada hací mí—— Jaden Beck, me fastidia un poco que llamen Jaden.

—— ¿Por? Digo, es tu nombre.

——Cosas... de trabajo ——se ríe——. Mir, ¿conoces el internet?

——Ah... sí.

—— ¿La música?

——También y ¿A qué viene todo esto?

——No, nada. Eres rara.

——Muchas gracias por el halago, me lo dicen todos los días ——contesto con sarcasmo.

Aunque no es tan falso eso de que me lo dicen casi a diario. No soy rara, me volví un poco distante.

Me dejo caer en el sofá, al lado mío se posiciona Beck y Henry esta sentado en el piso. Katie y Reggie hablan en susurros pero se detienen para comer.

Yo estoy a punto de meterme el rollito con mango a la boca cuando...

—— ¡Alto! ——exclama Henry—— Antes de comer, elijamos habitaciones.

——Henry, comamos y cuando terminemos decidimos ——Reggie trata de razonar con él.

——Solo son unos minutos y luego comemos. No tardaremos.

——Pero si tú ya comiste ——digo extrañada.

——No es cierto ——me mira mal y yo bajo la cabeza levemente avergonzada.

Escucho ruidos extraños al lado mío y... Beck está atiborrándose sus rollitos.

—— ¡Oye! ——le doy un golpe en el hombro, me mira y pone los ojos en blanco.

——Ignóralos y come ——me dice y quiero refutar pero tengo antojo de sushi.

Me meto dos, cuatro y seis rollitos. Me olvido de todo el mundo y para cuando me doy cuenta todos me están observando anonadados.

—— ¿Qué? ——me avergüenzo—— Tenía hambre.

——Ahora si ——dice Henry——, tomemos decisiones.

——No hay que pensarlo mucho ——empieza Reggie——. Seremos cinco, tu y yo compartimos habitación y ya está.

——Seremos seis con la garrapata loca de Katie ——se burla Beck.

——Beck...

——Bien, dejare de molestarla ——le asegura a Reggie.

Seremos seis... ah, algo se me está olvidando.... ¡Anne y su hermano!

——Chicos, seremos ocho ——les digo nerviosa.

—— ¿Ocho?

——Vendrán dos amigos, no sé cuándo llegaran pero van a venir.

——Katie y yo nos quedamos en un habitación, en otra duermen Henry y Beck, Simon se queda una para él solo y Mir puede dormir con sus amigos en la última habitación.

——Estas son decisiones importantes ——Beck asegura—— decidamos como es correcto.

—— ¿Cómo?

——Juguemos a piedra papel o tijeras.

——Y lo bueno es que es una decisión importante.

Me burlo pero al parecer ellos en serio toman las decisiones así, ¿Qué son? ¿Niños?

——A ver, no es necesario definir el que Simon se va aquedar con una habitación exclusivamente para él. Y que la garrapata y Reggie se van a quedar en otra haciendo música.

Henry mueve las manos como si tocara en una orquesta, Beck se ríe al igual que Reginald que no pudo evitarlo a pesar de la mala cara de Katie.

——Es como escuchar un fa sostenido repetitivo.

Henry se levanta corriendo entre risas y Katie va tras él.

—— ¡Ahora no solo quiere ser garrapata loca, también quiere ser asesina!

Se escucha el grito de Henry que está siendo acorralado en una habitación.

—— ¡Quítenmela que está arruinado mi preciado cabello!

Reggie se ve tranquilo y Beck solo se burla. Me levanto del sofá y voy a ver el show de cerca.

Me causa gracia ver como Katie está colgada de los cabellos de Henry, él trata de alejarla pero no pone fuerza, no busca lastimarla.

—— ¡Mir, ayúdame!

Me ruega y no dudo en acercarme para quitarle a Katie.

—— ¡Eres un pesado igual que Beck!

——Prácticamente crie a Beckie. Gracias Mir y ten cuidado con la garrapata.

Le saca la lengua y sale de la habitación.

—— ¿Es hermano de Beck?

—— ¿Henry? Digamos que sí, se quieren como si fueran hermanos.

—— ¿Desde cuándo los conoces?

——Desde hace seis años, creo. No soy muy buena con las fechas.

——Supongo que los conociste por Reggie y no por un tal unicel.

——Jinisel ——me corrige divertida.

——Unicel o Jinisel, la cosa es que ninguno de los dos existe. Me engañaste.

——Lo lamento Mir, mi trabajo y el de Reggie y los chicos nos impiden muchas cosas.

——Y yo apostando a que te estaba engañando.

——Primero lo mato antes de que se le pase por la cabeza engañarme y... sí, se lo que hace a detalle, por cierto. ¿No habías visto a los chicos antes? ¿Fotos o revistas?

——Nop, los conocí ayer y ya está, además, ¿Por qué saldrían en revistas?

——Ellos cantan...

—— ¿En los bares? Que buen hobbie.

—— ¡No! Son cantantes de esos que cantan en estadios enormes.

Palidezco en segundos.

—— ¿Fa... famosos?

——Bastante famosos.

Dios, ¿Qué se supone que haga rodeada de esta gente? No quiero pasar vergüenzas y es demasiado irreal, digo, si querían que conociera a alguien famoso me hubieran mandado a Ruel.

Y... ¡Estuve a punto de contarles!

—— ¿Tú también lo eres?

—— ¿Famosa? Nah, yo soy secretaría en la empresa en la que trabajan.

——Quizás yo... Debería...

Famosos, millonarios y desconocidos para mí. ¿Qué he hecho en los últimos meses como para estar tan perdida?

¿Dormir es nada? Es trabajo arduo.

No quiero que me dejen vivir con ellos por lastima o algo similar, no quiero ser la burla de nadie.

——Hey, tranquila Mir. Ellos no son como imaginas, digo, son pesados y tiene sus defectos pero son agradables cuando quieren y bueno, son geniales.

——Entiendo a lo que te refieres pero yo realmente no los conozco y yo salí de viaje buscando un poquito de paz, ¡No para meterme en una casa de desconocidos millonarios!

—— ¿Qué sean millonarios es malo?

——No.

—— ¿Entonces? Oye, si lo que te asusta es Beck...

—— ¡Mir ven a la sala y trae a la garrapata!

El grito de Beck se escucha por toda la casa, Katie no para de decirle lo pesado que es en lo que salimos de la habitación.

——Se tomaron decisiones ——dice Reggie levantándose del sofá——. En una habitación Katie y yo, en otra duermen Henry junto con los amigos de Mir, de Simon ya sabemos que se queda una para él solo y Beck con Mir en la última habitación.

—— ¡Oye eso...!

El grito de Katie queda al aire, le hacen una llamada a Reggie y sale con Katie por detrás.

¿Dormir con él? No dejo de mirar al chico de los piercings que también hace lo mismo, se encoje de hombros y se encamina a la habitación.

——Estaré jugando videojuegos, Beckie ——dice Henry y clava su mirada en mí——. Recuérdalo si se pone pesado ignóralo y si se... ¿Sabes? Solo dale un buen zape.

Me dejan en la sala con la mente en blanco, ni quiera me preguntaron si aceptaba. Termino yendo a la habitación con Beck. ¡Voy a dormir con un cantante desconocido millonario!

——Si quieres duermo en el piso, no quiero incomodarte ——me dice en cuanto entro.

——Oye, recién Katie me dijo...

——Salgamos a caminar y te respondo lo que quieras, ¿Trato?

——Mhm, vale.

—Solo deja me cambio de ropa y... ——me pide y se quita las botas.

—— ¿Calcetines de figuritas? ¿Cuántos años tienes?

——Hey, no son cualquier figurita y deberías saberlo, ¡Son de Iron Man!

Muestra una sonrisa y sus ojos brillan al hablar.

—— ¿Iron Man? ¿Y ese que hace?

A Beck se le transforma la cara y me ve como si fuera la cosa más rara del mundo a tal punto que me hace sentir como una pulga.

—— ¿Robert Downey Jr? Eh... ¿Capitán América?

——Ubico a Robert, pero, no sé quién sea Iron Man y ¿Capitán América?

——Dios, ¿En qué mundo vives? ——pregunta dramáticamente y yo me encojo de hombros.

——En el real, supongo.

—— ¿Marvel, te suena? ——niego—— ¡Esto no puede ser posible, olvídalo, no iremos a ninguna parte!

Se apresura y saca no sé qué cosas de su maleta.

—— ¿Qué haces?

——No saldremos a caminar, pasaremos lo que resta del día viendo películas.

—— ¿Para qué?

—— ¡Cultura! Si hubieses dicho "los conozco pero no soy fan", te hubiera entendido. Dime que has visto Titanic.

——La he visto, una historia muy... patética.

—— ¿Te parece patética?

——Bueno, no del todo pero si la muerte de Jack.

—— ¿Te parece patético el significado de su muerte?

——Mira, si nos vamos por el lado sentimental y significativo, lo entiendo. El valor de lo que importa y que el recuerdo de Jack permaneció. Pero si nos vamos al lado lógico y realista... Rose fue una egoísta.

—— ¿Egoísta?

Me escucha en lo que enciende la laptop.

——Oye, había más espacio en la tabla de madera y en vez de subir al pobre Jack dejó que se muriera de hipotermia.

——Alegaremos de esto luego ——me mira como si no entendiera mi lógica——, olvida al señor hipotermia, ponte cómoda y concéntrate en la película.

Voy al baño y me coloco ropa cómoda, me dejo caer boca abajo en la cama.

—— ¡Mi turno!

Cuando sale noto que se ha cambiado la ropa pero no se ha quitado sus calcetines de Iron Man.

——Te vistes como chico malo con botas enormes que con una patada te pueden mandar a volar hasta Rusia y usas calcetines de Iron Man.

—— ¿Crees que me visto como chico malo? ——se sienta en la cama y yo asiento—— Pues te la pasas viendo muchas películas cliché sin importancia ¡En vez de ver las de Marvel!

—— ¿Orgulloso?

——Bastante ——sonríe y le da click a la película——. En internet ya existe un orden cronológico pero no te pondré todo en bandeja de plata. Debes quebrarte la cabeza como un verdadero fan de Marvel.

——No soy fan de Marvel.

——Pues lo serás, silencio y veamos Iron Man.

La película transcurre y resulta ser más interesante de lo que pensaba, me río en variadas ocasiones por el sarcasmo del personaje. Beck no para de ponerse las manos en las orejas cuando se acerca una escena de acción y festeja como si él también estuviera en batalla. También suelta insultos y me regaña cuando bostezo.

Termina la película, me estiro en la cama y me percato de que Beck parece estar en otro mundo, su mirada en punto fijo como si estuviera procesando algo y solo él estuviera en la habitación.

Le paso la mano por enfrente y parpadea.

—— ¿Estas bien?

——Aja, ¿Qué te ha parecido la película?

——Me ha gustado.

——Te ha gustado... solo te ha gustado... ¡Qué tipo de respuesta mediocre es esa, es Tony Stark!

——Calma hombre, no te esponjes así de feo. La película estuvo más que buena y déjame decirte que Tony me ha parecido un tipo demasiado inteligente con un humor muy peculiar.

Mi respuesta parece que le eleva el ego y toma su laptop con rapidez.

——Ya decía yo que no podías ser inmune a los encantos de Marvel y de Tony. Mi favorito siempre será Iron Man, hasta la muerte.

——No lo había notado, ni siquiera se me pasó por la mente cuando casi me aniquilas con la mirada ——espeto con sarcasmo y me saca la lengua.

——Siguiente película, Hulk.

——Seguiré viendo las películas con la condición de que no te quejes, no eres ni siquiera cineasta y te ofendes como si lo fueras.

——Eso es grave, no soy cineasta y me ofendo, ahora imagínate si lo fuera, te echo a patadas de la casa.

——No puedes y ya no quiero ver las películas contigo.

—— ¿Estas enojada?

——No.

——Insisto en que eres mala mintiendo, Mir...

——No estoy enojada y tampoco miento.

——Miriam...

——Jaden.

—— ¡No me digas Jaden!

—— ¡Pero si es tu nombre! ——me suelto a reír—— ¿Por qué no te gusta?

——Se me hace extraño y ya, no me vuelvas a decir Jaden que soy capaz de asfixiarme con la sabana.

——Si quieres hazlo pero en otra habitación, no quiero dormir junto con el cadáver de un cantante.

——Garrapata loca y chismosa, algo nuevo a su curriculum.

——Entonces es verdad...

——Mhm, sí pero mejor sigamos viendo las películas, el tema me abruma.

——El chico de los piercings es millonario, famoso, cantante y usa calcetines de Iron Man.

——Estoy cerca de ser el próximo Tony Stark.

——Ajá.

—— ¿Y tú? ¿Qué fue lo que te trajo hasta aquí?

Dudo en sí debería contarle o no.

——No te preocupes si no quieres contarme, no es necesario.

Es arriesgado, el tema me da vergüenza y lo de hace unos meses fue lo que hizo que me aislara de todo.

Veo a Beck por unos segundos y... Me arriesgaré.

——Si te cuento no le dices a nadie, ¿Trato?

—— ¿Ya se lo contaste a Katie? ——asiento—— Me enteraré de todas formas.

Se ríe y le doy un golpe en el hombro.

——Bien, es un trato.

Puedes hacerlo Miriam, solo respira...

1...

2...

3...

——Yo... Yo sólo no me sentía bien.

¡Eso no era lo que ibas a decir!

—— ¿Recién terminaste la universidad? ¿Qué estudiaste?

——Ni tanto, terminé hace dos años. Estudié diseño gráfico.

—— ¿Y que más te gusta hacer? ¿Cantas?

——Nop, si me escucharás cantar no dudarías en asfixiarte.

Se ríe y acomoda en la cama.

—— ¿Entonces...?

——Antes me gustaba bailar y en ocasiones salir de fiesta.

—— ¿Y ahora?

——Me da vergüenza y más si tengo público, prefiero quedarme en casa durmiendo. ¿Y ustedes? ¿Vienen seguido?

——No diría que seguido, solemos venir por unos días y ya, eso suele pasar cada... 10 meses si no es que más. No tenemos mucho tiempo de descanso.

—— ¿Cuánto tiempo se quedaran esta vez?

——Quizás 8 o 9 meses por lo mucho, aunque no es un descanso como tal.

—— ¿Están aquí por trabajo?

——No, solo que para nosotros la palabra descanso significa que podemos relajarnos pero igual seguimos trabajando en los proyectos que tenemos, ensayando o componiendo.

Aprieta los labios.

——Tengo sueño ——trato de cambiar el tema.

Y no miento, desde que salí a hacer ejercicio y luego de encontrarlos a ellos y a él en la casa, no he tomado mis merecidas siestas.

——Hagamos estos, veamos la película y luego dormimos un rato, ¿Trato?

——Mhm, vale.

La película de Hulk termina y me acomodo para la siesta pero no me deja pues pone otra película, ¡Menudo mentiroso!

En todas estas horas ya hemos visto: Iron Man, Hulk, Iron Man 2, Thor y ahora mismo está por poner... Capitán América, el primer vengador.

——Beeeck –chillo——, ya es tarde y tengo hambre. ¿Tú no?

——Un poco –vacila.

——Perfecto, salgamos, comamos y te prometo que luego de eso hago o veo lo que quieras.

Me ignora y le da click a la película, yo pataleo y hago mil berrinches por dentro. Podría levantarme e irme a comer pero no quiero que piense mal de mí, aparte de que me ha dejado vivir con él y los demás.

—— ¿Ese tipo no es muy flacucho como para entrar al ejercito? –pregunto al ver al que parece ser el protagonista de la película.

—— ¡Shhh!

Los minutos transcurren y llegamos a la parte donde al tipo de estatura media lo someten a un experimento y...

——Oh por Dios, es muy...

—— ¿Es muy qué?

——Muy guapo y esos... ——me encuentro en shock por el cuerpo de ese hombre.

—— ¿Te estas fijando es sus bíceps?

—— ¿Yo? Claro que no, no seas mal pensado ——miento y solo espero que no note mis mejillas encendidas——. ¿Cómo se llama el actor?

——Chris Evans, él hace de Capitán América. Meh, es lindo y tiene lo suyo.

——Oye, ese comentario hasta a mí me ofende, ¿Solo es lindo? Ese tipo es casi un rey, uno ya no encuentra hombres como él.

Admito y por lo normal me avergüenzo al admitir ese tipo de cosas pero es que por Dios, a ese hombre no lo puedes describir con un tiene lo suyo.

——No es por nada, me parece muy interesante tu opinión pero salgamos a comer.

—— ¡Ya era hora!

Me levanto de la cama de un salto y salgo disparada a la cocina donde se encuentra Henry cocinando.

——Veo que ya te ha dejado libre –se burla—— ¿Todavía tienes hambre, Beckie?

Mis ojos captan al chico recostado en la barra.

——Beck no ha comido nada ——digo y Henry se echa a reír——. ¿Dónde está Reggie y Katie?

——En la azotea, seguro no tardan en bajar. ¿Sabes cocinar, Mir?

——Sí.

El agua hervida para la sopa instantánea te queda en su punto, una chef excepcional.

—— ¡Una verdadera fortuna! Simon estará gustoso de conocerte, tu y yo cocinaremos bastante estos meses, ¿Te agrada la idea?

Trago saliva.

——Bastante.

Soy Ratatouille del siglo 21, sin duda.

——A veces me pregunto si Reggie realmente se casaría con ella ——Beck inquiere de la nada y pone una cara como si aquel pensamiento le perturbara.

—— ¿Piensa proponerle matrimonio?

——No, bueno, quién sabe.

——De cualquier forma, siempre hemos dicho que el primero que se casará será Beck ——comenta sin dejar de cocinar los pancakes——. Eso es más que seguro.

—— ¿Te quieres casar?

Me giro hacía el chico que no despega la mirada del piso, reacciona en un santiamén por la pregunta.

—— ¿Yo? No, no, no. Muchas gracias pero no estoy para esas cosas –niega con la cabeza con una sonrisa burlona.

¿No quiere por su trabajo?

¿Sabes que no eres la indicada para hablar de matrimonio, cierto?

—— A esas cosas nos referimos a... ——Reginald aparece junto a Katie.

—— ¡Matrimonio, hijos, una vida normal! ——grita Henry en cuanto apaga la estufa.

——Ah... Ya sabes lo que pensamos y...

Beck hace un gesto con la cara que no logro comprender pero Reggie lo hace y detiene el tema, cosa que hasta a mí me alegra –la conversación me comenzaba a incomodar——.

——Mir, luego de cenar saldremos ——sonríe Katie y aceptó sin refutar.

Acéptalo, hoy ya no duermes.

—— ¿A dónde vamos? ——Beck toma tres pancakes y se sirve un vaso de leche.

——Nosotras vamos con mi hermana, tú te quedas aquí.

——Eso es grosero, te trato con cariño y te atreves a dejarme de lado y robarte a mi invitada. Por lo menos dime dónde la tendrás secuestrada.

——Pasaremos una noche de chicas y mañana iremos al spa, Beck.

——Mir, tu elige, ¿Quieres ir con la garrapata o quedarte a ver películas conmigo? Te recuerdo que no hemos terminado de ver la película del Capitán América.

Seguir viendo a Chris Evans es tentador.

—— ¡Eso es presión! ——se queja Katie.

—— ¿Quién dice que es presión?

——Yo ——Todos hablamos al unísono y Beck me mira como si hubiera cometido un acto de traición.

—— ¿Capitán América? ——Reggie nos ve confundido.

——See... ¡Ni siquiera conocía a Iron Man!

—— A mí me gusta Ojo de Halcón, se me hace sexy ——Katie me guiña el ojo y me río por lo bajo——. Nadie es amigo de Beck si no es obligado a ver las películas de Marvel.

——Yo prefiero a Spiderman ——Henry murmura y se da cuenta de que lo he escuchado.

—— ¡Eso debe ser joda! ——exclama Reggie mirándome con extrañeza—— Eh, perdón por la expresión Mir pero...

——No pasa nada ——me río al verlo un poco apenado.

Tengo entendido que por su vocación no pueden expresarse de la forma que quieren o desean.

—— ¿Qué es lo que hacías antes de venirte de viaje?

—— Nada, la universidad acabó y me encerré en casa.

Crudo, triste pero sincero.

—— ¿No escuchas música?

——Sí pero desde hace tiempo solo escucho a un solo cantante.

——Y es...

——Ruel, solo he escuchado su música y no me he aventurado buscando a otros artistas.

Me sonríe. Reggie es muy respetuoso, es agradable, paciente y sus hoyuelos cuando sonríe lo hacen ver tierno.

——Pues deberías, andas algo perdida ——Beck se coloca a mi lado despeinándose el cabello haciendo que me apresure a comer mi pancakes.

—— ¡Andando Mir, se hace tarde! ——Katie toma su bolso y se acerca a despedirse de Reggie.

——Beck, tú podrías... —— señalo mi maleta con la cabeza.

——Sí claro, agárrenme de chacha, anda, vete con la garrapata loca esa que yo me encargo de subir tus cosas ——señala la puerta——. En este mundo quedan pocos hombres nobles e inocentes como yo.

——Y la madre Teresa era muy buena madre, ¡Déjate de idioteces, Beck!

—— ¡Deja en paz a Beck!

Suelto una carcajada y no sé ni por qué, si por lo que dijo Katie, por Henry defendiendo a Beck como si fuera su bebé, por la cara que pone el mencionado o por Reggie que ve todo con paciencia como si fuera lo más normal del mundo.

—— ¡También está loca! ——bufa Beck y la cara se me transforma.

¡Loca su madre!

—— ¡Y como estoy loca me apetece partir un coco antes irme!

——Oye calma pero que carácter, eh, Mir ——se ríe——. Anda, vete con Katie y cuidado que ya es noche.

Se mantiene sonriente y me causan ternura sus ojos.

Nos despedimos, salimos de casa y recién cruzamos la calle cuando o...

—— ¡Hey, Mir! ——escucho el grito de Beck.

——Esto no puede estar pasando ——solloza Katie.

—— ¿Pasa algo? ——pregunto luego de que se acercara trotando.

——Un taxi vendrá por ustedes, las llevaría pero Benjamín quiere hablar con nosotros y tengo que ir por Simon al aeropuerto –mira por unos instantes a Katie, ella asiente.

——Gracias y ahora mueve ese culo de regreso a la casa ——Katie frunce el ceño molesta.

Él solo se ríe y se vuelve a enfocar en mi con una sonrisa.

——Cuando vuelvas veremos las películas restantes, ¿Trato, Miri-am?

Hago como si lo pienso pero termino devolviéndole la sonrisa.

——Es un trato, Beck.

Él se regresa a la casa y yo me quedo con Katie esperando el taxi que no tarda en aparecer.

Encuéntrame en:

Instagram: Lucerohdeez // Twitter: Lucerohdezz

02

----

0 2: Melodías similares.

—— ¿No le incomodaré a tu hermana?

——Para nada y si lo piensas, estarás viviendo con 4 chicos, a Beck que lo conociste hace unos días, Henry y Reggie que recién conociste hoy y te falta Simon –se ríe.

A ella también la has conocido hoy, eh.

Sí pero de alguna manera extraña me agrada y no me irrita como lo hace la mayoría del mundo.

——No sé qué me preocupa más, el que me acabas de recalcar que he aceptado vivir con 4 extraños o que me falta conocer al famosísimo Simon.

——Pues... Quizás te debas preocupar un poquito por Simon.

——No me molestaría si me das más detalles, esto de "que sea una sorpresa" no me gusta.

—— ¿No te gustan las sorpresas?

——Lo que no me gusta es que me tengan con la presión alta todo el día.

——Podrías hacerte diabética de tantos corajes y nervios, cuidado.

——No me digas ——finjo sorpresa——. Katie, no sé si no lo has notado pero los corajes son parte de mí

——Dirás el mal humor, de hecho creo que eres un poquito bipolar.

La miro mal y se ríe.

—— ¡Llegamos!

Bajamos del taxi, le agradezco al señor y se va, ni siquiera le pregunté cuánto debía pagarle, Beck ya le había pagado ——no lo vi pero estaba segura de ello——.

Entramos a la casa que es bastante acogedora.

—— ¡Kat...! ——sale de la cocina la hermana de Katie que se interrumpe al verme.

——Buenas noches, soy Mir.

La chica no me habla pero tampoco me deja de mirar.

——No seas grosera, contesta ——Katie la regaña y esta reacciona.

—— ¡Ah, sí! Eh, buenas noches Mir, mi nombre es Chiara y soy la hermana de Katie.

——Discúlpala, está un poco estresada y también se le va la olla de vez en cuando.

Me dice Katie a lo que rio un poco avergonzada, es de esos momentos que no sabes ni donde pararte y se actúa de manera forzada.

—— ¿Tienes mucho trabajo? –le sonrío tratando de buscar un tema de conversación.

——Oh vamos, que si tengo algo de trabajo y estoy algo estresada pero no le hagas caso a Katie, solo que no le creí cuando dijo que hizo una amiga en gym y ahora verte es... me sorprende.

—— ¿Mala haciendo amistades?

——Es un poquito pesada.

——Sigo aquí, eh –dice Katie que ya se encuentra en el sofá.

——Ah, pasa Mir, estás en tu casa.

—— ¿Me darías un poco de agua?

——Claro –se va a la cocina, regresa y me entrega el vaso sin dejar de sonreír——. Y dime Mir, ¿Qué te trajo a la ciudad?

——Se siente presa de sus emociones, quiere hallar a su media naranja y olvi... ¡Oye!

El cojín le revota en la cabeza y le saco el dedo corazón, su hermana ríe.

—— ¿Quieres la respuesta dramática, resumida, maquillada o la sincera?

—— ¿Ya lo sabe Katie?

——Soy la única que lo sabe –guiña el ojo.

——Puedes contarme o no, pero de todas formas me enterare por Kat.

——No soy chismosa.

——Empiezo a creer que lo eres –le digo——. En lo que va del día, ya son dos personas que me dicen lo mismo.

—— ¿Quién fue el otro calumniador?

——Beck.

——Ya decía yo, es un cotilla.

—— ¿Beck? ¿Ya lo conoces? –Chiara fija su mirada en mí y yo asiento.

——Me ha caído bien.

—— ¿Estás hablando de Beck, cierto?

——Eh... sí.

——Kat, ¿Ellos han...?

—— ¡No!

—— ¿Nosotros que? –Pregunto sin entender la situación tan rara.

——Oh nada, me sorprende un poco que en tan poco tiempo conozcas a los chicos.

——En una situación un poco fuera de lo común pero sí.

——Muy bien entonces dame la respuesta... resumida pero sincera.

——Yo quiero la dramática –alega Katie y le sonrío——. Anda, yo sé que tú también quieres.

——Un poco pero no, daré el tipo de respuesta que me ha pedido Chiara.

—— ¿Y entonces?

——Mi familia me ha sacado de casa.

—— ¿Te han echado?

——Sí pero no, me han "regalado" un viaje para que deje de comportarme como vampiro.

——Pues la parte de vampiro te la vengo creyendo un poco, estas pálida casi transparente, es como si nunca te hubiera dado un rayo del sol.

—— ¿Qué broncearse no es malo?

——Lo es, me refiero a que tu piel ni siquiera tiene color. Pareces Gasparín.

——Lo mismo le he dicho yo en el gimnasio y por eso la he traído a la casa –Katie me da un abrazo.

—— ¿Del uno al diez que tan mal me veo?

——No te ves mal, solo hay que refrescarte un poco.

——Y Chiara es experta en ese tipo de transformaciones.

——Me da algo de nervios la palabra transformación pero asumiré el riesgo.

——No nos vayamos por los callejones Mir y revela la trágica novela que se ha creado Kat.

——Una respuesta resumida pero sincera...

——Yo preferiría contar la dramática –Canturrea Katie.

Katie ya lo sabe y con el tiempo hablar de ello ya no es tan difícil, muy aparte de que el recuerdo me avergüenza.

——Estuve a punto de casarme...

Suelto en un susurro sin darle tanta vuelta al asunto. Bajo la mirada y juego con mis dedos, nerviosa por la reacción que pueda tener Chiara.

——Ahhh... ¿Alguien quiere una cerveza?

——Sí –Katie y yo aceptamos sin dudar para cambiar el ambiente.

Por el momento no quiero profundizar el tema de mi apresurada boda fallida.

——Disfrutemos de una noche de chicas y olvídate del pendejo ese –me dice Katie.

—— ¿Puedo darte un consejo? –Chiara me entrega la cerveza y yo asiento con la cabeza—— Eres joven, somos jóvenes y aunque no me sé la historia completa, estoy segura de que ese tipejo es una basura.

——Me decepciono pero también entiendo que él estuviera nervioso, era un gran paso.

——No lo justifiques Miriam, si tan nervioso estaba debió de hablar contigo antes en vez de dejarte plantada como si fueras nada –Katie saca más cervezas.

——No lo hago, no lo justifico.

Vacilo un poco.

——Ujum, como digas y por ahora olvídalo.

——Bien...

Así es, que me dejaran plantada es mi oscuro y vergonzoso secreto.

Durante la preparatoria sufrí una leve depresión por el estrés y demás emociones que había mantenido acumuladas, con mucho esfuerzo supere el estado en el que me encontraba pero ese es el punto, que superarla no quiere decir que no hay riesgos de sufrir recaídas.

En la universidad mi ánimo fue decayendo y cada vez me fue más difícil conseguir inspiración o lograr plasmar lo que sentía en mis trabajos.

No me sentía llena y veía todo con duda, apliqué eso de tomar medidas desesperadas en situaciones desesperadas. Yo estaba desesperada.

No fui paciente y el resultado no fue dulce.

——Dame otra –Le pido a Katie y ella no se niega.

—— ¿Qué tal un poco de vino?

——Mhm... vale.

Katie se levanta para luego regresar con un montón de botellas.

—— ¿Todo eso es vino?

——Vino, vodka, wishky y tequila –habla Chiara——. Son para alivianar el estrés.

——Sí claro.

Me le burlo y ella se levanta de un brinco para poner música a todo volumen al mismo tiempo que Katie saca un montón de mascarillas, frituras y saca una poleras de talla grande para que nos las pongamos.

——Te sentirás más cómoda.

Con un poco de inseguridad me adentro en el ambiente.

Mi personalidad no cambio luego de lo sucedido con mi ex prometido, no deje que lo sucedido me cambiara pero lo único que no pude evitar fue encerrarme en la habitación más de lo normal pero de ahí en adelante he actuado como siempre.

Sin dejar de ser Miriam.

Hablamos y hablamos de cosas sin sentido y sin dejar de tomar de todo un poco, al final Chiara se adueña de una botella de vino y Katie y yo compartimos la de vodka.

No soy de beber alcohol para divertirme pero solo por hoy me dejare llevar.

——Así que ya conociste a Beck –Chiara alza su copa de vino.

——Sí, es atractivo.

No recordaba que el alcohol desata mi vomito verbal.

——Pese a que es un dolor de cabeza –me dice Katie——, no te voy a llevar la contraria en eso.

—— ¿Y tú qué piensas de Beck, Mir?

Chiara me pregunta en lo que elige una playlist que poner.

Di la verdad, ya están pasaditas de alcohol y mañana no van a recordar nada.

——Es... atractivo –repito lo mismo-, y no me asusta.

—— ¿Beck no te ha propuesto algo raro? –inquiere Katie.

—— ¿Raro en qué sentido?

——En ninguno, olvídalo, ya estoy borracha... –parece que se va a dormir pero de la nada suelta un grito—— ¡La música Chiaaara!

—— ¡Voy, no hace falta que grites!

No hay alguien en el mundo que no haya visto esas películas donde hay una pijamada de chicas donde hacen una y mil barbaridades, donde toda la diversión es gracias al alcohol o donde salen a alguna fiesta, consumen droga con las repentinas ganas de echar polvos con los chicos lindos.

Bueno, cuando iba a la universidad mi diversión no estaba tan lejana a esas escenas. Siempre he sido una persona introvertida pero de esas que cuando esta con amigos es muy ruidosa y algo hiperactiva.

A Katie la he conocido por la mañana y a Chiara hace unas horas y me sorprendo de mi misma pues me siento tan confiada con ellas al grado de que me estoy mostrando ante ellas borracha.

Es la tercera vez que mi celular suena, son llamadas de Leo y Alana pero no he querido contestar, no en este estado y temo a que me descubran luego de que Beck me dijera que soy terrible mintiendo.

Ya soy adulta y no quiero que piensen que soy tan irresponsable.

¿Desde cuándo te importa lo que piensan tus hermanos de ti?

Ah... ¡Deja de cuestionarme que el alcohol no me deja pensar!

Ahora mismo me encuentro sobre la barra de la cocina cantando como si estuviera dando un concierto en lo que Katie y Chiara se hacen pasar por mi público apasionado.

—— ¡Take me by the tongue and I'll know you, kiss me 'til you're drunk and I'll show. you all the moves like Jagger!

Las señalo y les regalo un guiño, bajo de un brinco y bailo hasta llegar al sofá para seguir disfrutando desde otra perspectiva de la casa.

—— ¡I've got the moves like Jagger!

Chiara me da una porra sin dejar de saltar.

—— ¡I've got the mov....! –la porra de Katie no se completa por la arcada de vomito que le llega.

Fin del concierto señores.

——Qué asco –Chiara hace una mueca y yo arrugo la nariz por el olor.

Chiara se dispone a limpiar y yo le ayudo hasta el último cuando ya casi no huele ya que el olor del vomito solo hace que me den ganas de vomitar a mí.

Katie sigue vomitando en el baño, mareadas y todo pero limpiamos. Nos dejamos caer en el sofá cuando el sueño nos empieza a vencer.

——Tengo sueño...

Katie dice lo mismo por décima vez pálida de tanto vomitar, yo me tallo los ojos, Chiara bosteza y el tono de llamada de un celular se hace escuchar.

——Kat, te llaman –le pasamos el celular.

Estamos tiradas pero aún tenemos mucho alcohol en nuestro sistema para seguir haciendo y diciendo burradas.

—— ¿Quién habla? –balbucea—— Ah... ¿Y qué quiere?

—— ¿Será Reggie? –le pregunto a Chiara.

——Lo dudo, si fuera Regginald ya hubiera empezado con su diccionario de cursilería y él ya estuviera aquí.

Me dice y nos quedamos viendo a Katie hablar, no entendemos mucho de lo que balbucea pero igual la alentamos para que no se retracte y a complete las frases que quedan a medias.

——Pues dile a ese viejo gordo que estoy de vacaciones y no pienso hacer nada.

Mis ojos se van cerrando y...

—— ¿Despedida? –se echa a reír—— No me importa y dile al feo de tu jefe que haber quien se pone a buscarle dietas para bajar de peso en menos de un mes.

——Oye Kat...

Intenta hablar Chiara pero Katie no la deja.

——El señor grasita de más se atrevió a despedirme, es un...

Dejo de escuchar y mis ojos por fin se cierran, todo se vuelve oscuro.

—— ¡Despiertaaa!

Me tapo los oídos por el ruido que provoca Katie al hacer chocar dos sartenes, ya es de día, me duele la cabeza y no entiendo como Katie ha logrado levantarse y andar como si nada.

Entreabro los ojos y veo a Chiara cocinar con poca energía pero lo hace.

—— ¿Qué hora es?

Es lo primero que le pregunto a Katie que ha dejado de lado los sartenes y ahora esta tirada en el sofá con el teléfono en manos.

——Son las doce.

—— ¿Las doce?

——Sí, ya es medio día y sigues tirada. Apresúrate que hay muchas cosas que hacer el día de hoy.

—— ¿Dónde puedo tomar una ducha?

——Arriba, primera puerta a la izquierda.

Chiara me indica y me levanto del sofá somnolienta con una horrible resaca. Saco la ropa que traje; me baño con pereza y en ese lapso tengo pequeños recuerdos de lo que pasó la noche anterior.

Qué vergüenza.

Bajo y veo a las chicas comer, yo también me siento pero solo tomo un vaso de leche y no puedo evitar quedármele viendo a Katie... hay algo que aún no recuerdo...

—— ¿Todavía no recuerdas? –me pregunta Chiara y yo niego y suelta una risita—— La han despedido.

¡Eso era!

—— ¿Y por qué no te veo preocupada? ¿Ya le has hablado a tu jefe?

—— ¿Hablarle a mi jefe? –termina de comer y se levanta—— No es la primera vez que me emborracho y me despide, en unos días me va a hablar, me dará un sermón pero me regresara el empleo.

——Oye pero...

——Tu calmada y yo nerviosa, ¿Vale?

——Como digas.

Me quedo durmiendo en el sofá en lo que ellas se arreglan, terminan y subimos al auto de Chiara y...

—— ¿A dónde vamos?

Pregunto al recordar que no conozco la ciudad y puedo perderme con facilidad.

——De compras.

Me responde Katie y frunzo el ceño.

——Iremos a comprar ropa para ti, Mir.

Chiara me mira por el retrovisor dejándome todavía más confundida.

—— ¿Ropa para mí? ¿Qué hay con mi ropa?

——En primer lugar traes poca, te quedaras por siete meses no por una semana –alega Katie y yo ruedo los ojos.

——Y en segundo lugar, tengo el presentimiento de que solo traes prendas grises y negras –Chiara añade y suspiro con pesadez.

Me recuerdan a mi mamá.

——Pensaba comprar más ropa estando aquí y... no entiendo que tienen con el color gris y negro son colores básicos y quedan con cualquier cosa.

——Tú lo has dicho, quedan con cualquier cosa pero si yo soy la que te "transformara" te tienes que atener a mis condiciones.

——Pues no quiero la transformación, gracias.

Contesto y me ignoran. Mi teléfono suena y veo de quien se trata, es Alan.

—— ¿Hola?

——Greñas, que sorpresa –contesta de manera sarcástica y cierro los ojos esperando el drama—— ¡Qué demonios te pasa!

Aprieto los ojos al escuchar sus gritos hacen que me duela la cabeza.

—— ¿A mí? Nada, yo estoy bien.

Bien y con resaca.

——Ah que bueno, me alegra escuchar eso... ¡A nosotros casi nos echan!

——A nosotros te refieres a....

—— ¡A Leo y a mí!

——Alto, deja de gritarme que ese tono a mí no me gusta.

Escucho como bufa.

—— ¿Por qué no contestabas?

——Vaya sorpresa, ahora eres mi papá y no me avisaron.

——Soy uno de tus hermanos que casi es asesinado por su papá que también es ¡Tu papá!

——El tono –replico y él chilla——. Deja de hacer drama y dime que es lo que quieres. No estoy de humor.

——Tú nunca estas de humor.

——Alan...

——Pues ayer quería que contestaras porque mamá y papá querían hablar contigo y hoy quiero lo mismo pero con la pequeña diferencia de que es para que no golpeen.

—— ¿Papá está contigo?

——Todos están aquí en una especie de juicio donde Leo y yo no tenemos abogado pero con Rocky como nuestro testigo.

—— ¡El perro no cuenta! ——escucho el grito de mamá.

Chiara se estaciona y las dos se me quedan viendo esperando a que termine la llamada.

——Ponme en alta voz, tengo prisa.

——Y todavía te pones tus moños –se queja——. ¡Habla!

—— ¿Mamá? ¿Papá?

—— ¡Cariño por fin contestas! –exclama mi mamá.

——Estoy bien, solo me he quedado dormida.

——Miriam...

Papá dice mi nombre en un tono neutro que quiere decir que espera una explicación mucho más detallada.

——He conocido a algunas personas y en la ciudad apenas ha dejado de llover.

—— ¿Has hecho amigos? –Paul se hace oír.

——Eh... ——veo a Katie y a Chiara que no me han dejado de ver—— sí, hice varias amistades ayer.

—— ¿Hombres o mujeres? –Leo pregunta—— ¿Qué? No me miren feo, es necesario saber si hay un nuevo amigo o próximo cuña-do.

—— ¡Leo!

Escucho como se ríe junto a Alan y como Paul los regaña.

—— ¿Están contigo ahora mismo? –pregunta papá.

——Sí, me quieren mostrar la ciudad.

——Si es así te dejamos cariño –habla mamá emocionada——. Cuídate mucho, cúbrete bien.

——Lo haré.

Cuelgo y las chicas no dejan de mirarme.

——Tu familia, eh –se burla Chiara——. ¿Los extrañas?

¿El ruido? No. ¿A Rocky? Sí. ¿Me veré mal si digo que no los extraño?

Probablemente.

——Solo un poco.

——Te acostumbraras –sonríe Katie y bajamos del auto.

2 horas son 2 horas lo que llevamos entrando y gastando en un montón de tiendas de ropa, calzados, accesorios, algo de maquillaje y...

—— ¿Lencería?

——Ujum –Katie sonríe picara.

——Oigan no, de por sí ya estoy preocupada por todo el dinero que hemos derrochado –reparo todas las bolsas con las que cargamos—— y la verdad es que creo que comprar lencería no viene al caso.

——Miriam, respira –me dice Chiara por hablar tan rápido.

——Echemos un vistazo y si no te atrae nada nos vamos y ya –Katie vuelve a hablar y entra a la tienda.

—— ¿Tangas brasileñas? –me pregunta Katie y yo bajo la cabeza sonrojada.

Suelto una bocanada de aire pero al final le contesto.

——Prefiero las de hilo.

——Uy...

Al final son ellas las que se terminan probando un montón de cosas y yo no puedo evitar sonrojarme. Salimos de la tienda, comemos en un restaurante y luego de eso por fin regresamos al auto.

—— ¿Y ahora?

——Al spa de Chiara.

Llegamos al sitio y la verdad es que me sorprende lo bien que se ve, es grande, sofisticado y por lo que veo también ofrecen un servicio muy completo.

—— ¿Hoy no trabajas?

——Sí pero por las lluvias algunos cambian su cita, hoy solo tengo citas para en la tarde.

—— ¿Se tiene que hacer cita para que atiendas?

Asiente y mi asombro es más que notorio.

—— ¿Llego tarde?

Giro y veo como se acerca Henry.

—— ¿Qué? Yo también vengo a consentirme.

—— ¿Vienes al spa?

——Pues claro, ser guapo no es fácil.

Estoy admirada por la seguridad en la que hace y dice las cosas Henry.

—— ¿Y Beck?

Todos en la sala se me quedan viendo raro a excepción de las cinco chicas que trabajan en el spa.

—— ¿Qué?

——Eh... Beck está en casa con los chicos.

——Ah... ¿Es muy cansado?

—— ¿Cuidar de Beck? Sí.

—— ¡No eso no! –me río—— Ser cantante y esas cosas.

——Pues… no es como te lo pintan en las películas pero creo que todo depende de uno como artista.

——Mhm…

—— ¿Por qué la pregunta?

——Curiosidad, hasta ayer no sabía que tú y los chicos eran famosos.

——Eso noté.

Henry toma asiento al lado de Katie.

——Muy bien, empecemos –dice Chiara y yo me río.

——Parece que haremos un ritual.

Me hacen un masaje que ha sido el más relajante en toda mi vida, luego me hacen una limpieza e hidratación facial igual que a Henry.

—— ¿También es estética?

Pregunto cuando me indican que me siente y veo a Chiara acercarse con unas tijeras y demás.

——Sí.

Me corta el cabello y no le digo nada, luego me pone no sé qué en el cabello pero tampoco la detengo, ella sabe lo que hace.

——Lo tenías maltratado –me explica y yo asiento con la cabeza.

Por ultimo me hacen pedicura y manicure.

—— ¡Has quedado perfecta!

Me miro al espejo y lo acepto, me veo muy bien.

——Gracias, Chiara.

——No es nada y mejor vete, Katie ya te está esperando en el auto.

—— ¿No vienes?

——No, tengo que trabajar y al parecer ustedes van a salir.

—— ¿Salir?

——Eso fue lo que le dijo Henry a Kat antes de irse.

—— ¿Él ya se fue? –asiente—— Oh, bueno... te veo luego.

—— ¡Suerte!

Salgo y me encamino al auto en el que ya se encuentra Katie mirándome con una sonrisa.

——Has quedado magnifica –No deja de sonreír.

—— ¿Tan mal me veía? –Inquiero cuando subo al auto.

——No te veías mal solo faltaban algunos detalles para que te viera con más...

—— ¿Más qué?

——Más color.

Enciende el auto y regresamos a la casa de Chiara.

—— ¿A dónde vamos?

——No lo sé, Reggie va a pasar por nosotros y Henry solo me ha dicho que nos arregláramos.

—— ¿Me han invitado?

—— ¿De qué te sorprendes?

——De lo fácil que me han aceptado.

——Déjate de tonterías Mir y apúrate que ahora es mi turno.

—— ¿Tu turno?

——Me toca vestirte y maquillarte –intento hablar pero no me deja——. No se discute.

Me rindo pues Katie hace lo dicho.

——Deberías apreciarte más –me dice mientras yo veo el resultado en el espejo——, eres hermosa y no deberías de apagarte por los recuerdos.

——Lo intentare...

Se escucha el claxon de la camioneta y Katie pega un saltito.

—— ¡Es Reggie!

Salimos de la casa y en efecto, es Reginald el que maneja y Henry está en uno de los asientos traseros y Beck no viene.

——Buenas noches Mir.

——Buenas noches chicos.

——Qué cambio –me dice Henry——, te ves muy bien.

——Concuerdo –Reggie se le une.

Katie se va enfrente con Reggie y le roba un beso. Dejo de mirarlos y me centro en Henry que sigue sin dejar de mirarme.

——Igual sigo siendo más lindo yo.

Me rio por lo bajo.

—— ¿Nerviosa?

——Un poco, es raro salir con personas que apenas conocí ayer y agrégale que son...

——Famosos –a completa y me regala una pequeña sonrisa——. Sé que la situación es rara pero trátanos como si fuéramos jóvenes comunes.

——Claro...

Incómodooo.

—— ¿Quién de ustedes es el más chico?

——Beck.

——Ah… ¿Y se conocen hace mucho?

——Prácticamente crie a Beck.

Me responde orgulloso.

——Entonces son muy cercanos.

——Eso creo, Beck acepto el contrato por Reggie.

—— ¿Qué tan buen cantante es Reggie?

——Él no canta –se suelta a reír y se calla al ver que no entiendo——. Veo que no sabes nada, bueno, Reggie es más de rap y el área de producción.

——Oh, ¿Y tú?

——Yo sí canto –su teléfono suena, me mira y yo asiento para que conteste.

Al parecer le hablan del trabajo.

El camino se basa en eso, pequeñas charlas, hacer muecas con los besos que Reggie y Katie se dan cuando los semáforos se ponen en rojo, en escuchar a Henry decir lo guapo que es y demás.

Reginald encuentra aparcamiento y bajamos de la camioneta topándonos con una especie de restaurante que se ve demasiado refinado al cual entramos. Un joven nos guía hasta una mesa en la que se encuentra Beck y otro chico más.

Katie saluda al chico que no conozco, Henry y Reggie solo toman asiento.

——Hola Mir.

——Hola Beck –le sonrío y mi vista se dirige al chico de tez pálida que se encuentra a su lado——. Soy Mir.

——Simon, un gusto.

Me sonríe y me vuelvo a centrar en Beck.

—— ¿Cómo la pasaste con la garrapata?

——Bien, conocí a Chiara.

——Ah, su hermana.

——Sí, es linda.

——Y no está loca, eso es alg que hay que recalcar.

——Bien, ¿Qué hacemos aquí? Nadie me ha querido decir.

——Nos han invitado.

——Te invitaron a ti pero tú nos has traído –aclara Reggie.

Pasan personas a cantar, a bailar o a tocar instrumentos pero no estoy atenta a ellos porque me encuentro en un debate con Beck de por qué Capitán América es mejor que Iron Man.

—— ¿Iron Man o Capitán América?

Vuelve a preguntar y no dudo en mi respuesta.

——Capitán América.

——No te entiendo –suelta el aire rendido al ver que no cambio de opinión.

——Es fácil, dime, ¿Qué es Iron Man sin su armadura? Na...

——Es un genio, millonario, playboy y filántropo.

—— ¿Te has aprendido los diálogos?

Tiene un problema con Marvel.

——Solo algunos –se ríe al ver mi cara.

——Oye, ¿Mir, cierto? –Simon me habla por primera vez en la noche y yo asiento—— ¿Cuál es tu apellido?

——Shane, ¿Por?

——Shane... ¿Conoces a Paul Shane? –vuelvo a asentir extrañada por su pregunta y por la mención de mi hermano.

—— ¿Qué es para ti Paul?

——Mi hermano.

—— ¿Tienes un hermano? –me pregunta Beck y su cara me causa gracia.

—— ¡Tú eres Miriam! Tu hermano y yo somos viejos amigos –su mirada se dirige a Beck——, es del amigo del que te hablé.

—— ¿Cuál de entre todos y pocos amigos que tienes?

——Con el que entrenaba.

—— ¡Ahh! Con el que jugabas basketball.

——Ese –asegura y vuelve a centrarse en mí——. Tu eres la más pequeña.

—— ¿También conoces a mis otros hermanos?

Simon me dice que sí y yo estoy un poco sorprendida por la amistad que existe entre él y mi hermano de la cual no tenía conocimiento.

—— ¿Cuántos hermanos tienes?

Me pregunta Beck y no me queda de otra más que contestarle.

——Tengo tres hermanos.

——Y tú eres la más pequeña.

——Ujum, el mayor es Paul, luego sigue Leo, Alan y por ultimo estoy yo.

——Vaya, todos son hombres...

Simon comienza a preguntarme por mi hermano, de lo buen basquetbolista que era y de como se conocieron. En el rato que hablamos me nace la ligera sospecha de que Simon sabe más de lo que aparenta.

Paul no sabe muy bien lo que es guardar un secreto.

Henry le habla a Beck y se dedican a hacer enojar a Katie, Reginald regaña a Beck y Simon solo se ríe del alboroto que se cargan, los ignoro y me quedo anonada con la chica que se encuentra cantando y cuando termina salen al escenario dos jóvenes, una chica y un chico.

——La chica que acaba de irse tiene una voz preciosa, ¿Qué es este lugar? –miro de reojo a Beck, comienzo a aburrirme.

——Ni yo sé, una especie de bar y restaurante.

—— ¿Quiénes te han invitado?

——Unos conocidos, son los anfitriones.

—— ¿Son ellos?

Miro a los dos jóvenes que se encuentran agradeciendo a las personas por asistir.

——Ajá.

——No puede ser –se queja Henry como si estuviera a punto de llorar.

El chico dice que cantaran una canción de Adele y yo me emociono al ver que sacan un piano.

—— ¿Conoces a Adele? –Beck me mira con una sonrisa.

——Sí, es como una diosa.

—— ¡Aleluya! Creí que no eras de este mundo.

Se burla y ruedo los ojos.

——Me tome un descanso de las redes sociales, del internet y todo eso, solo estoy un poco perdida ¿Vale?

—— Pero Marvel no es de ahorita y tampoco los conocías –Contraataca.

——Y dale con Marvel.

——Te creo pero de ver las películas no te salvas.

——Bien y ahora déjame escuchar –le digo cuando veo que el chico se acomoda para tocar el piano y la chica se prepara para cantar——. ¿Cantan bien?

——Meh... Escúchalos tu misma.

Las notas de Someone Like You salen del piano pero no de la manera que esperaba pues el chico no tiene precisamente la habilidad de un pianista.

——¿Es muy bueno, verdad?

Beck posa su mirada en mí.

——Ahm, sí. Es seguro que le ha dedicado muchas horas al piano para estar tan seguro de presentarse ante más de diez personas.

——Por supuesto.

Y justo cuando creo que eso es lo único malo de la presentación, la chica empieza a cantar. Una voz para nada afinada, chillona y parece que en vez de cantar está rogando.

Estoy segura de que la canción trata de un viejo amor y no de una persona con ganas de matarse.

Pobre Adele.

——Una voz magnifica que no se escucha con frecuencia, ¿No lo crees?

——No hay duda de eso, tiene talento de sobra.

La presentación termina y yo no sé ni que decir, hacer o pensar y aunque él no tiene dote de pianista ni ella tiene una voz para precisamente cantar, agradecen y sonríen como si el espectáculo que ofrecieron hubiera sido de primera clase.

—— ¿Qué te han parecido?

Me pregunta Reggie y yo estoy en blanco.

——Incluso el noisecore de Reginald y la garrapata es mejor –Henry afirma.

——Puedes ser sincera –me dice Beck en lo que Katie pelea con Henry——, no es necesario que mientas.

Sigo en blanco y también sigo sin entender a que se refieren con que Katie y Reggie hacen... noisecore.

Ah... creo que ya entendí.

Me sonrojo y agacho la cabeza.

——Por poco y me mato aquí mismo –agrega Simon——. ¡Qué culpa tiene el piano!

——A mí me apena Edmund que se deja manipular por su hermana –Katie aprieta los labios——, igual sigue siendo un pesado.

——Discúlpame Beck pero tus primos han sido un horror.

——No te preocupes, ya lo sabía.

—— ¿Son tus primos?

——Por desgracia.

——Son los anfitriones, dueños del lugar y son familia de Beck.

Simon se burla.

—— ¿No les caen bien?

——Son... especiales.

Reggie trata de explicar pero la cara de todos me dice todo lo contrario.

——A Edmund todavía se le soporta pero Amina es un..
. ——Reginald le cubre la boca a Katie antes de que diga un disparate.

——Si a ninguno de ustedes les caen bien los primos de Beck, ¿Qué hacemos aquí?

——Beck ha insistido en que viniéramos –Henry suelta sin rodeos.

——Llevan un año insistiendo en que venga.

Beck rueda los ojos.

—— ¿Y por qué no viniste antes?

——Estaba ocupado, me irritan y el punto más importante, me avergüenzan.

——Y decidiste asistir por...

——Le hablaron a mis padres, me han acusado y ellos me han amenazado.

—— ¿Tus padres? ¿Con qué te amenazaron?

Le pregunta Reginald.

——Con que no me van a dejar traer a la casa a BDN.

——Vamos, eso es mentira –Simon sonríe——. Si quieren más a BDN que a ti.

Le saca la lengua a Simon.

—— ¿Quién es BDN?

Se les olvida que yo soy nueva entre ellos.

——Es su perro.

Me contesta Katie.

—— ¿Y su nombre es BDN?

———Es la abreviatura de su nombre, se llama bola de nieve –Beck aclara.

——— ¿Por qué lo has abreviado?

———Mhm, a veces es difícil estar gritando su nombre completo y se escucha bien, demasiado bien.

———Mientes.

——— ¿Qué?

———Su nombre es largo pero lo has abreviado por el actor que hace de Iron man.

Se me queda viendo sin mostrar alguna expresión mientras los demás ríen.

——— ¿Te has puesto a investigar?

———Un poco.

Ladeo la cabeza y suelta una risadota y yo vuelvo a notar como sus ojos brillan.

———Vale, me has pillado.

Sonrío orgullosa, me esforcé investigando.

———Y para finalizar la velada, mi precioso primo nos deleitará con su voz.

La prima de Beck anuncia y veo como todos en la mesa aprietan los labios.

———Somos una familia llena de artistas.

Habla el chico que tiene el nombre del chico de la película de Narnia.

———El gen artístico no es precisamente hereditario según yo.

Dice entre dientes.

—— ¿Ya visitaste a tus padres? ——Simón le pregunta.

——Fue lo primero que hice en cuanto llegamos a la ciudad.

—— ¿Y cómo están?

——Bien, mamá sigue dando clases y dando brincos por todas partes, papá sigue dando pincelazos con sí fuera Van Gogh y Daniel también está aquí.

—— ¿Trabajo?

——Eso creo...

—— ¿Tú mamá da clases? ——me atrevo a preguntar—— ¿De qué?

——De ballet, las da desde que se retiro.

——Y tú papá pinta.

Repito y él solo asiente.

—— ¡Es Nathan Beck, Mir! –Katie exclama—— ¿No lo conoces?

—— ¿Es... El pintor? ——asiente—— Entonces.... tú mamá es Claire Lees.

—— ¡Bingo! De hecho ahora que lo pienso, me ofende que reconozcas a mi padre y a mi madre y a mí solo me ubicaras como el chico de los piercings.

——Ups... Y hablando de ellos, ¿Te los quitaste?

——See, necesitaba un respiro.

Me gustaban sus piercings. Los primos de Beck vuelve a parecer en el escenario y Edmund toma el micrófono.

——Es el momento damas y caballeros, con ustedes ¡Jaden Beck!

—— ¿Qué yo qué?

Beck pestañea varias veces y los aplausos eufóricos de la gente no se hacen esperar.

——Anda primo, no puedes dejarnos con las ganas de oírte cantar ——Amina habla, la gente no deja de aplaudir y al decir la palabra "primo" también se escuchan los murmullos.

——Sube Beck.

Le dice Henry que ahora no sonríe y se ve tenso.

——Ni de coña me voy a...

——Quiero oírte cantar ——le digo.

En la mesa el silencio reina pero luego de unos minutos Beck cede y en lo qué él se sube al escenario, la chica no deja de hablar de manera airosa recalcando que son familia.

Beck se sienta y no saluda ni se presenta solo se concentra en tocar el piano.

La melodía de can't take my eyes of you llega a mis oídos y la voz clara y suave de Beck me envuelve por completo.

——You're just too good to be true, can't take my eyes off of you... You'd be like Heaven to touch, I wanna hold you so much...

Subió al escenario con un semblante serio pero conforme la canción avanza, su sonrisa se hace más grande y aún con la distancia puedo notar el destello en sus grandes ojos.

——There are no words left to speak but if you feel like I feel, please let me know that it's real... you're just too good to be true, can't take my eyes off of you.

La gente no hace ni el más mínimo ruido y despego la vista de Beck por unos instantes para ver a mis nuevos amigos. Simon, Reggie y

Henry lo ven con orgullo como si se tratase de su pequeño hijo, Katie
también está absorta por su canto y habilidad para tocar el piano.

——I love you, baby and if it's quite alright. I need you, baby to
warm the lonely night, I love you, baby trust in me when I say. Oh,
pretty baby don't bring me down, I pray...

Su voz es magnífica y demuestra que para cantar él tiene su propio
estilo: claro, dulce, suave con un toque airoso y tiene un gran control
en su voz.

——Oh, pretty baby now that I've found you, stay... Oh, pretty
baby trust in me when I say... Oh, pretty baby.

Beck finaliza y recibe una oleada de aplausos y sus primos comienzan a acercarse, él lo nota y baja con rapidez del escenario caminando
hacía mí con una sonrisa y no sé ni por qué pero yo también le sonrío.

——Ese es mi Beckie ——dice Henry y yo no puedo evitar soltar
una carcajada.

Lo trata como si fuera un bebé.

—— ¿Por qué no los has esperado? ——lo miro—— Parecía que
querían hablar contigo.

——Pues por eso, querían hablar conmigo pero yo no con ellos y
no iban a hablar, lo que querían era que me mantuviera con ellos para
poder alardear que somos familia.

—— ¿Tan mal te caen?

——Edmund, meeh pero Amina es por demás. Es una desgracia
que uno no pueda elegir a la familia.

Se ve molesto al hablar de su prima así que optan por subirle el ego
con felicitaciones por su presentación y lo llenan de un montón de

halagos, todo se vuelve un caos cuando Katie acepta que es demasiado talentoso. Beck dice que es hora de irse pero Simón lo detiene y le dice que antes de irnos lo deje tomar un trago.

Los dos se van a la barra, Katie va al baño y Henry avisa que nos espera en la camioneta.

Reggie y yo somos los únicos en la mesa.

—— ¿Cómo te ha caído Simon?

La pregunta hace que piense durante unos segundos, en un inicio su seriedad me puso nerviosa.

——Es... agradable.

——Tranquila, lo iras conociendo mejor pero no te deberías preocupar mucho por cómo te vaya a tratar. Al parecer aprecia mucho a tu hermano.

——Eso parece.

Silencio. Silencio es lo que abunda esperando a que Reggie diga algo más por qué sé que me quiere decir algo más.

——Todos aquí cumplimos un rol en la vida de Beck y él nos considera como sus hermanos y nosotros también lo vemos como nuestro hermano.

Recuerdo las pequeñas menciones de que ellos criaron a Beck.

——Cuando comenzamos a ganar fama para cada uno la sorpresa y las cosas con la familia de cada uno fue diferente y en el caso de Beck no es como si hubieran cambiado mucho, su familia de por sí ya era conocida pero ahí es cuando entran los primos y tíos de Beck, alardean y se dan crédito de muchas cosas que nada que ver.

——Y a Beck le molesta eso, entiendo...

——No te voy a contar las cosas que a mí no me corresponden y tampoco hablaré por los demás. Estamos un poco asombrados por el hecho de que tú realmente no supieras nada de nosotros pero en cuanto supiste que estábamos dentro de la industria musical...

——Se han creado momentos incomodos, lo sé.

Y no es que me emocione por estar viviendo con famosos o que quiera aprovecharme de ellos es solo que esta situación no es muy común y esto le suele suceder a una persona entre un millón.

Es algo irreal ser elegida entre tantos colores de la paleta.

——No te preocupes, no pienso tratarlos como si no fueran humanos.

Reggie asiente sonriendo dejándome ver sus hoyuelos.

——Beck ve a Henry como una de las personas que lo ayudo a crecer pero también como su compañero de juegos. Es el mayor pero parece que tienen la misma edad mental.

Río por su comentario.

——Simon y Beck son parecidos, introvertidos pero con sus amigos o familia son ruidosos pero son distintos en varias cosas, en cambio, tú y Beck son como melodías similares.

—— ¿Te gustan las metáforas? –le sonrío.

——Por algo también soy parte de la producción.

Beck y Simon no tardan en aparecer y juegan piedra, papel o tijera para decidir quién conducirá hasta la casa de Chiara que es la que queda más cerca. Va a llover... otra vez.

Beck pierde y camino con tanta tranquilidad hacia la camioneta que cuando llego no me queda de otra que subirme al asiento del copiloto.

La echa a andar y parezco un gato al enterrar las uñas en el asiento, de por sí me mareó cuando estoy dentro de un auto y ahora agregándole la velocidad a la que conduce Beck estoy a nada de vomitar.

—— ¿Pasa algo?

——Pasa que conduces como un desquiciado.

Suelta una carcajada.

—— ¿No te gusta la velocidad?

—— ¿Sabes qué me gusta? Saber que llegaré viva a casa.

——Y llegaras viva, eres algo paranoica.

—— ¿Si sabes que te pueden detener por conducir como si estuvieras en una película de Rápidos y Furiosos, cierto?

——Lo sé y ahora, ¿Puedes decirme por qué estás tan pálida?

——Tengo ganas de vomitar, me mareó en los autos y luego tú qu...

——Ya entendí Mir –sonríe y acelera aún más.

Chillo, él solo se dedica a burlarse de mí pero yo no vuelvo a quejarme porque vuelvo a notar el ligero brillo en sus ojos. Es extraño pero me da una especie de satisfacción ver como en sus ojos marrones aparecen dos destellos como si fueran pequeñas estrellas.

—— ¿Qué es el noisecore?

Pregunto luego de escuchar tantas veces la palabra.

—— ¿Todavía no entiendes la referencia? ——sonríe de manera burlona.

——Me ha quedado más que clara la referencia ——le digo y niega con la cabeza mientras ríe——, pero sigo sin saber qué es el noisecore, el verdadero.

Hago énfasis en la última palabra.

—— ¿Por qué no lo has investigado en Internet?

——No lo sé, creí que sería mejor preguntárselo a alguno de ustedes.

——Es un microgénero que destruye cualquier propuesta y cualquier noción de armonía, melodía o belleza. Unos lo consideran un estilo musical pero la verdad y en mi opinión sólo es ruido.

Aprendiendo con Beck, ja.

——Las "canciones" a lo mucho duran unos segundos pero solo se escuchan sonidos saturados, gritos, golpes.

——Vale, ya he captado.

——Solo que nosotros lo usamos como burla hacia Reggie y la garrapata, en especial para hacerla enojar a ella.

——Me he dado cuenta.

No tardamos en llegar a la casa de Chiara –y en tiempo récord por que con Beck como conductor el tiempo se reduce——, Henry y Simon son los primeros en bajar quejándose de lo asqueados que se encuentran por Katie y Reggie.

Son algo melosos.

——Buenas noches chicos –Chiara abre la puerta para que entremos.

Bajo de la camioneta pero no cierro la puerta al ver que Beck no baja y escucho como le dice a Simon que no puede quedarse.

—— ¿No vienes?

——No puedo, tengo que una grabación pendiente.

—— ¿En dónde queda?

—— ¿Dónde queda qué?

——El lugar donde harás la grabación.

——Está a tres calles de la casa, será rápido.

—— ¿Puedo acompañarte?

—— ¿Quieres ir?

——Me da curiosidad.

Entrecierra los ojos y yo sonrío.

——No mientes pero no es solo curiosidad, suéltalo.

Bufo. No entiendo cómo es que me descifra con tanta facilidad y sé que lo que le diré le subirá el ego pero es verdad.

——Me gusta tu voz, me gusta como cantas y resultaste ser un gran pianista.

Me regala una pequeña sonrisa y ahí esta... El brillo en sus ojos de nuevo.

——Con que te ha gustado mi pequeño performance, eh, aunque para pianistas esta Simon, él es quien me ha enseñado.

——Sí me ha gustado, eres como cinco niveles mejor que tu primo.

Se echa a reír.

——No puedo llevarte, luego de la grabación tengo que terminar con unos pendientes.

——Bueno...

——Te llevaré un día de estos, es un trato –sonrío al instante——. Ahora entra que puedes resfriarte.

————Conste que tú los has dicho, eh.

Se ríe de nuevo y cierro la puerta, me doy la vuelta y él enciende la camioneta.

———— ¡Mir! –me grita———— Me gusta tu nuevo look.

———— ¿Algo que destaques?

Se queda pensando por unos segundos mientras yo no puedo evitar sonreír.

————Te diría que el cabello pero mentiría.

———— ¿Entonces?

————Me siguen gustando tus ojos.

Mi sonrisa se ensancha todavía más por el cumplido.

————No manejes como loco, Beck.

————No prometo nada, descansa Miriam.

Veo cómo se aleja y cuando por fin lo pierdo de vista, entro a la casa cuando siento las gotas de lluvia caer.

Una melodía según me explico Reggie, es una sucesión de sonidos que se desenvuelve en una secuencia lineal, es decir a lo largo del tiempo. Tiene una identidad y significado propio.

Estudié diseño gráfico así que no puedo evitar la pregunta que ronda en mi cabeza.

¿Las melodías tienen color? Porque quiero descubrir cuál es color de la melodía de Beck y cuál es el color de la mía.

Encuéntrame en:

Instagram: Lucerohdeez // Twitter: Lucerohdezz

03

- -

O3: Boo y Sullivan.

Me paseo por los pasillos esperando a que algún libro me llame la atención. Han pasado dos semanas desde que estoy con los chicos, agosto ha acabado y justo hoy ha iniciado septiembre.

Dos semanas en las que prácticamente he estado viviendo en casa de Chiara.

—— ¿No te gusta leer? -me pregunta Reggie quien ya ha tomado varios libros.

——Me gusta y mucho pero tengo un bloqueo.

Un bloque con una duración de casi un año.

——Pues entonces yo he tenido un bloqueo toda mi vida.

Dice Beck que aparece con una sonrisa.

——Comics -digo al ver lo que trae en manos.

——Sí, son para leer de a ratos.

——Y para leer has elegido, comics.

Entrecierro los ojos y Reggie solo se ríe.

——No eres la indicada para juzgar ni a los comics ni a mí.

No hago más que rodar los ojos. Corto el tema de que ha elegido comics para leer porque si no, volverá a echarme en cara lo de Marvel y demás.

—— ¿De qué son?

Me enseña las portadas.

——Superhéroes y... Marvel otra vez.

Lleva unos comics de Thor, Hulk, Capitán América y Spiderman que es al único que ubicaba antes de saber que era un personaje de Marvel.

——No te hagas que te han encantado.

——No es cierto, no me han encantado.

——Mientes.

——Sé que miento pero tú también te equivocas.

Sonrío y él también pero sin entender a lo que me refiero.

——Me han gustado.

—— ¡Lo sabía!

——Pero el que me ha encantado ha sido Capitán América.

Su vista se queda fija en el piso, tiene una especie de viajes como de veinte segundos.

—— ¿Sabes? Cada vez me gusta menos por tu culpa.

Se va y lo sigo sin dejar de reír.

—— ¿Quieres comprar discos?

——Ujum, ¿Algún cantante favorito?

——Pues...

——Ah, ya recuerdo, solo escuchas al tal Ruel.

—— ¿Envidia?

——Quisieras.

Sonrío por inercia al ver como sus ojos brillan.

—— ¿Y tú... tienes algún cantante favorito?

——Justin Bieber, sin duda.

——Vale, anotado.

Le creo por como canta, se nota que su estilo está muy marcado por artistas como Justin Bieber o Michael Jackson.

Comienza a llover otra vez así que en cuanto Reggie y Beck terminan de pagar salimos disparados a la camioneta, yo soy la que termina empapándose más.

Beck conduce porque al parecer Reggie es un conductor principiante y vuelvo a temer por mi vida por como conduce Beck y más con la carretera mojada.

——Paul no dejaría de regañarme si me viera.

Pienso en cuanto entro a la habitación junto a Beck.

—— Es... ¿Tu hermano mayor, cierto?

——Sí, ah y mamá me daría el diagnostico instantáneo de que tendré gripe y que necesitare inyecciones y un montón de medicina.

—— ¿Por qué siempre hablas así de tu familia?

—— ¿Y cómo hablo de mi familia?

——Como si fueran una familia monomaniaca.

—— ¿Me he escuchado mal?

——Meeh... ¿Los extrañas?

—— ¿Está mal si te digo que solo extraño al perro?

Suelta una carcajada mientras en la cama me tiende un montón de sudaderas y playeras.

——Son las más pequeñas que tengo, puedo buscar algo en el ropero de Simon, él usa tallas más chicas.

Me ofrece y yo niego con la cabeza.

——Así está bien... ¿Qué me dices de tu familia?

Pregunto en lo que busco que ponerme.

—— ¿Mi familia?

——Tus papás, tu hermano, tus primos...

——Solo busca en internet, ahí encontrarás todo lo que quieras saber, Miri.

——Por algo te lo estoy preguntando a ti y no al internet, Beck.

Es lo último que digo y acabo con el tema al ver que le incomoda. Le sonrío cuando por fin encuentro algo que ponerme.

Corro al baño y salgo cambiada, Beck sonríe al verme.

——Te pareces a Boo.

—— ¿La de Monster Inc.?

——See, eres Boo en la vida real.

Me he puesto una playera rosa que me llega hasta las rodillas y he dejado que Beck me haga un churro de cada lado de mi cabeza.

——Entonces tú eres Sullivan.

Señalo su sudadera que el día de hoy no es negra, es azul con manchas purpuras.

—— ¿Coincidencia?

——Brujería.

Le contesto y salimos riendo hasta que llegamos a la sala y nos dejamos caer en el mismo sofá para escuchar de lo que hablan Reggie y Katie.

——No es mala idea.

Reggie le dice a Katie.

—— ¿Ves? Solo que comienzo a creer que la personalidad de Simon se te ha pegado un poquito.

—— ¿De qué hablan?

Pregunto cuando Beck posa su brazo en mis hombros en lo que nos arropo con la manta.

——Katie ha propuesto ir a los juegos por la tarde.

——Ah vale...

—— ¿Sabes qué es?

Se me burla Beck y le saco la lengua.

——Sí, un lugar lleno de juegos como bolos, pegarle a la ardilla.

—— ¿La ardilla? Es un topo, Miriam.

Ah...

Yo ruedo los ojos al escuchar la risa de Beck.

——Eres un poco despistada, Miri.

——No lo soy.

——Ajá, como tú digas.

—— ¿Y quiénes van a ir?

Ignoro al bonito pesado que está a mi lado.

——Pues Henry y Simon ya aceptaron, solo faltan ustedes por confirmar.

——Mhm, lo pensaré, la lluvia hace que me la quiera pasar en cama.

——Tu siempre te la quieres pasar en la cama -Katie me juzga y yo me encojo de hombros.

——De todas formas lo pensaré, ¿Y tú Beck?

——Quizás, tengo que ir a casa de mis padres primero.

—— ¿Henry y Simon van a ir? -le pregunta Reggie y asiente—— Entonces yo también te acompaño.

—— ¿Y si mejor todos vamos contigo y ya de ahí nos pasamos a los juegos?

Beck no parece estar muy convencido por la idea de Katie.

—— ¿Tu no quieres ir, Mir? -me pregunta ansiosa.

—— ¿Yo?

——Si tú, ¿No quieres ir a casa de Beck?

Lo pienso y giro mi cabeza para que la mirada de Beck y la mía se encuentren, para comprobar si sus ojos destellan como lo he notado desde que lo conocí. Ladeo la cabeza y...

——Sí, tal vez...

Respondo y ahí está, el brillo en sus ojos de los que cada vez me convenzo de que cuando destellan un color azulado se hace visible.

—— ¿Entonces Beck?

——Muy bien, al parecer vamos todos juntos.

Bajo la mirada y me re acomodo en el sofá.

——Iré a avisarles a los chicos -se levanta Reggie.

——Mir, sube por tu celular para que vayamos a arreglarnos.

Asiento y se va siguiendo a Reggie.

——No entiendo por qué sigues durmiendo en casa de Chiara.

Me dice Beck que viene detrás de mí y logro sentir su mirada en mi nuca.

—— ¿Y cuál es el problema?

——Que no estas cumpliendo el trato.

——Ah, eso.

——Ah, eso -me imita y yo no hago más que sonreír.

——Es lo mismo, dormir aquí o allá.

——No es lo mismo.

——Claro que lo es.

——No lo es porque yo no estoy en casa de Chiara.

No le respondo y no lo hago porque no sé qué responderle, últimamente dice cosas que no logro entender.

Entramos a la habitación y me acerco a la cama donde he dejado mi celular pero me encuentro con algo más y no digo nada cuando veo lo que es.

——Me lo han dado en la tienda cuando pague los discos.

Me dice mientras lo toma y extiende la mano.

——Todo tuyo.

——Te lo han dado en la tienda...

——Sí Mir, creo que eso fue lo que dije hace 10 segundos. Al parecer se está haciendo algo famoso.

Se burla.

—— ¿Es real?

——Claro que lo es, tú me has visto comprando discos. Tómalo o lo tirare a la basura si no lo quieres.

Me amenaza y aunque no me gusta que me hablen en ese tono lo dejo pasar cuando acepto emocionada el CD de Ruel.

—— ¿Tanto te gusta?

——Sí, mucho.

Aviento el CD a la cama y me le trepo encima a Beck para abrazarlo.

——Gracias, gracias, gracias -le reparto besos en la cara.

——Agradécele al de la tienda, seguro te ha escuchado.

—— ¿Insinúas que le he gustado al de la caja? -me alejo para verlo a la cara.

——Probablemente.

——Entonces debería irme ya y apurarme para tener tiempo de sobra y pasar a la tienda a darle un abrazo a ese joven tan inteligente.

Me bajo de él y me doy la vuelta para tomar el CD y mi celular.

—— ¿Te gusta dar o recibir?

Inquiere con la vista en mi nuca cuando estoy de espaldas observando la joya que tengo en manos.

——Depende, no soy de dar abrazos y no me gusta que me abracen aunque cuando las cosas no van como quiero suelo aceptarlos.

——Deduzco que ahorita no deseas un abrazo pero no importa.

——Ahora resulta que lees mi mente.

Me rio y me callo al instante cuando me abraza por detrás y siento su torso definido. Se me ha secado la boca pero vuelvo a hablar:

—— ¿Cómo debo de ir vestida?

—— ¿A casa de mis papás?

——Sip, no quiero causar una mala impresión.

Y es cierto, suena raro y podría negar el sentimiento pero tampoco se me daría bien hacerlo y menos con Beck.

——Con lo que sea que te pongas te ves bien, al menos para mí siempre es así.

Y no puedo evitarlo, no puedo evitar sonrojarme y agradezco que este de espaldas y él no pueda verme.

——Vale, entonces me voy o Katie querrá matarme.

Deshago su agarre y me giro para quedar frente a frente.

——Mataría a la garrapata loca en el intento.

——Reggie no te dejaría.

—— ¿Quieres ver que sí?

Sonrío negando con la cabeza.

——Ahora sí me voy.

Intento irme pero me detiene quitándome el CD.

—— ¡Oye!

——No hay disco hasta que empaques todo lo que tienes en casa de Chiara y te vengas para acá.

——Eso no es justo.

——Lo es, entonces ¿Trato?

Ruedo los ojos, le saco la lengua y el me responde de la misma forma.

——Ugh, es un maldito trato -Beck sonríe triunfante——. Me voy que ya me has dañado el genio.

——La mayor parte del día nunca estás de genio, Miri.

—— ¡Qué no me digas así!

——Sí, sí, como digas Miri.

Chillo y alego con Beck hasta que Chiara me saca de la habitación arrastras y me sube al auto. Llegamos a la casa y nos arreglamos con rapidez, bueno, yo lo hago porque Katie se toma su tiempo.

Katie no me deja comer nada y arranca el auto.

——Me va a dar gastritis.

——Que no, comeremos en casa de los papás de Beck.

—— ¿Y si no tienen comida?

——Siempre tienen.

—— ¿Y cómo estas tan segura?

—— ¡Qué no ves al que tienen como hijo, Beck se la pasa tragando!

Me callo y no vuelvo a hablar cuando veo a Katie exasperada por no hacer silencio y quejarme tanto, aunque en lo último no miente, Beck se la pasa comiendo pero todo lo compensa con el ejercicio que hace.

En mi caso, también me la paso tragando pero... con la diferencia de que no engordo. Hago ejercicio porque me gusta pero solo cuando tengo voluntad, si no la hay entonces no hay fuerza que me levante.

—— ¿Y cómo son los papás de Beck?

Me da curiosidad por saber a quién se parece más.

——Nathan y Claire son un amor, tenlo por seguro. Su hermano es un pesado, mucho más que Beck.

—— ¿Tiene un hermano?

——Daniel, es cuatro años mayor que Beck.

——No se escucha tan mal.

—— ¿Quién?

——La familia de Beck, me han dicho que es algo problemática pero...

La risita nerviosa de Katie me calla.

——Es que lo son.

——Son famosos.

——Mir, que lo sean no quiere decir que no puedan ser un caos.

——Mi papá dice que ver para creer.

No volvemos a hablar hasta que Katie se estaciona en lo que no parece una casa.

——Esa de ahí es...

——La mansión Beck.

Justo en la pobreza.

Mi familia no ha tenido ni lleva una mala vida, todos hemos terminado la carrera y todos mis hermanos tienen un trabajo estable pero esto es otro nivel, un nivel millonario.

La mansión es de dos pisos y quien sabe cuántas habitaciones tienes, solo sé que es enorme; está pintada de color blanco y el techo es azul, las rejas del portón son negras.

Tienen estacionamiento y un patio enorme.

—— ¡La garrapata y la pulga han llegado de la mano!

Grita Henry entre risas al vernos haciendo que los chicos se giren hacía nosotras y a mí me saca de mi corto circuito.

—— ¿Tienes frío, Mir? -me pregunta Simon cuando me acerco.

Asiento, aun con sudadera sigo sintiendo el frío que causan la temporada de lluvias. No quiero ni imaginarme cómo voy a estar cuando sea diciembre y el invierno comience.

——Hay que entrar antes de que vuelva a llover -dice Reggie cuando deja de besar a Katie.

Simon y Henry se van por delante, Reggie y Katie detrás de ellos y Beck y yo hasta atrás.

—— ¿Me veo bien así?

Inquiero mostrándole la sudadera y el asiente.

——Te verías como una loca si hubieras venido en vestido, está haciendo más frío de lo normal.

Llegamos a la entrada y Henry toca el timbre, luego de eso una muchacha nos abre la puerta y no parece ser de la servidumbre o algo parecido.

——Han venido todos -se queja——, me voy a dar un tiro.

—— ¡Deja de decir tonterías Alice! -la regaña—— Quítate y déjanos pasar.

No, no es de la servidumbre y quiero verla mal por su actitud pero en vez de eso me causa gracia, es como verme a mí antes de llegar a la ciudad; la diferencia es que al parecer ella está mostrando su auténtica personalidad y la mía se había modificado un poco por el encierro.

Alice es casi de mi misma estatura, cabello lacio y negro, ojos caídos y es de una tez un poco más oscura que la de Beck.

Doy el primer paso en la casa y no tardo en echarle un vistazo, es algo espaciosa, hay pinturas, reconocimientos y premios por todas partes. La sala de estar es grande, los sofás se ven cómodos y la televisión es tres veces más grande que la que tengo en mi habitación.

Hay una puerta corrediza que da la vista perfecta hacia el patio verde lleno de plantas.

—— ¡Clairee!

—— ¡Henry!

La mamá de Beck y Henry se abrazan, ella se ve más bonita en persona y tiene un aire coqueto como Beck.

El color de cabello, tez y ojos es la misma que la de Beck con la diferencia que los ojos de él son grandes parecidos a los de Bambi. Claire viste de una manera muy formal pero igual se ve elegante y yo... Me le estoy presentando en sudadera.

——Chicos, es un gusto verlos de nuevo.

——Lástima que no han podido venir todos -le dice Reggie cuando se abrazan.

——Una verdadera lástima, ¿Ellos dónde están?

——En París y mañana se van a Inglaterra -responde Katie y se deja abrazar——. Te ves muy bien Claire.

París, Inglaterra... El verdadero quien pudiera.

——Lo mismo digo, ¿Y dónde está mi Jaden bu?

Suprimo la carcajada al escuchar el apodo.

——Aquí esta -lo señala Alice y él rueda los ojos.

——Hola mamá.

—— ¡Cariño me alegra tanto verte! -su madre lo abraza y le da dos besos en la mejilla—— Dijiste que vendrías a la siguiente semana pero no te apareciste en todo lo que quedaba del mes.

——Cosas del trabajo -se justifica Beck y dejo de observarlo cuando noto que su madre tiene la vista fija en mí.

——Ah, entiendo -no sé ni donde pararme de los nervios y de la nada ella vuelve a sonreír—— ¿Cuál es tu nombre, linda?

——Ella es Miriam, es una nueva amiga -le contesta Beck.

——Es un placer conocerla señora Claire -le extiendo la mano pero en vez de eso ella me abraza y se aleja con una sonrisa en labios.

——El placer es todo mío Mir y no me digas señora, llámame Claire.

——Está bien, Claire - le sonrío.

¡Ahí está!

Ujum, veo como le destellan los ojos igual que a Beck pero es un brillo tan alegre y en cambio el brillo de Beck siempre es de sorpresa, como si viera o aprendiera algo nuevo. Sus ojos son marrones pero el ligero azul suele estar presente.

—— ¿Papá está aquí?

——Sí, no tarda en bajar -le responde——. Mir, ella es mi hija Alice.

——Hola.

Es lo único que me atrevo a decir cuando ella me inspecciona de arriba a abajo.

——Mientras...

Alice intenta hablar pero la interrumpe la llegada de un chico. Es un poco más bajito y su cabello es de un castaño más claro que el de Beck, no tiene piercings ni tatuajes pero el parecido es obvio.

—— ¿Y esta preciosa es...?

Me mira con ojos coquetos y me besa el dorso de la mano.

——Me llamo Miriam.

——Miriam, yo soy Daniel hermano de Jaden, es un gusto conocerte. ¿Soltera, en una relación, prometida, casada o viuda?

Plantada pero casi casada.

No ayudas.

Pienso responder pero en vez de eso creo que me va a dar una taquicardia cuando Beck me toma de la mano.

——A comer.

Beck dice en seco y me lleva con él hasta llegar al comedor donde ya se encuentran todos sentados; en cuanto notan nuestra presencia todas las miradas bajan y se enfocan en las manos entrelazadas, deshago el agarre de inmediato y tomo asiento queriéndome matar porque sé que mi cara está más roja que un jitomate.

La mesa es enorme pero las luces amarillas hacen sentir el lugar como un comedor normal.

——Jaden ha llegado de mal humor, eh -dice Daniel cuando entra con una sonrisa——. No es justo que te comportes así con tu hermano cuando es tu...

——Con una mierda Daniel, cállate -espeta Beck.

Su humor ha cambiado en instantes, se ve irritado.

Daniel Beck, es actor y sus películas son las que más se venden en taquillera. A él sí que lo conozco y como no si se habla demasiado de como él alardea de su belleza y se la pasa con una pareja nueva cada que uno respira.

——Ese vocabulario, Jaden -lo reprende su madre y yo sonrío al ver su puchero.

Quiere gritar pero no lo hace, Reggie y él se miran y es suficiente para que él se contenga.

Si uno a simple vista ve a los tres hermanos Beck, en instantes se puede creer que la oveja negra de la familia es Jad... Beck.

Me gustaría llamarlo por su nombre y no por su apellido.

Es alto, cabello castaño oscuro, mandíbula marcada, ojos grandes, tiene piercings, tatuajes en los brazos y algunos en las manos, por lo normal siempre viste de negro y le gustan demasiado los tenis de plataforma y esas botas enormes que dan patadas que resetean.

Casi como un bad boy de libro cliché.

——— ¿Y la abuela?

———Giselle no pudo venir, el vuelo se ha retrasado. Ella estaba molesta.

Beck ríe por lo bajo.

———Ya me la imagino.

Alice entra al comedor y luego de ella entra un señor, el padre de Beck, el gran Nathan.

Es igual de alto que Daniel y ahí es cuando me pregunto qué es lo que le dieron de comer a Beck para que sea el más alto en la familia.

También he notado que Beck es el único de ojos grandes.

El color de cabello es negro como el de Alice, el aire coqueto también está pero no mucho más intenso que el de Claire. Es fácil deducir que el señor Nathan fue guapo en su juventud de numerosas conquistas.

Deja ver una sonrisa enorme cuando ve a Beck y este se levanta a abrazarlo. No hay brillo en los ojos como en Beck y Alice pero la sonrisa es la misma.

Todos lo saludan hasta que su vista se detiene en mí.

Que ansiedad por Dios.

——Papá, ella es Miriam -me levanto de la silla, le tiendo la mano como saludo y el la acepta.

——Es un gusto conocerlo señor.

——No, no, el gusto es mío Miriam.

Su sonrisa se ensancha aún más.

——Llámame Nathan, señor me hace sentir muy viejo -asiento——. Por favor siéntete como en tu casa y festejemos.

Me siento en mi lugar pero no entiendo, ¿Qué se supone que vamos a festejar?

——Papá... ——le dice Beck pero Nathan no le hace caso.

——No empieces Jaden, es tú cumpleaños y es algo que debemos festejar luego de tanto tiempo.

—— ¿Es tu cumpleaños? -no puedo evitar el tono de sorpresa.

——Sí...

—— ¿Y por qué no lo dijiste antes?

Primer día de septiembre y es cumpleaños de Beck, vaya cosa.

——No es importante -se encoje de hombros——.

——Claro que lo es y ahora me siento mal por no tener un regalo que darte.

——Que nos la pasemos juntos en casa es más que suficiente.

Inflo mis mejillas por los nervios que me dan el que todos se hayan quedado estáticos, no entiendo el porqué de la sorpresa en los rostros. A mí me parece lindo que a Beck le haga feliz estar con su familia.

¿Es raro que lo diga?

Daniel le da un trago a su vino y Henry carraspea, luego de eso todos actúan y ven raro a Beck.

—— ¿No te emociona festejar tu cumpleaños en familia después de varios meses sin vernos, hermanito?

Le pregunta Daniel. ¿Qué no es lo que acaba de decir Beck?

—— ¿Tu cuentas como familia?

——Te recuerdo que soy tu hermano mayor -le responde Daniel a Alice.

——Y yo que pensaba que tú eras el perro y BDN mi hermano.

——Alice compórtate -la regaña Nathan pero eso no le impide a Beck reírse.

——Es cierto, ¿Dónde está BDN? -inquiere Katie.

——En mi habitación -Alice contesta-, seguro tardará en reconocer a Jaden.

Tengo la leve sospecha de que en serio Beck no había venido a su casa en mucho, mucho tiempo.

——Mucha charla, ya es hora de comer, ¿Tienes hambre cariño?

——Un poco -le miento a Claire.

Estoy a nada de desmayarme del hambre.

——Entonces que traigan la comida rápido -ordena Nathan——, ¿Qué te gustaría comer, Mir?

——Spaghetti a la carbonara -me susurra Katie y le doy un leve pisotón.

——Lo que sea está bien para mí.

Nathan me sonríe y la comida no tarda en llegar.

Pasamos cerca de una hora en casa de Beck donde Daniel no deja de coquetearme y con Beck se la pasa peleando; les preguntan a los chicos como han estado ellos y qué tal van los conciertos, la agenda y los viajes hasta que a la que empiezan de llenar de preguntas es a mí.

—— ¿En dónde te estas quedando, Mir?

——No la enfades mamá -se queja Beck pero yo igual le respondo.

—— Ah... En casa de la hermana de Katie, tuve algunos problemas con la casa que rente.

——Uh, te entiendo querida a mí me ocurrió una ocasión y ahora que lo pienso, Beck ¿Por qué no...?

La pregunta de Nathan queda a medias cuando un montón de voces se escuchan en la sala y Beck se tensa al instante, el ambiente se transforma y yo no logro interpretar el rostro de todos cuando aparece un señor igual de alto que Nathan junto con los primos de Beck al lado.

Incluso a Daniel se le borra la sonrisa coqueta y se pone a la defensiva.

Amina es delgada, de ojos pequeños, levemente morena y de cabello castaño ceniza; Edmund es alto, cabello negro y ondulado, tiene un cuerpo algo trabajado, él también tiene un aire pero no de ser coqueteo si no de torpe.

—— ¡Familia! No puedo creer que estén festejando el cumpleaños del pequeño Jaden sin nosotros.

Dice con una sonrisa el señor de cuerpo robusto, alto, ojos marrones y cabello negro cobrizo. Me resisto a inflar mis mejillas cuando su mirada se enfoca en mí.

—— ¡Primo! -Amina abraza a Beck sin ser correspondida.

—— ¿En tu cumpleaños y de tan mal humor Jaden? -inquiere Edmund con una sonrisa burlona.

Beck está más serio de lo normal y eso me asusta un poco. Veo de reojo como Katie se ha levantado de la mesa y Claire la ayuda a salir del comedor junto a Alice.

—— ¿Y esta quién es? -Amina me mira mal.

Quiero sacar las garras pero no puedo, no quiero que Nathan y Claire piensen mal de mí.

——No es esta, ella tiene nombre y es Miriam -Beck y Daniel se levantan de sus asientos.

——Amina vete a la sala -le ordena Nathan.

——Pero tío...

—— ¡A la sala, igual tú Edmund!

Los dos se van y cuando creo que la tensión se va a desvanecer no es así, solo se vuelve más intensa.

—— ¿Trabajas para él?

—— ¿Qué?

—— ¿Qué si trabajas para Jaden?

Me vuelve a preguntar el señor cuyo nombre aún no sé.

——No.

——Cállate -le ordena Beck al que creo que es su tío.

——Ah, vale, entiendo. Ahora resulta que se le debe tener más respeto a la pelanduscona del joven Jaden que a la familia.

¿Qué? Yo solo...

—— ¡Eres un asqueroso de mierda! -vocifera Beck lleno de rabia y se le trata de ir encima pero Henry, Daniel y Reggie lo detienen y logró ver como Simon sale del lugar.

—— ¿Tanto te enoja que insulte a tu fea puta? -se ríe el señor.

Podría bajar la mirada y sentirme mal como algunas veces suele suceder cuando me ofenden de tal manera pero no lo hago, ni siquiera sé el porqué de tanto lio y que tengo que ver yo en todo esto.

—— ¡Bájale ya, Alfred!

Le grita Nathan y yo solo tengo mi mirada fija en Beck.

——Hijo es mejor que...

—— ¡Es mejor que no vuelva a venir si aún siguen recibiendo a este hijo de puta asqueroso que tienes como hermano!

Beck me toma de la mano y me saca de ahí hasta que llegamos al portón de la mansión en el que suelta de palabrotas en medio de gritos y se detiene al instante cuando ve a Daniel y que este se acerca.

——Saca a Alice de aquí -le pide, no, le ordena.

Dejo de lado el que me hayan insultado y me pongo a pensar que es la primera vez que noto a Beck tan furioso y serio, sus ojos marrones remplazaron los destellos azules y ahora se ven opacos y llenos de furia.

——Sí, ya está arreglando su maleta. Nos iremos a la casa del bosque, me quedaré con ella.

¿Casa del bosque?

Pobreza, pobreza y pobreza.

——No tarda en salir, Simon la estaba ayudando, ya sabes con lo de...

No termina la frase, parece que se comunican telepáticamente y Beck solo asiente.

——Me voy, estaré al pendiente -le dice Beck y este me lleva con él sin soltar mi mano.

No entiendo nada.

Cuando llegamos a la camioneta, Simon está al mando de la camioneta y los chicos junto a Katie ya están arriba.

——A casa -dice a Beck cuando nos subimos a los asientos traseros.

——No, iremos a los juegos -le contesta Henry.

——No estoy de humor.

——Beck, es tu cumpleaños -insiste Reggie y me sorprende ver a Katie tan quieta, callada y seria.

——Por desgracia.

——Bueno... A los juegos -afirma Simon y arranca.

Beck intenta quejarse pero suspira y echa la cabeza para atrás cuando Henry pone música y le sube el volumen.

Quiero preguntar que ha sido todo eso, saber cuál es problema y qué tiene que ver el tío en todo esto.

A Beck le he conocido algunas facetas en estas semanas pero nunca lo había visto serio y con la mandíbula tensa.

En el camino no se habla, solo se escucha la música y parece que por fin ha parado la lluvia porque el cielo comienza a despejarse dejando ver los pequeños rayos del sol.

Simon consigue un lugar para estacionar la camioneta y todos bajan de ella metiéndose al lugar dejándonos a Beck y a mí solos.

——Beck...

——No pasa nada y te pido una...

——Oye, estate tranquilo, no te preocupes por mí ¿Vale?

Sus ojos me miran dudosos pero me termina regalando una pequeña sonrisa.

——Bien, andando a los juegos Boo.

—— ¿Entonces yo te puedo decir Sullivan?

——No.

——Vale, vale, no te diré nada ni me quejare solo porque es tu cumpleaños y no te he dado ningún regalo.

——Pff, incluso si no es mi cumpleaños te seguiré llamando Boo o Miri.

——Prefiero Boo.

——A mí me gusta cómo suena Miri.

—— ¡Qué no! ——chillo—— Parece apodo de perro.

——Yo conocí una cachorrita que se llamaba Miri.

—— ¿Te estás burlando de mí?

Lo dejo solo y yo me encamino a los juegos irritada por las carcajadas que se carga. El lugar no es grande pero está lleno de juegos de todo tipo y las luces azules, verde, rojas y amarillas deslumbran por todas partes.

No hay muchas personas y es entendible por el clima de locos que hay en la ciudad.

——No te enojes ——me abraza por atrás——, aunque lo de la perrita no es mentira.

——Ugh, Beck mejor vamos a jugar que solo haces que me dé jaqueca.

Suelta una pequeña risita y nos vamos a los juegos donde se encuentran los demás.

Jugamos de todo un poco, tomamos fotos y descubro que Beck es muy bueno para esto, no pierde en nada y no le gusta perder.

Somos similares en eso.

Katie chilla cada que pierde y Reggie la consuela con besos; Henry se la pasando retando a todos y pese a que la mayoría de las veces pierde, él solo se parte en carcajadas y Simon se deja guiar a hacia todos los juegos a los que Beck quiere ir.

——Mir, te reto a que juguemos con el saco de boxeo -me dice Henry.

—— ¿El que mide la fuerza del golpe?

——Sí, ¿Entonces?

——Acepto el reto.

——Tienes que pasar el record.

—— ¿Y si no lo paso?

——Me das 30 dólares.

Nos estamos quedando sin dineroo.

——Y si yo gano tú me das el doble -negocio y Henry suelta una risa como si no me creyera.

——Como tú digas.

Veo que en el juego Beck está apunto de golpear el saco y el resultado hace que abra la boca y Beck de un salto de triunfo.

—— ¿897?

——Creo que hoy me voy a ganar unos buenos billetes -se burla Henry.

—— ¿Quién sigue? -se hace a un lado Beck.

——Yo -me acerco sorprendida pero segura.

——Oye Mir no creo que...

——Es un reto -aclara Henry.

——No debe de ser tan difícil -me digo y me posiciono cuando Henry mete la tarjeta para que empiece el juego.

Me quito la sudadera quedándome solo con la blusa roja que he comprado con Chiara y Katie.

Respiro, saco el aire y... ¡Golpe!

Cierro los ojos y los entre abro para ver el resultado: 1000.

60 dólares a casa bebé.

Sonrío más emocionada que nunca y la reacción de los chicos solo hace que me ponga nerviosa. Reggie y Katie con la boca abierta, Simon más palido de lo que es, Henry no sabe a dónde mirar y Beck... Beck está en uno de sus viajes.

——Te ha ganado -dice Reggie.

——Y por varios puntos -se burla Simon.

—— ¡Madre mía Mir! -se me acerca Katie con rapidez—— ¿Dónde has aprendido eso?

——Hazte a un lado -Beck se acerca—— ¿No te has lastimado?

Toma mi mano y revisa mis nudillos.

——Solo arden un poco pero estoy bien.

—— ¿Sabes golpear?

——Algo así. Henry, mi premio -me giro a él con una sonrisa.

——Te los doy en casa.

——Y yo nací ayer, ¡Dame mis 60 dólares!

Henry chilla pero me los termina dando.

Salimos del lugar cuando escuchamos que está lloviendo otra vez.

—— ¿En dónde has aprendido? -me pregunta Beck en lo que me acomodo en el asiento.

—— ¿Qué?

——A golpear.

——Tome clases de defensa personal, era eso o irme a un curso de matemáticas y te recuerdo que todos mis hermanos son hombres así que también fue por supervivencia y añádele que si mi papá metía a clases de boxeo o karate a alguno, eso significaba que íbamos los cuatro.

—— ¿También sabes karate?

——No exactamente, ninguno termino el curso.

Me sonrojo ante el recuerdo.

——La cara está a punto de explotarte -se burla——, así que cuéntame Mir, ¿Qué hiciste?

——No hice nada.

——Miriam, creo que desde que te conozco te he dicho cerca de mil veces que eres pésima mintiendo.

——Solo tú dices eso.

——Niégalo todo lo que quieras pero necesito la historia.

Dudo en contarle porque esta clase de anécdotas son las que hacen que quiera tirarme de un barranco.

——Te cuento pero tú me cuentas algo de ti.

——Mhm...

——No pienso hacerme pasar vergüenza sola, Beck.

——Vale, acepto pero tu cuenta primero.

Se te va a ir todo la vibra cool que pudiste llegar a tener frente a él.

——No te rías -se encoge de hombros——. Promételo.

——Ay dios, no puedo imaginar lo que hiciste como para que hagas tanto escándalo. ¿Quieres que también firme algún tipo de testamento?

—— ¡Beck!

—— ¡Cuentamee!

——Te mato si te ríes -advierto y respiro profundo——. Papá nos metió a karate por Leo y yo en aquel entonces tenía unos 15 o 16 años.

——Toda una puberta -lo miro mal——. Bien, me callo.

——Durante el primer mes si tome las clases hasta que llegó un chico nuevo a la clase, era dos años mayor, guapísimo, alto y...

——Oye, no quiero saber de tus cochinadas.

Le doy un manotazo en el hombro y se ríe.

——Como decía, para mí era de lo mejor que había podido ver en la ciudad y efectivamente, comenzaron los coqueteos hasta que empezamos a salir. Y había una ventaja en todo eso.

Murmuro lo último y bajo la mirada.

—— ¿Cuál?

——Era hijo del maestro.

——Ay Mir, no me digas que...

——Su papá me dejaba irme de las clases para tener citas con su hijo.

Su semblante cambia pero no me detengo y sigo contando.

——Mis hermanos no se daban cuenta porque nos tenían en diferentes salas por la edad. Alan tenía la misma edad que el chico y por lo tanto iban juntos en la misma sala y él se la pasaba quejando de que el hijo del profesor ni siquiera iba y yo solo me ponía nerviosa cuando me preguntaba.

——Miriam no sabiendo mentir desde tiempos ancestrales.

——Las mentiras no fueron el problema. El chico fue mi segundo novio y luego de un mes de estar saliendo quisimos dar otro pasito.

——No estarás insinuando...

——Quisimos echar un polvo pero no fue ni en el momento ni en el lugar indicado.

Me sonrojo aún más y comienzo a jugar con mis dedos.

——En la sala había un cuarto de limpieza, según nosotros la puerta estaba cerrada y una cosa estaba cerca de pasar a la otra cuando mis hermanos abrieron.

Sentencio y mi mirada se va a la venta con tal de no ver el rostro de Beck.

—— ¿Qué le paso el chico?

—— ¿Pues tu qué crees? Leo me lo quitó de encima y Alan fue el primero en comenzar a golpearlo. Se los quite de encima y me sacaron del lugar cargando. Llegamos a casa y le contaron a papá.

——No sé si reír o llorar, ¿Hasta ahí quedo todo?

——Oh no, claro que no -me río nerviosa——. Papá se volvió el diablo en vivo y en directo y mamá el mismísimo fuego. Los dos salieron de casa y nosotros detrás de ellos mientras que Alan le marcó a Paul.

—— ¿A tu hermano mayor?

——Ujum, el abogado -susurro y Beck solo se ríe tan fuerte que todos en la camioneta giran para verlo.

El resto ya es cosa fácil de imaginar, papá se fue a golpes con el profesor y mi mamá desgreño al chico con ayuda de Alan y Leo, Paul llegó al otro día y casi los mete a la cárcel

Todo un show.

Lo que resta del camino no deja de burlarse y hacerme enojar; me irrita tanto que cuando Simon ni siquiera se termina de estacionar yo abro la puerta de la camioneta y brinco de ella.

—— ¡¿Acaso estás loca?!

Se escandaliza pero lo ignoro y le doy la espalda hasta que llego a la casa; no hemos ido a casa de Chiara porque esta noche llevará a un chico y nos pidió privacidad.

——Mujer, te llevas pero no te aguantas -dice Beck apenas cruza el umbral de la puerta con una sonrisa.

Al ver que no le hago caso se deja caer en la cama a mi costado derecho. Tengo los ojos cerrados pero sé que está viéndome con una de esas sonrisitas molestas y sus ojos destellando.

——No te molestaré así que... ¿Cenamos sushi?

No contesto pese a que mi estómago y cerebro gritan que sí.

——Anda, tengo hambre y sé que tú también. Miriii...

Si Dios existe le pido paciencia y no fuerza porque si me la da lo ahorco.

——Boo, última insistencia.

Abro los ojos y me giro para quedar cara a cara.

—— ¡Vale pide el sushi pero deja de hablar que ya tengo migraña!

——Te pones de mal humor cuando tienes hambre, eh.

—— ¡Tú igual y si no te pones como ahora!

—— ¿Y cómo estoy ahora?

Apetitoso.

Miram por Dios.

—— ¡Como un grano en el culo!

——Pues a mí no me salen ahí pero...

Me avergüenzo por lo que acabo de gritar, chillo, pataleo en la cama y Beck suprime la risa. Intento irme pero él me atrapa con los brazos.

—— ¿Estas llorando?

——No.

——Deja de hacer berrinche.

——No estoy haciendo berrinche.

——Y yo no estoy bueno.

——Madre mía que ego, lo tenías muy oculto.

——Lo pervertido también.

Me regala una mirada perversa e ignoro el hecho de que nuestros cuerpos estén tan pegados y no logro evitar que mi risa escape.

—— ¿Qué dirían tus fans si te escucharán?

—— ¿Eso importa?

——Mehh, igual creo que la imagen que tienen de ti se les caería.

—— ¿Ya te pusiste a navegar por internet?

—— ¿Ah? No, me lo han contado los chicos.

——Y les has creído muy rápido.

——Nop, solo que tú acabas de confirmar lo de tu pervertido interior -le doy un golpecito en su nariz——. Jaden el cantante y el que tengo enfrente, son muy distintos.

——La magia de la industria.

El brillo en sus ojos se vuelve un azul más intenso de lo normal.

—— ¿Es cansado?

——Frustrante diría yo.

Me incorporo y me levanto de la cama de un salto.

——No van a dormir en casa de Chiara -me dice y lo miro confusa——. ¿Vas a dormir así?

Buen punto.

El cuerpo comienza a picarme por el sudor y la noche está fría como para dormir con una blusa tan pegada y descubierta.

—— ¿Me prestas ropa? -inquiero como niña pequeña.

——La que quieras, ¿Te darás un baño antes de cenar? -asiento—— Las toallas están en el cajón de abajo y el ropero está a tu disposición.

——Vale.

En cuanto se va de la habitación tomo una toalla y corro al baño, salgo envuelta y camino hasta el ropero y cuando lo abro todo lo que hay me grita lo pobre que soy. Hay una infinidad de ropa de marcas reconocidas y sobretodo caras.

A Beck le gusta demasiado la ropa Prada.

Paso saliva y me pongo una de sus tantas playeras blancas y encima una sudadera azul, por suerte encuentro uno de los pantaloncillos que deje el otro día y me los coloco. Si trataba de ponerme algún short o pantalón de Beck es seguro que se me caen.

Beck tiene un estilo de vestir muy marcado pero también le gusta probar cosas nuevas.

A menudo usa ropa holgada y ama sus sudaderas, también a su chaqueta negra. Estos días solo lleva un piercing o dos en la oreja derecha, me gustan, igual que sus tatuajes.

Yo también tengo uno, lo tengo en el hombro pero es muy pequeño.

Salgo de la habitación, tomo asiento en la barra y...

—— ¡Beck! -chillo—— ¿Y el sushi?

——Le he dicho a los chicos pero la garrapata no me ha dejado -levanta las manos como muestra de inocencia.

——No puedes pasártela comiendo sushi -me regaña Katie y yo pongo los ojos en blanco.

——Te he dejado un sándwich -Henry desliza el plato y yo le sonrío.

Lo devoro con rapidez y emoción.

——Mir -me llama Simon—— ¿No has hablando con tus hermanos?

——Mhm... No.

Dejo el plato en el fregadero y me giro hacia él con rapidez.

—— ¡Te ha llamado Paul!

—— Algo así.

——Ay no, ay no, ay no -repito como si fuera el fin del mundo.

—— ¿Qué le pasa? -pregunta Reggie cuando se acerca y me ve dando vueltas de un lugar a otro.

——Está teniendo un cortocircuito -le responde Beck.

—— ¿Por?

——No sé Reggie, tú eres el que tiene novia no yo.

—— ¿Le has contado? -inquiero.

—— ¿De qué nos hemos conocido? Sí.

No.

¡Sí!

——Solo le contaste eso, ¿Verdad?

——Pues...

No puede ser, en verdad que de esta no me salvo.

—— ¿Tan malo es que le haya contado? -se burla Henry.

——Lo es, está pálida -le cuchichea Katie.

——Me voy a dormir -es lo único que digo reservándome las palabras.

——Te acompaño.

Me dice Beck pero Reggie y Katie nos detienen.

——Hoy dormirás con Katie -me informa Reggie para luego girarse hacia Beck——. ¿Y tú adonde crees que vas?

——A dormir.

——Hay trabajo -se acerca Simon——, solo una grabación.

——No.

——Jaden...

—— ¡Que no me llames Jaden!

—— ¡Entonces mueve tu culo a la azotea!

Beck le saca el dedo de en medio y antes de irse Henry le entrega una botella de agua.

——Buenas noches -canturrea el chico de hombros anchos antes de irse a la habitación de Beck.

——Si Henry va a dormir en...

——Vamos a dormir juntas -Katie me toma del brazo y me lleva con ella.

Me olvido de que Beck se quedara trabajando hasta tarde y solo me imagino el mitote que se han de cargar Alan, Leo y Paul.

Encuéntrame en:

Instagram: Lucerohdeez // Twitter: Lucerohdezz

‑‑

0 4: Pequeñas confesiones.

Es fin de semana, no hay gimnasio y la lluvia sigue.

—— ¡Greñas!

Contesta Alan después de llevar cuatro días sin contestarme las llamadas ni los mensajes.

—— ¿Qué tal, eh? ¿Algún ligue por ahí?

——Pásame a Paul ——trato de no hacerme sonar desesperada pero su risa no es de mucha ayuda.

——Uh, no se va a poder.

——Alan deja de joder y pásamelo.

——No me hables así que soy tu hermano mayor y ya te he dicho que no se va a poder.

—— ¡Pásamelo!

Siento que me voy a morir cuando escucho del otro lado de la línea las risas pero no solo de Alan sino también de Leo y Paul.

——Dejen de crearse novelas -advierto.

——Tarde -me contestan al mismo tiempo.

Chillo porque recuerdo que son hermanos y que yo también soy su hermana.

—— ¿Cómo está Beck? -me pregunta burlonamente Leo.

Muy bueno para que mentir.

¡Madre mía, control!

——Escúchenme muy bien los tres, no me hostiguen porque Beck y yo solo somos amigos.

——Ay, así comienza el amor -Paul dice con una voz aguda y me molesta que también les esté siguiendo la corriente a los otros dos zopencos.

—— ¡Son unos pesados!

Y no sé porque me sorprendo si ya sé cómo son, así como también sé que con esas bromas con lo de Beck esconden los celos.

——Ay mejor cállate que a ti nadie te aguanta y vas a ver que en unos meses vas a andar de la manita con el tal Beck.

Bufo cuando habla Leo y me tenso por un momento cuando los tres se quedan en silencio.

—— ¿Pasa algo?

——Pues, no sabemos si recuerdes que ya viene tu cumpleaños -empieza Leo.

——Oh...

—— ¿Lo habías olvidado?

——No, claro que no -suelto una risita nerviosa.

Sí, me había olvidado de mi cumpleaños. Mi memoria no es mala y es raro que me haya olvidado de la fecha cuando yo soy la que más se emociona.

——Vale, ese tal Beck te trae loca -afirma Paul.

—— ¡Que no y mejor vayan al grano!

——Mamá quiere saber si ya te sientes bien -el tono de incomodidad en la voz de Alan es notorio.

——Paul...

——Quiere saber si ya has considerado regresar a casa -confiesa el mayor con rapidez

—— ¡Ni siquiera llevo el mes fuera!

——Eso mismo le dijimos. Siendo sinceros no es como que queramos que regreses tan pronto -agrega Leo.

——Son tan conmovedores -les contesto con sarcasmo.

——Vale, vale, entonces qué le decimos a mamá.

——Que no voy a regresar.

—— ¿Sabes que podemos morir si solo le decimos eso?

——Sí.

Les cuelgo y me rio sola; Por la tarde le hablaré a mamá antes de que los despelleje.

——Ok... Creo que te has vuelto un poco loca pero no importa -me dice Katie cuando me ve—— ¿Qué ha pasado para que rías así?

——Nada importante, ¿Necesitas algo?

——De hecho sí, necesito que te arregles.

—— ¿Ahora mismo? ¿Para qué? Está lloviendo.

—— ¿Te estas negando? -frunce el ceño.

——No, lo digo porque las carreteras están algo peligrosas.

¡Brillante!

——Miriam es bastante temprano y tú no te preocupes por la lluvia que saldremos en la tarde.

—— ¿A...?

——Iremos a una galería de arte, ¿Te apetece?

——Pues...

La galería suena bien.

Salir de casa no.

Exacto.

——Anda, a Reggie le gustan mucho pero yo no sé de arte.

—— ¿Le gustan las galerías?

——Sí, le gustan mucho y también le gusta ir a los museos, pasear en el bosque y andar en bici.

Sonrío al escucharla. Reginald es alguien muy maduro pero su personalidad y sus gustos pueden ser sencillos y tiernos.

——Vale, te acompañaré.

Suelta un gritito de emoción y me da un abrazo con fuerza.

—— ¡Eres mi salvación! -suspira—— Por fin podré hacerle plática sin parecer una tonta en el tema.

—— ¿Cuánto tiempo llevan siendo novios?

—— ¿Seis...Casi siete? -duda—— Soy pésima con lo de las fechas.

——Llevan un buen tiempo juntos.

——Eso creo -se encoje de hombros con una sonrisa.

——Vale, ¿A qué hora tengo que estar lista?

——Antes de la cinco.

Asiento e intento acomodarme en el sofá pero no me deja.

——Primero iremos a casa de los chicos así que levántate.

Pongo una cara de horror. Son las ocho de la mañana, está lloviendo, no me ha dejado dormir y dentro de poco me dará hambre.

——No acepto quejas y apúrate que nos iremos en metro. Allá desayunaremos.

Quiero chillar al recordar que Chiara se ha llevado el automóvil esta mañana pero...

Beck está en su casaa.

Me levanto con rapidez y Katie me mira confundida.

—— ¡Date prisa mujer!

Ella sonríe y yo salgo disparada a cambiarme.

No tardamos más de 20 minutos cuando ya estamos en el metro. La casa de los chicos no está lejos, podríamos irnos caminando pero la lluvia cada vez es más fuerte.

El suelo está tan resbaladizo que se me doblo el pie derecho. Rengueo pues duele un poco.

Entramos a la casa con prisa y quien nos recibe es Simon.

——Hola Simon.

——Hola Katie, ¿Es muy temprano no crees? -le hace una mueca que desaparece en cuanto me ve—— ¡Miriam!

——Desde aquí huelo el favoritismo -murmura Katie cuando pasa al lado de Simon y este le saca el dedo corazón.

——Hola -le sonrío——, ¿Te hemos despertado?

Asiente dejándose caer en el sofá.

——Agradezcan que estoy de buen humor.

——Porque si no probablemente nos hubiera mandado a volar -me dice Katie en el oído.

——Hola chicas -nos saluda Reggie saliendo de la cocina.

——Hola Reggie -le contesto mientras Katie le llena la cara de besos.

Son... un poco demasiado cariñosos.

Me rio cuando veo la cara de asco que tiene Simon.

—— ¿Ya quieren desayunar? Para hablarle de una vez a Henry -nos pregunta Reggie.

——No te preocupes, aún es temprano.

¿Por qué mientes?

Tengo mi humor y puede que no tenga mucha paciencia pero eso no quiere decir que me guste incomodar a la gente.

—— ¿Y Beck?

——Sigue dormido -me responde Simon.

—— ¿Puedo ir a despertarlo?

Pide Katie y Reginald acepta.

—— ¡Dale paso a la garrapata!

Le grita Simon a Henry cuando aparece en el pasillo y Katie sale disparada a la habitación de Beck.

—— ¡Pulga buenos días!

Me río de Henry cuando me tira un beso volador.

—— ¿Sabes que soy más alta que Katie, cierto?

——Lo sé. Eres una pulga especial ——me guiña el ojo.

Simon pone los ojos en blanco, Reggie sonríe negando con la cabeza y... Salen tres almohadas volando junto con un peluche de... ¿Iron man?

Henry suelta a reír y en eso sale un Beck despeinado con cara de recién despierto.

——Yo ya no sé si es perro o garrapata pero el punto es que tiene rabia.

Es lo primero que dice al llegar a la sala.

——Hola Beck.

Se da cuenta que estoy en el sofá y sonríe.

—— ¿A qué se debe la visita mañanera?

——Katie me ha traído.

—— ¿Querías venir?

Me encojo de hombros.

——No tenía mucho que hacer en la casa, ¿Y tú?

——Según yo no tengo pendientes.

Se acomoda a mi lado y Simon se encamina a la cocina.

——Según tú porque tienes mucho que hacer -le dice cuando se detiene enfrente de nosotros——. Toma.

Le tiende un vaso de leche tibia.

——Me la tomo solo porque hace frío -se excusa y se toma la leche de un todo.

Río por lo bajo. Beck cada que despierta, de ley, tiene que tomar un vaso de leche.

——Alguien tiene que ir al súper.

Informa Henry con las manos en la cadera.

——Las llaves de la camioneta están en la barra pero no tardes mucho que ya empieza a darme hambre.

Le da una mala mirada a Beck.

—— ¿Qué?

——No puedo ir yo, tengo una grabación pendiente.

Bueno...

——Puedo ir yo si quieren -hablo de la nada en medio de la discusión de Beck y Henry——. Con la condición de que alguien me acompañe.

——Katie está dormida así que la descartamos -dice Reggie y busco con rapidez a la chica.

En efecto, está dormida. En el piso.

——Tiene algo con la alfombra -me aclara con una sonrisa tímida——. Henry tiene la grabación y...

——Yo soy el productor -Simon se va de la sala dejando claro que no piensa ni puede ir.

Reggie y Henry ven a la misma persona que yo.

—— ¿Qué?

——Beck...

—— ¡Ay ya vas a empezar!

——Beck...

—— ¡Tú tampoco tienes nada que hacer, ve tú!

——Voy a llevar a Katie a la cama, no puede quedarse en el piso. Puede enfermar.

Contraataca Reggie y Henry se pellizca el puente de la nariz.

——Yo también puedo llevarla.

——Tú no harías eso -lo encaro y Henry suprime la risa al ver la cara de dolido que pone Beck.

——Últimamente me fallas mucho, eh. ¿Mir, crees que yo no levantaría a la garrapata?

—— ¿Soy sincera? ——entrecierro los ojos.

——No eres fan de Marvel y el que no me defiendas te quita más puntos.

Tengo dos opciones. Torcer los ojos o reírme.

——Solo decimos la verdad, tu dejarías a Katie en el piso -habla Henry.

—— ¡Tú también, no te hagas!

—— ¡Pero ahorita estamos hablando de ti, no de mí!

Chilla Henry y Beck bufa.

——Bien, decidamos.

Reggie lo mira y es fácil deducir como elegirán.

—— ¡Piedra, papel o tijeras!

—— ¿Ves? De todas formas irás al súper -dice Reggie ante el resultado.

Él puso piedra, Beck tijeras.

——Vale, andando.

Beck me toma de la muñeca sonriente y salimos de casa. ¿Acaso es bipolar?

—— ¿De quién es la camioneta? -pregunto cuando subimos a la camioneta negra Mercedes Benz.

——Mía.

——Por lo que veo no te preocupa mucho.

—— ¿Preocuparme? ¿De qué?

——Mhm, no lo sé… Que Henry o Reggie la choquen.

——Ah eso, claro que me preocupa. La verdad es que nunca los había dejado que la condujeran.

—— ¿Y ahora?

——Aquí entre nos, estoy castigado.

—— ¿Castigado? Eres mayor de edad ——me burlo.

——See… Bueno, creo que eso no importa cuando tengo una vida pública.

Ah…

He notado que los temas que tiene que ver con su carrera y su familia suelen incomodarlo.

——La canción.

—— ¿Qué?

——La canción, la que cantaste ese día en lo que sea de tus primos -se ríe——. ¿Tiene algún significado para ti?

——Quizás.

Sonríe de medio lado y mi cerebro comienza a crear miles de historias, ¿Y si se la dedico a alguna novia? De hecho… ¿Tiene novia? ¿Se separaron? ¿Todavía la querrá?

Todo tipo de ideas se desvanecen cuando vuelve a hablar:

——Era la canción favorita de Alice…

No se trataba de alguna pareja sino de su hermana.

Paranoica.

—— ¿Era?

——En realidad no sé si lo siga siendo, solía cantarla mucho mientras daba vueltas cuando estaba más pequeña.

——Tengo entendido que ella es la menor de los tres -asiente——. ¿Estudia?

——Ujum, administración de empresas.

—— ¿Solo tu cantas?

——Alice también pero ella prefiere ser productora. Es la aprendiz de Simon.

—— ¿Y Daniel?

—— ¿Qué si canta? -asiento y se echa a reír—— ¡Por algo eligió ser actor!

—— ¿Entonces...?

——No, Mir.

Se ríe y yo me sonrojo de la vergüenza. Seguramente parezco una lora haciendo tantas preguntas.

—— ¿Y tus hermanos? -pregunta y yo me quedo en blanco—— ¿Qué estudiaron?

——Paul es abogado, eso ya lo sabes.

——Sí, pobre chico.

Hace referencia al hijo del profesor, lo miro mal y se ríe.

——Leo es doctor y Alan ahora... Es periodista.

—— ¿Ahora? -enarca una ceja.

——Por un tiempo fue boxeador -confieso.

—— ¿Y dejo de serlo por...?

——Mejor no entremos en detalles -pido.

——Ok.

Sin dejar de conducir toma su celular y conecta el bluetooth. Estoy a nada de reprenderlo pero la canción que pone inunda la camioneta.

You're just too good to be true Can't take my eyes off of you. You'd be like Heaven to touch, I wanna hold you so much At long last, love has arrived...

Sonrío por inercia y tarareó la canción intercalando mi mirada en las gotas que se resbalan por el vidrio y los dedos de Beck repicoteando el volante.

I love you, baby and if it's quite alright. I need you, baby to warm the lonely night. I love you, baby...

Lo hago hasta que termina la canción y nos vemos obligados a bajar cuando llegamos al súper. Lo pierdo de vista por un momento pero reaparece a mi lado con un carrito.

—— ¿Qué compraremos?

—— ¿Qué?

—— ¿Qué vamos a comprar, Beck?

Se encoje de hombros.

——No lo sé, yo solo me especializo en el área de dulces, helado y frituras.

—— ¿No vienes de compras?

——En casa la ama de llaves compraba la despensa y con los chicos... Los acompaño pero no suelo ponerles atención.

Me pellizco el puente de la nariz. No tengo idea si ponerme a pensar en cómo es posible que Beck a sus 23 años nunca viniera de compras él solo o como me acaba de restregar la pobreza en la que todos viven, menos él.

——En pocas palabras, la adulta aquí eres tú.

——Ya me he dado cuenta -ironizo——. Sígueme y...

De la nada siento como Beck me toma por la cintura y me carga metiéndome dentro del carrito. De reojo logro ver su sonrisa. Y yo por el mero toque estoy teniendo un corto.

——Tu das las coordenadas y yo conduzco.

—— ¿Seguro que eres un adulto?

Trato de seguirle la conversación sin que note lo ruborizada que estoy.

——Mi acta de nacimiento dice que sí, ¿Qué dices tú?

——Que tienes 7 años mentales.

——Nahhh, un niño de siete no puede hacer ni saber lo que yo.

Me guiña el ojo, me ruborizo aún más en un dos por tres y no sé a dónde ver.

—— ¡Beck! -se ríe—— Vayamos al pasillo de frutas y verduras.

—— Como órdenes, Boo.

——Oye Beck... ¡Ahhhhh!

Comienzo a gritar cuando Beck desliza el carrito a toda velocidad. Hago un intento por quejarme pero termino muerta de la risa al igual que él.

¿Hace cuánto no me río así?

Al llegar al pasillo él sigue riendo y yo me seco las lágrimas que se me han escapado que no sé si han sido por la risa o por la nostalgia de haber recordado que hace un tiempo yo no era tan gris.

— ¿Qué haces?

Me pregunta Beck cuando busco la manera de bajar del carrito.

—Bajarme, es obvio.

— ¿Pará qué?

—Para poder hacer las compras.

Sonrío triunfante cuando estoy a nada de tocar el piso. No lo toco. Beck me toma de la cintura y me vuelve a sentar en el carrito.

— ¡Oye!

—Tú das las coordenadas, yo conduzco ¿Recuerdas?

—Vamos Beck, la gente se me queda viendo como si estuviera loca.

Noto como la gente me mira de reojo, incluso los niños.

— ¿Y?

— ¿Cómo qué "y"? No seas así y ayúdame a bajar.

Niega y yo me resigno a qué no lo haré cambiar de opinión. No pierdo más el tiempo y comienzo a indicarle lo que debemos llevar.

No sé cocinar pero si he venido al supermercado con mamá y papá.

Ir arriba del carrito me causa gracia, me siento pequeña de nuevo.

Compramos todo lo indispensable. Frutas, verduras, condimentos, productos de limpieza, pan, cosas indispensable y...

—Dame... ¡Tres minutos!

Beck corre dejándome arriba del carrito del que no me ha dejado bajar y que ya casi me asfixia por todo lo que hemos echado.

Regresa con las manos llenas de dulces, frituras, tres botes de helado y un bote de chocolate.

— ¿Chocolate?

—Sí, ¿No te gusta?

—Me gusta pero...

—Shhhhhh, calla y no seas aburrida.

Sonríe dejando todo en el carrito y se vuelve a ir pero regresa con cinco cajas de cerveza que me hacen abrir los ojos a más no poder. Estoy a nada de refutar cuando un pequeño de cuatro añitos se detiene frente al carrito llorando desesperadamente.

Nos vemos uno al otro y me ayuda a bajar.

Me acerco al pequeño y solo espero que no grite. Me causan un poco de nervios este tipo de situaciones pero tampoco puedo dejar al pequeño así.

——Hola amiguito, ¿No encuentras a mamá?

Serás idiota, ¡Pues claro que no la encuentra!

—— ¡Y a papá! -chilla y Beck también se pone de cuclillas al otro lado del niño rubio.

—— ¿Cómo te llamas?

——No.

Es lo único que le contesta sin dejar de llorar.

——Mhm, vale... ¿Sabes? Vamos a ayudarte para que encuentres a tus papis pero necesitamos tu nombre -le digo.

Su llanto va cesando.

——Soy Luke.

—— ¿En dónde estabas cuando no encontraste a tus papás? -lo toma de las manos.

——Estaba con mamá allá -señala el pasillo de limpieza—— y yo me fui a ver los juguetes ——murmura.

Se le ha escapado.

Me giro y no tardo en ubicar a la madre del pequeño Luke, la cual lo busca junto a su esposo llorando.

——Ven -me levanto y toma mi mano——, te llevaré con mamá.

Me sonríe.

—— ¿Es ella? -Beck se pone de pie y yo asiento—— Espérame, ahora vuelvo.

——Adiós Luke -lo despeina.

Comenzamos a caminar en dirección a su madre y...

—— ¡Un momento!

Luke se suelta y va hacía Beck, le dice algo y vuelve a regresar a mi lado.

——Ahora sí, vamos con mami.

Me acerco a la mujer que se encuentra preguntándole a un grupo de jóvenes si han visto a su hijo. Le toco el hombro y ella se gira hacía mí y de manera veloz su mirada se enfoca en el niño rubio.

—— ¡Luke!

Lo abraza con fuerza y lo llena de besos. Reparo la escena con una sonrisa.

——Gracias, gracias, muchas gracias señorita -su madre me agradece cuando se seca las lágrimas.

——No es nada, yo... Yo debo irme -asiente——. Y no vuelvas a alejarte de tu madre, ¿De acuerdo, Luke?

——No me alejare de mami.

Su sonrisa hace que yo también sonría por lo tierno que es.

—— ¡Adiós y cuídense!

Es lo último que les digo antes de alejarme. Camino con una leve sonrisa hasta llegar hasta donde se supone que deje a Beck con el carrito. "Se supone" porque solo está Beck.

—— ¿El carrito? ¿Y las compras?

——El carrito en su lugar y las compras en el auto.

Pestañeo rápido tratando de procesar.

—— ¿Has pagado todo tú?

——Nop.

Lo miro con cara de ¿Entonces quién pago?

—— ¿Ves a la viejita de allá? -señala a la señora que está en la caja y yo asiento—— Ella pagó.

Abro los ojos y trato de caminar hacia ella pero Beck me toma de la mano llevándome a la salida del súper.

—— ¡Oye, tenemos que ir a pagarle!

—— ¿Y qué le vas a pagar?

—— ¡Las cosas! ¡No debiste dejar que ella…!

—— ¿No dejarla qué? -se ríe a más no poder—— Eres muy inocente Mir.

Caigo en cuenta de que me ha tomado el pelo y lo dejo solo, riéndose en la entrada del súper y yo subo a la camioneta sintiéndome como una estúpida.

Sube a la camioneta suprimiendo su risa.

——De todas formas estuvo mal.

—— ¿Qué? ¿Lo de la broma? Oye empiezo a creer…

——Estuvo mal que pagaras todo, yo iba a…

—— ¿Pensabas pagar tú? De eso nada.

Arranca la camioneta.

——No me siento cómoda y tampoco quiero que pienses que aprovecho de tu dinero.

——No lo haces, ¿Vale? Es por lo menos que debes de preocuparte.

——Pero....

—— Miriam, no es nada. Tú pagaste siete meses por una casa en la que ni siquiera estás viviendo.

——Bueno...

——No te preocupes por el dinero.

Su cara pasó de ser burlona a una neutra y tan tranquila. ¿Siempre ha sido así?

Al llegar a la casa le ayudo a Beck con las compras, ya tenemos muncha hambre y nos alegra que los chicos compraran pizzas, al parecer nos retrasamos un poco por lo sucedido con el niño.

——Los niños de hoy en día se vuelven cada vez más rebeldes y odiosos.

Comenta Beck después de comerse una quinta rebana de pizza.

—— ¿De qué hablas?

——De que en mi vida quiero saber de niños -repara mi cuarta rebana de pizza mordisqueada—— ¿No te la vas a comer?

——No, ya estoy llena ¿Todavía tienes hambre?

——Poquita.

——Entonces come.

Le entrego la pizza.

——Cada día me caes mejor ——me asegura con una sonrisa y se dispone a comer.

Me sorprende que Beck coma y coma y no se enferme. También me sorprende su comentario de los niños, fue muy agradable con el niño del súper.

Mi celular suena, es un número desconocido y simplemente apago el celular.

—— ¿No vas a contestar? -me pregunta Katie que está recostada en el hombro de Reggie.

——Número desconocido.

——Me parece que en la madrugada también te llamaron.

—— ¿En la madrugada?

——Ujum, pensaba contestar por ti.

—— ¿Y por qué no lo hiciste? -le pregunta el novio.

——Me ganó el sueño -confiesa——. Oye Mir...

—— ¿Mhm?

—— ¿No será tu ex prometido?

—— ¿Prometido? -pregunta Beck.

——No creo que sea él y no entiendo el porqué de sacar a relucir el tema, ahora -digo entredientes.

——Yo ya lo sé así que no te preocupes por mí -aclara Simon.

—— ¡Lo sabía! ¡Paul es un chismoso! -chillo.

—— ¿Por eso estabas paranoica? -pregunta Henry.

——Pues claro pero antes... ¿Te sientes bien?

Está tranquilo y no habla mucho. Eso no es normal en Henry.

——Un mal día por el trabajo -aprieta los labios y yo asiento con los ojos dándole a entender que no haré preguntas al respecto.

Entiendo y prefiero que hablen de mi casi boda antes de que incomoden a Henry. Él me ha hecho reír mucho en este tiempo.

—— ¿Estabas comprometida? -vuelve a preguntar Beck.

—— ¿No lo sabías? -Reggie le contesta con una pregunta y entrecierro los ojos cuando veo la cara de culpa de Katie.

——Se me escapó, perdón. No solemos tener secretos entre nosotros.

Dejo caer mi cabeza en el respaldo del sofá, suspiro y miro de rejo a Beck que se encuentra en uno de sus trances.

——Sí, estuve comprometida. Fue lo que no pude confesar aquella vez.

—— ¿Tan enamorada estabas? -pregunta Henry.

No fue por amor exactamente.

——Creo que fue una decisión apresurada.

Les cuento pero no del cómo me había estado sintiendo desde hace tiempo, solo les habló de mi relación amorosa y cómo fue que la sobrecarga hizo que llegáramos al punto de planear una boda. Sí, también les conté como mi "prometido" tomo el vuelo de la luna de miel.

Después de la prensa acerca de mi papel como planta, Kate y yo nos vamos a casa de Chiara a arreglarnos para ir a la galería.

Katie dice que a Reggie le gusta ser puntual.

Salgo del baño y camino hacia la sala con un albornoz puesto para apurar a Katie porque pese a que ella es la de la invitación se distrae con cualquier cosa.

——Kat...

Me detengo en seco cuando la veo distraída pero no con cualquier cosa, está besándose con Reggie; Henry está atiborrándose un tazón de cereal y...

——Hola Mir.

——Beck, ¿Qué hacen aquí?

—— ¿No te aviso la garrapata?

——Lo siento, Reggie me ha avisado que venían de último momento -dice Katie y vuelve a besar a Reggie.

——Son asquerosos, hacen que el cereal me de asco -se queja Henry.

Dejo de ponerles atención a los demás y vuelvo a dirigirme a Beck.

—— ¿Qué haces?

——Viendo tus fotos.

—— ¿Mis fotos?

——Las que subiste a tus redes.

—— ¿Me estás espiando? -me siento de medio lado junto a él.

——Es curiosidad.

—— ¿De...?

——No lo sé, digo, tu puedes ver casi toda mi vida en internet.

——Pero no lo hago.

——Lo sé... ¿Quiénes son ellos?

Me muestra una foto de hace tres años.

——Él de la derecha es Adonis y la que está a su lado es Anne. Son los amigos de los que les conté.

—— ¿No se supone que vendrían?

——Me gustaría darte una respuesta pero no he podido contactarme con Anne.

Y tampoco te acordabas de ellos.

¡Shh!

—— ¿Y el de aquí?

——Ah... Él es Acfred.

Me mira incrédulo y con cara de horror.

——Que nombre más horrendo, ¿No era más simple ponerle Alfred y ya? Algo es seguro; planeado y deseado no fue -se burla.

Lo miro con una sonrisa divertida y él a mí y ansío ver su reacción ante la próxima confesión:

——Era mi prometido.

Su sonrisa se borra y entra en uno de sus viajes en los que parece que procesa todo a la velocidad de la luz.

—— ¿Él? -asiento—— ¿Y qué le viste? Perdón, espero no te ofenda pero desde el nombre algo está mal.

——No lo sé, es lindo ¿No?

——Quizás, pero el nombre que tiene no.

Suelto a reír.

-Si tú lo dices.

Beck se queda pensativo.

- ¿Sabes qué? Que se quede con el nombre, Alfred también es un nombre asqueroso.

Hace una mueca y a mi mente llega el recuerdo de su tío. Alfred.

No le pregunto y dejó que me haga sonrojar de la vergüenza cuando él sigue preguntándome y haciéndome recordar y va encontrando fotos de las que ni me acordaba.

——Vale, iré a terminar de arreglarme o se nos hará tarde.

——Y yo no sé si no lo has notado pero ellos están más preocupados por otra cosa que por la galería.

Me atoro con mi propia saliva al ver el beso tan pasional que se están dando Katie y Reggie.

——No tardo.

——Sí, anda, huye y deja que estos asquerosos dañen mi inocencia.

Me encamino a la habitación riendo por Beck y para cuando salgo solo está él esperándome.

—— ¿Y los demás?

——Ya se han ido a la camioneta junto a Chiara y Simon.

——Entonces andando.

Tomo mi celular y hago un intento por pasar pero me toma de la muñeca para luego sentarme en el sofá.

—— ¿Qué——qué haces? -tartamudeo.

No responde y me muestra una pomada y una venda.

——Te duele -señala mi tobillo.

——No me duele, estoy bien.

No deja que me levante. Aprieta levemente mi tobillo y suelto un grito.

——No entiendo porque mientes.

——Es que no es nada, mañana se me pasa y ya. No me gusta ser una carga -murmuro.

——No lo eres.

¿Soy tan mala mintiendo?

En todo el día, nadie había notado lo de mi tobillo; me quita el calzado y mi tobillera, coloca la pomada y me venda el pie en silencio.

——Parece que tienes practica -digo cuando termina y me pongo de pie.

——Más de la crees.

Salimos de la casa y otra vez nos toca ir atrás junto a Henry ya que Simon no ha dejado que vaya de copiloto.

——Ese idiota es menor que yo y aun así me da órdenes.

—— ¿Eres más grande que él?

——En edad y estatura -hace énfasis en la última palabra con la intención de que Simon lo escuche.

——Creí que Simon era el mayor.

——Pues no lo es -dice Beck pasando el brazo por mis hombros——. Pero tiene la edad mental de un abuelo.

El camino a la galería se hace un poco largo ya que está un poco lejos, agregándole la lluvia constante.

No he traído sudadera y me insulto mentalmente por ello. De por sí hace frío y luego el aire acondicionado de la camioneta está haciendo que me congele y me frote los brazos y las manos para entrar en calor.

Beck me toma de los brazos y me pone su sudadera del Capitán América la cual se quitó y no me di cuenta.

——Tienes que cuidar más de ti misma.

Es lo último que dice antes de reacomodarse en el asiento y quedarse dormido. Y me resulta tan adorable verlo dormir que no dejo de hacerlo hasta que llegamos a la galería y busco la manera de hacerlo despertar.

Tardo. Me cuesta porque como ya dije, me cuesta dejar de reparar su rostro y escuchar su respiración.

——Beck, despierta -lo muevo y no reacciona——. Beck, ¡Beck!

Lo sigo moviendo, no abre los ojos y...

—— ¡CABEZA DE COCO DESPIERTA!

Grita Henry a todo volumen haciendo que yo de un brinco y Beck despierte de a poco con toda la tranquilidad del mundo.

——Seguro te ha metido un susto pero descuida, es el primero de muchos.

Me dice el chico de hombros anchos antes de bajar a la camioneta.

—— ¡Parecías bolillo frío!

—— ¿Bolillo frío? -se incorpora Beck.

—— ¡Todo tieso!

Suelta a reír para después bajar y adentrarnos a la galería.

No hay mucha gente así que no me resulta difícil ubicar a Katie al lado de Reggie.

Me acerco con disimulo, aprecio las pinturas y sonrío cuando algunas de ellas me traen buenos recuerdos.

——El cargador de flores... Este cuadro... me gusta mucho -comenta Reggie en voz baja.

——Es lindo, este pintor eh...

——Diego Rivera -le soplo el nombre.

—— ¡Diego Rivera! Tiene muy buenas obras.

——Has aprendido bastante -dice Reggie orgulloso con sonrisa tierna.

—— ¡Uy sí, bastante! -confirma ella con una sonrisa y con disimulo me agradece.

Así nos las pasamos con unas cuantas obras más.

Yo soplándole las cosas y Katie hablando como experta en el tema.

Conforme pasa el tiempo llega un poco más de gente y me pierdo entre ella, no encuentro a ninguno de los chicos y...

——Te encontré -me susurra Beck y entrelaza nuestras manos.

——Los perdí de vista a todos.

——Y yo te perdí de vista a ti.

Caminamos por largo rato.

Beck mirando las obras y yo... Yo lo observo a él con disimulo.

—— ¡Chicos!

Nos grita Chiara y separo nuestras manos de inmediato. No quiero que crean cosas que no son.

—— ¡Por fin los encontramos, es hora de irnos!

——Yo manejo -avisa Beck.

——No puedes -le dice Simon.

—— ¿Ah? Claro que puedo, es mi camioneta.

——Pero estás castigado -le recuerdo y hace cara de dolido.

——Bien, no conduciré. Traicionera.

Abro la boca ofendida y suelto una pequeña risa al verlo darme la espalda y subir tal cual niño berrinchudo.

——Oye, yo soy Boo y tu Sullivan. La que hace los berrinches soy yo, no tu -le susurro al oído.

——Pues creo que hoy me apetece ser Boo -me devuelve el susurro.

——El día que en verdad seas Boo, te arrepentirás -me le burlo.

——Ujum.

——Creo que me gusta ser Boo.

——See, a mí también me gusta que lo seas.

El camino regreso a casa es igual o mucho más tranquilo que el de ida. Incluso me dormí de a ratos.

Al llegar, Henry se mete a la habitación junto a Simon y Chiara; Reggie y Katie han dicho que tienen un asunto que resolver en privado y es cuestión de segundos saber cuál es el "asunto"

——Ya entiendo lo del noiscore -comento y Beck se ríe.

——Estoy aburrido, la lluvia ha parado y... ¿Me acompañas a la azotea? No creo que quieras seguir escuchando.

——Te sigo.

Me levanto del sofá de inmediato y me encamino a las escaleras que nos llevan hasta el lugar.

—— ¿Por qué son rosas y no eligieron unas escaleras normales?

—— ¡Oye! Yo fui el de la idea de las escaleras de tubo porque me parecieron originales.

—— ¿Y el color?

—— ¿Te molesta?

——Para nada, solo que no combina con el color de la casa y se me hace un poquito raro sabiendo que todos ustedes son hombres.

——El color lo eligió Henry.

—— ¿Y les molesta a ustedes?

——Para nada.

Yo subo primero y Beck viene detrás de mí con una caja de cerveza en mano.

——La vista es linda.

Es lo primero que digo al ver las calles de la ciudad vacía.

El olor a tierra húmeda inunda mis fosas nasales, quizás es un gusto muy raro, sin embargo, me gusta el olor. Cierro los ojos cuando la brisa de aire hace revolotear mis cabellos.

Giro y Beck ha sacado unos sofás y una manta.

—— ¿Quieres una? -señala la caja.

——Supongo, hace tiempo no bebo una.

Y sé que me emborrache en casa de Chiara. Me refiero en el sentido de que hace tiempo no toma una cerveza en tranquilidad y solo por gusto, sin tener afán de emborracharme para olvidar todo.

—— ¿Pasa algo? -pregunta Beck y noto que se me han salido algunas lágrimas.

——No es nada, creo que me he puesto un poco nostálgica.

——Con que estás triste, eh.

——Quizá, ¿Tu no sueles estar triste?

Le pregunto con sutileza, los destellos azules de sus ojos me siguen creando curiosidad.

——Muy poco, eso creo... ¿Cómo era tu vida antes?

——Normal.

—— ¿Normal en qué sentido?

——Ya sabes. Problemas, bajones, vida universitaria.

——No, no lo sé.

—— ¿Qué?

——Yo no fui a la universidad -se ríe.

Tengo dos opciones: contarle un poco de mí o preguntarle sobre su vida.

En pocas palabras, se aburre de ti o te manda a la mierda.

Que consciencia más grosera.

——Omití detalles -enarca una ceja——. No me sentía muy bien en la universidad, mi amiga se comenzó a alejar de mí y... Creo que perdí la motivación.

—— ¿Problemas con el novio?

—— ¿Tratando de adivinar?

——Me gustan los juegos.

——No. Te gusta hacerte ver como el intelectual para que te suban el ego con halagos -me le burlo.

——Ah, eso también.

Se ríe al ver mi cara.

——Dijiste que hace mucho no bebías una cerveza.

——Sí -lo veo encender un cigarro——. También deje de fumar.

—— ¿Por qué?

Da una calada y yo suspiro.

——Es malo para la salud.

——Los regaños van después ¿Ok? Primero responde.

——A mi pareja no le gustaba.

—— ¿No le gustaba qué te divirtieras?

——En el amor hay muchas cosas que no tienen sentido.

Me quedo con la mirada fija como si fuera la cosa más interesante del mundo; Me pierdo recordando mi relación con Acfred hasta que siento dos manos en mis mejillas.

Beck me ha secado las lágrimas.

—— ¿Acaso estás en tus días?

Bromea con el fin de hacerme reír y lo logra.

——Si soy sincera, nunca sé qué día me baja.

Se ríe. Desearía que lo que le acabo de decir fuera chiste pero es una realidad.

Mamá dice que soy un desastre.

Beck puede ser un pesado de a ratos, también puede ser sarcástico y bromista. Es bastante pesado con los chicos y si uno no lo conoce puede pensar que incluso es odioso pero no. Hay momentos en los que todos están distraídos y él solo los mira a ellos y los destellos en sus ojos dejan de ser tan azules.

—— ¿Hace cuánto conoces a los chicos?

——Los conozco desde los 13.

——Oye... ——lo reprendo cuando enciende otro cigarro.

——Ya pareces mi madre -lo miro mal——. Deja de verme así y sigo con tu entrevista.

Hago un enorme esfuerzo por no tirarle el cigarro a la calle y retomo la conversación.

—— ¿Desde tan chiquito dejaste tu casa? -asiente—— ¿Por qué?

——Porque dije: ¡Oh, quiero dejar mi casa para vivir con más personas y que uno me llame cabeza de coco!

Se burla y me hace reír un poco.

——Vale, ahora deja las bromas y responde.

——Los sueños, la ilusión, no lo sé -arruga la nariz——. Solo vi la oportunidad y la tomé. ¿Alguna otra pregunta?

——De hecho sí.

——Suéltala.

—— ¿Por qué Beck y no Jaden?

Silencio. Creo que no va a responder y...

——Comodidad. En casa siempre me decían Beck de cariño y Jaden para regañarme y... La gente me abrumó.

—— ¿Te refieres a...?

——Las fans, los estadios, los medios. Para todo soy Jaden.

——Es tu nombre.

——No elegí un nombre artístico, decidí utilizar mi nombre y al principio fue genial, lo difícil vino después.

—— ¿Y qué es lo difícil?

——Separar a Jaden Beck el artista del Jaden Beck que es un humano normal.

——Entonces... ¿Te digo cabeza de coco?

Ahora yo bromeo para alivianar el ambiente y hacerlo reír cosa que funciona.

——Hagamos un trato -propongo.

—— ¡Ah no, de eso nada! -se burla con una sonrisa.

—— ¿Qué? ¿Por qué? No eres el único que puede estar haciendo tratos.

——Mir, el primer trato que hicimos ni siquiera lo has cumplido.

Me mira y yo me hago la loca.

——Ah pues... Lo cumpliré.

—— ¿Cuándo?

¡QUÉ ESTÁS HACIENDO MUJER!

——Mañana.

Afirmo con seguridad y su sonrisa maliciosa me hace arrepentirme al instante.

——Vale pero hasta que lo cumplas el que hará un nuevo trato seré yo.

—— ¡Oye!

——Hasta que lo cumplas -recalca.

——Bien -acepto de mala gana——. ¿Cuál es el nuevo trato?

——Te quedarás siete meses aquí en la ciudad, ¿Cierto?

——Ese es el plan.

——Bien, se tú en estos siete meses y yo me encargaré de que no dudes.

—— ¿Ser yo? ¿Dudar? Oye, hay cosas que no proceso tan rápido así que explícate más.

——Dudas mucho Mir. En el supermercado te preocupabas por lo que la gente pensará como si ellos te mantuvieran.

——Ser una persona madura consis...

——Ser madura no tiene nada que ver con que la gente decida por ti hasta convertirte en un robot.

—— ¿Me estás diciendo que no soy madura?

——De mí no suelen salir platicas motivacionales, ¿Vale? -aclara—— Y sí, por lo menos para mí eres lo más cercano a la madurez.

—— ¿Ejemplo de una persona inmadura?

——Henry.

No duda al responder y eso me hace reír por milésima vez.

—— ¿Es un trato?

—— ¿Cuántos tratos más faltan? Digo, creo que ya llevamos bastantes desde que nos conocemos.

——Haremos los que sean necesarios, ¿Trato?

Extiende su mano y...

——Es un trato Beck.

Estrechamos las manos para luego acodarnos en los sofás.

——Linda sudadera.

Dice con una sonrisa de medio lado y me sonrojo de la vergüenza. No me he quitado su sudadera.

——Se me ha olvidado quitármela yo...

Hago el intento por quitármela pero me detiene.

——Quédatela, te la regalo.

——Es tuya.

——Te la he regalado así que prácticamente ya no lo es.

——Beck no...

——Quédatela, te queda mejor a ti que a mí.

——Gracias -me vuelvo a sonrojar.

——See, no es nada. No quiero parecer un idiota pero esa sudadera me comenzaba a asquear desde que nos conocimos.

—— ¿Qué? -miro el estampado—— Pero es de Marvel, tiene al Capitán América.

—— ¡Pues por eso! Tus morbosidades hicieron que lo odiara.

Me carcajeo al ver su cara.

——Bien, supongo que besaré el estampado por las noches.

——Qué asco.

——Será un sueño hecho realidad ——le guiño el ojo y pone los ojos en blanco.

——En serio creo que tiene problemas de humor, ¿Estas segura que no estarás por reglar?

—— ¡Beck!

Le doy un manotazo mientras reímos.

——Vale, ya entendí. Igual estaré pendiente.

En la azotea bromeando junto a Beck en el clima fresco de septiembre. Nunca lo hubiera imaginado.

El inicio de siete meses en los cuales no sé cuál será el final.

CAPÍTULO 04: 4 DE AGOSTO

Encuéntrame en:

Instagram: Lucero_hdeez // Twitter: Lucero_hdezz // Tik Tok: lucerohernandez.z

05

- -

O5: Vergüenzas y sorpresas.

"Debo salir, entra a la casa para que no enfermes."

Fue lo último que me dijo Beck antes de obligarme a bajar e irse a no sé dónde. Alguien lo llamó, maldijo pero no comentó a donde iba.

Katie y yo regresamos a casa pero me he quedado sola con mis pensamientos porque se ha ido de fiesta con Reggie. Me han invitado pero les he dicho que estaba un poco cansada y que tenía algo de sueño y que había atrapado un pequeño resfriado. Ujum, les mentí.

Y te creyeron. No has perdido el don.

Si estoy un poco cansada pero no hay resfriado y tampoco tengo sueño. O quizás si lo tengo pero siempre he sido un poco difícil para lograr dormir.

Pienso en hacerle una llamada a mamá, dije que le llamaría por la tarde. Se me ha olvidado. Ya pasa de la medianoche y en casa no suelen irse a dormir temprano. No dudo más y tomo mi celular.

—— ¿Hola?

—— ¡Miriam!

Me contesta, y en su voz hay una mezcla de emoción y desesperación.

——Hola mamá, ¿Cómo has estado?

——Esto es una tortura pero dime tú ¿Cómo has estado? ¿Ya estás
mejor? ¿En verdad te tomaras los siete meses?

Me habla y pregunta con tanta rapidez que no sé qué contestarle
primero.

—— ¿Tan mal están?

——Miriam no puede ser que me preguntes este tipo de cosas
–bufa—— . En casa solo hemos sido tú y yo, te has ido y me he
quedado con tres hombres en casa que son un desastre. Tú también
lo eres pero no es lo mismo.

Y ella es mi madre, siempre tan linda.

—— ¿Ya han regresado a casa?

——Llegamos hace una hora. Paul prometió venir pronto y... Me
recordó que en unos días será tu cumpleaños y necesito que estés
aquí.

——No pasa nada si este año no festejamos mi cumpleaños.

—— ¡No te tuve nueve meses en mi vientre nada más porque sí,
Miriam! ¿Además tu papá también quiere que vuelvas!

—— Estoy segura de que papá no ha dicho eso.

—— ¡Pero lo piensa!

—— Me dirás que le has leído la mente –me burlo.

—— ¡Sí!

Las pláticas con mi mamá suelen desesperarme un poco.

——Oye, respira un poco y escucha. Ocurrió un incidente con la casa que se supone que rentó papá. Hice algunas amistades y conocí a un chico con el que en un par de días me iré a vivir y...

—— ¡OH POR DIOS! –mi madre suelta un grito que me hace soltar celular.

Ni siquiera estoy segura de irme a vivir a casa de los chicos y solo he hecho que mi mamá se alborote.

—— ¿Cuál es su nombre? ¡NO, NO ME DIGAS! ¿Es guapo? ¿Lo es? ¡ESPERA! ¡¿LO CONOCEMOS?! ¡Sabía que había algo detrás!

Lo he estropeado, en verdad que lo he hecho.

—— ¿Está contigo ahora mismo?

——No mamá —— me golpeo la frente—— . Oye, entonces, te decía que apenas llevo unas semanas aquí pero si tu...

——No, no, no. Quédate los siete meses si quieres, no te preocupes. Nos queda toda la vida para festejar cada uno de tus cumpleaños.

—— ¿Qué?

——Descansa cariño, te hablaré pronto y espero que pronto me presentes al chico.

Dudo que en algún momento se lo presente.

——Oye no...

——Besooooos.

Intento hablar de nuevo pero mi mamá ya ha colgado.

Diez minutos.

Media hora.

Una hora.

He perdido la noción del tiempo. Doy vueltas en mi cama y pongo música para dormir que solo consigue que me de ansiedad.

Cierro los ojos y cuento borreguitos, pierdo la cuenta. Soy inútil hasta para llevar la cuenta porque se me olvida cuantos han brincado la cerca. Solo me queda recurrir a mi última opción: Llamar a Katie.

Busco a tientas el celular que bote en cuanto mi mamá me dejó con la palabra en la boca. Como si fuera un robot, marco al número sin ver y al tercer sonido por fin contesta:

——Óyeme bien porque no me gusta repetir las cosas: Espero que valores tu vida como para marcarme a estas horas.

Abro los ojos al escuchar la voz al otro lado de la línea.

—— ¿Beck? –me despego el celular y cierro los ojos avergonzada al ver que le he marcado a Beck y no a Katie.

—— ¿Mir? –su tono de voz cambia- ¿Pasa algo?

——Perdón, creo que estabas dormido.

——No lo estaba, ¿Pasa algo?

——No nada es solo que... Me he equivocado de número y yo... Yo... No puedo dormir y quería hablarle a Katie pero...

——No tardo en llegar –me dice.

——Beck no es...

——Estoy frente a la casa en menos de diez minutos.

——No es...

Me cuelga.

Hoy es la noche de colgarle a Miriam.

Dejo de quejarme y me comienzo a preocupar por Beck, sabiendo como maneja seguro no llega en diez sino en cinco. A él la velocidad le gusta, lo divierte. A mí me dan náuseas y posibilidades de un infarto al pensar que puede chocar el auto.

Doy un respingo cuando suena el claxon de la camioneta. Mi celular vibra, lo desbloqueo y leo el mensaje de Beck.

Chico de los piercings: Sal, daremos una vuelta.

Sí, con ese nombre se ha agendado.

Por un momento dudo pero termino tomando las llaves de la casa para después salir y ver que Beck ya me ha abierto la puerta.

——Anda, sube.

Asiento y subo a la camioneta.

——Perdón por la hora –inflo mis mejillas.

——Yo tampoco tenía sueño –se encoje de hombros-. Tu sudadera.

—— ¿Qué?

Reacciono. Me resulta raro que alguien atienda mis llamados tan rápido.

——La sudadera –la señala y me sonrojo pues es la sudadera rosa-. La persona que te la ha dado seguro es muy apuesta.

Suelto una risita.

——Supongo que lo es.

——Se te ve bien –arranca.

——Gracias y perdón, ha estado haciendo mucho frío y...

——Mir, ya te he dicho que no pasa nada, es más, ahora es tuya.

——No creo que sea correcto.

——Escucha, prefiero que te la quedes tu a que Henry la use –confiesa con una sonrisita.

——Pues gracias entonces.

——Todo mi ropero está a tu disposición, recuérdalo.

——Es muy cara –me da una mirada de confusión-. Tu ropa.

——Ah... La mayoría ni siquiera la he comprado yo.

—— ¿Entonces?

——El 50% son cosas que nos envían empresas para que las usemos y promocionemos sus marcas.

—— ¿Y el otro 50%?

——Regalos de mis padres –dice sin importancia y yo no puedo evitar sorprenderme.

—— ¡Acaso no te gustan! –no puedo evitar el tono de asombro- Dime, ¿Qué te dan de regalo tus padres?

——Uno que otro auto, ropa de marca, un buen monto de dinero, cosas de edición limitada. ¡Yo que sé!

El semáforo se pone en rojo y me mira.

—— ¿Qué?

Estoy con la boca abierta pestañeando mil veces por segundo.

——Que no puedo creer que no te gusten tus regalos, ya quisiera yo que cada año me dieran un regalo de ese valor.

—— ¿A ti que te regalan?

——Un par de calcetines, desodorantes o bragas –murmuro lo último.

——No está mal –suprime la carcajada.

——Puedes reírte, mis regalos apestan y tu pareces inconforme con lo que te dan.

——No es eso sino que simplemente son cosas que no es que sean lo que más anhelo. Mi familia no sabe mucho de lo que me gusta.

——Fuera desde los trece, ya recuerdo –sonríe——. Pensándolo bien, el único que me da buenos regalos es Paul.

—— ¿La preferida del hermano mayor?

——El único lujo que tengo, ¿Tú tienes favorito?

——Alice.

—— ¿Y Daniel?

—— ¿Qué tiene?

——Su relación, los dos...

——Es un asco. Es un pesado insoportable que no hace más que joder, fin.

Semáforo en verde. Y prefiero no volver a preguntar sobre el tema.

——Siento que estoy hablando mucho pero, ¿A dónde vamos?

——Al estudio.

Abro la boca y suelto un grito.

——Perdón, perdón –ríe-. ¿En serio me llevaras? ¿Contigo?

——Hicimos un trato, además, si no te llevo yo ¿Quién más lo hará?

——Simon.

Mi mira mal y yo me hago la tonta.

——Golpe bajo, eh.

Pasan algunos minutos en los que Beck conduce mientras yo veo la ciudad de noche. Un silencio cómodo.

——Llegamos.

Entra al estacionamiento del edificio y se acomoda en el primer lugar.

——Creí que sería más grande.

Abre la boca para hablar pero lo detengo.

——Cosas de famosos, no me restriegues la pobreza –niega con una sonrisa y me hace una seña para que baje.

Lo sigo sin preguntar.

Pasa una tarjeta y luego coloca un código para que la puerta se abra. Entramos y me toma de la muñeca y me lleva con él hasta el ascensor pero la suelta en cuanto subimos.

——Perdón, la costumbre.

—— ¿Me estás diciendo que has traído a otras chicas?

Inquiero con una punzada que trato de ignorar y no sé qué es. Tampoco sé cómo reaccionar ante su risa.

——No, a quien tomo de la muñeca es a Henry. Es miedoso.

Sale del ascensor y yo me sonrojo de la pena por mi estúpida pregunta. Salgo y lo veo sacar unas llaves que introduce y me abre la puerta.

——Adelante, lo prometido es deuda. Bienvenida al estudio.

Los ojos se me quieren salir al ver el estudio. Las paredes se ven como si fueran de ladrillo, el piso es de madera y las luces son entre blancas y amarillas.

En una esquina hay un montón de instrumentos, en la otra hay enorme sofá rojo y frente a él está la cabina donde supongo que graban con toda la barra esa que utilizan los productores. Confiaré en el hecho que de Disney no ha mentido tanto en sus películas.

—— ¿Puedo? –señalo el sofá.

——Claro, mhm, espera –se acerca a una especie de cajón y saca una cobija-. Toma y pondré la calefacción.

No hago más que asentir. Y verlo caminar de un lugar a otro.

—— ¿Y qué harás?

——Te diría que grabar pero para eso tendría que haber venido Simon. Solo que el productor se fue de fiesta.

—— ¿Con Reggie y Katie?

——Ujum, se fueron todos.

—— ¿Y porque no fuiste tú?

——Alguien tenía que quedarse a cuidar la casa.

——Entiendo.

Espera...

Un momento...

——Beck, tú no estás en la casa.

——Creo que no.

—— ¿Entonces quien está cuidando la casa?

——El perro.

—— ¡Ustedes no tienen ningún perro!

—— ¿Ah no? Bueno, en conclusión no hay nadie cuidando.

Me levanto del sofá cuando lo veo sentarse en la silla.

—— ¡Qué haces! Levántate y vámonos.

Suelta una carcajada, se pone de pie y me tira al sofá.

Beck encima de mí, sus manos apresan mis muñecas, otra vez tengo la oportunidad de detallar su rostro de cerca. Una sensación de que me he quedado sin aire. Tengo la boca seca, la cara me comienza a arder y hago acopio de todas mis fuerzas para no relamerme los labios.

Sin querer mi vista baja a sus labios y mi pulso... ¡Creo que ya ni siquiera tengo pulso!

Creo que se ha dado cuenta lo que veo así que con rapidez mi vista se enfoca en el lunar que tiene debajo de su labio inferior.

Creo que empiezo a respirar mal.

——Van a llegar tarde –no carraspea ni tartamudea-, quizás un poco borrachos y el único que va a estar consciente va a ser Simon. Deja de preocuparte y mejor ayúdame a elegir que cover enviar a la empresa.

Me pellizco la pierna para salir de mi trance, me doy una golpiza mental y paso saliva rezando para que a mí no se me noten los nervios.

—— ¿Covers? ¿Para qué?

——Contenido para las fans.

Se incorpora volviéndose a sentar en la silla y yo agradezco su acción.

——Vale, te ayudaré. ¿Cuáles son las opciones?

——Todas estás.

Me muestra la pantalla cuando me pongo de pie a su lado y la miro incrédula por el montón de carpetas de covers de canciones de muchísimos artistas.

——Me dirás que todos esos los has grabado tú –hago como que si no le creo.

¿La verdad? Sé que es capaz de ello.

——Lo he hecho, algunos ya llevan años grabados.

—— ¿Y esa carpeta, también son covers? —asiente— Escuchemos esos primeros.

——Esos no se pueden.

—— ¿Sentimental?

——No, solo son... No son importantes así que ¿Cuál carpeta?

Otro tema que lo incomoda y del cual tampoco haré preguntas.

——Mhm... La tercera.

Una carpeta tras otra, más de 50 canciones, canciones viejas y nuevas, diferentes géneros mientras también me enseña algunas cosas acerca de la producción y composición de canciones.

Mis ojos comienzan a cansarse, me tallo los ojos y Beck me toma de la muñeca despacio hasta que me recuesta en el sofá. El sueño se va de golpe y me pregunto de donde ha sacado una almohada.

—— ¿Qué haces?

——Vamos a dormir.

—— ¿Aquí? ¿En el estudio?

——No es tan incómodo como parece.

——Pero los chicos...

——Ya es demasiado tarde, solo durmamos un rato y nos vamos.

Saca otra almohada pero esta la coloca en la alfombra que está al lado del sofá.

—— ¿Por qué la pones ahí?

——Yo también tengo que dormir —bromea.

—— ¿En el piso? ¿Por qué no duermes en el sofá?

—— ¿No te incomoda?

Me pone nerviosa que es otra cosa.

——El sofá es grande –me encojo de hombros.

—— ¿Estás segura?

——Lo estoy.

——Creeré en ti –advierte acomodándose de lado.

Centímetros. Solo son unos cuantos centímetros los que nos separan. Su aroma llega hasta mi nariz: Una mezcla de perfume Prada y lavanda.

Su aroma, su cercanía, escucho su respiración.

Mi cuerpo no sabe si relajarse o tensarse.

——Beck... No tengo sueño.

Le digo con tal de hacer caso omiso a todo lo que estoy sintiendo.

—— ¿Cuál fue la canción que te gusto? –pregunta de la nada.

—— ¿De todos los covers?

——Sí...

——Me han gustado todas –confieso.

——Eso lo sé –contesta airoso y me rio disimuladamente-. Elige una... No sé... ¿Alguna te dio calma?

——Me cuesta mucho tomar ese tipo de decisiones, ¿Alguna recomendación?

——Purpose, Justin Bieber.

—— ¿Esa no habla de Dios? –lo miro confundida y él sonríe.

Me gusta su sonrisa.

——Depende de la perspectiva de como la quieras escuchar.

—— ¿Eres de esos tipos que cantan para hacer todo? –bromeo y ahora suelta una carcajada.

—— ¿Te irritan esos cantantes?

——Mehhh, solo, siento que son un poco... Apasionados de más.

——Para tu suerte, ya no lo soy.

——Quieres decir que antes si lo eras.

——Lo era pero yo tenía otro fin. Practicar. Cantaba todo el tiempo para mejorar mi canto.

—— ¿Perfeccionista?

——Mehhh.

Hace una mueca que me hace sonreír.

——Es hora de dormir, Boo.

——Ya dije que no...

——Shh...

Me calla y comienza a jugar con mi cabello.

——Feeling like I'm breathing my last breath, feeling like I'm walking my last steps. Look at all of these tears I've wept, look at all the promises that I've kept.

Su voz... Beck cantando casi en un susurro, un susurro que choca en mi oreja al igual que un poco de aire.

Le gusta cantar de una manera airosa. Lo he notado.

——I put my all into your hands, here's my soul to keep. I let you in with all that I can, you're not hard to reach and you bless me with the best gift that I've ever known, you give me purpose... Yeah, you've given me purpose...

Su mano soba mi cabello y mis ojos se cierra, él no deja de cantar. Pareciera que me está arrullando.

——Thinking my journey's come to an end sending out a farewell to my friends, for inner peace. Ask you to forgive me for my sins, oh would you please? I'm more than grateful for the time we spent... My spirit's at ease

La siguiente estrofa en vez de cantarla la tararea y la que sigue la canta solo que su voz la escucho cada vez menos, no sé si él se está durmiendo o soy yo. Mi cuerpo se relaja, nada me pesa y me mente queda en blanco.

——And you've given me the best gift that I've ever known you give me purpose everyday... You give me purpose in every way... Oh, you...

Soy yo la que se ha quedado dormida...

¡Ay Dios no puede ser!

Despierto de golpe con la respiración acelerada, mi cara está ardiendo, el corazón se me quiere salir, tengo la boca seca, mi entrepierna nunca antes había estado tan húmeda y... ¡Joder, nunca antes había estado tan excitada!

¡Tuve un sueño húmedo y lo peor no fue eso!

Soñé... ¡Soñé que lo hacía con Beck y era tan bueno!

¡El mejor sexo que he tenido en toda mi vida ha sido en un sueño!

¿Eso es algo deprimente o qué?

Quiero calmar este sentimiento y bajar el calor que emana de mí. Mi cabeza da vueltas, no sé en qué momento...

Ay no te hagas que eso de los comentarios repentinos de lo guapo que está no han sido mera coincidencia, ehh.

Sí, bueno, no, yo solo... ¡No importa! Solo debo de controlar esto y ya.

Busco soluciones, trato de pensar con la cabeza fría y casi suelto un grito cuando veo que mi cuerpo está encima del de Beck.

¡Ay Dios, ay Dios, ay Dios!

Estaba tan escandalizada con lo del sueño que no me di cuenta. Mi cara se ha vuelto un tomate ante la escena y la sensación de su torso bien trabajado y sus brazos musculosos.

Doy un respingo cuando la alarma del celular de Beck suena y cierros los ojos para que no se dé cuenta de que ya he despertado.

Beck medio se mueve a pagar la alarma, se levanta y con paciencia y suavidad me va dejando en el sofá; son alrededor de diez minutos en los que me hago la dormida y él se mueve por el estudio, también sale y vuelve a entrar al edificio.

——Mir... Miriam...

Me habla con paciencia para "despertarme".

—— ¿Mhm?

——Anda Mir, debemos irnos.

Me mueve con delicadeza y no tengo que fingir con lo de no querer levantarme y abrir los ojos porque en verdad no quiero hacerlo. No sé cómo lograré ver a la cara a Beck.

——Vale, es muy temprano y aun tienes sueño –me dice para luego tomarme en brazos.

¡Ay Dios, no hagas eso!

Me revuelco mentalmente y aprieto mis piernas avergonzándome por la humedad.

Me deja en el asiento del copiloto y me coloca una manta encima. Sube a la camioneta y avanza.

—— ¿A dónde iremos? –pregunto con los ojos cerrados.

——A casa de Chiara, nos quedaremos un rato ahí porque no hay nadie.

—— ¿Y por qué no vamos a la casa?

——Allá están todos y cuando despierten se pondrán a vomitar y yo no quiero limpiar nada –abro los ojos y veo la cara de asco que pone.

—— ¿Dejaras que Simon limpie solo?

——Simon no va a limpiar nada –se burla.

——Como digas.

——Tu duerme, tranquila.

——Ajá...

Como si pudiera dormir.

Conduce en silencio y aunque por un momento me ha dado sueño no me dejo ganar porque mi miedo a otro sueño erótico es mayor.

Llegamos a la casa y bajamos, saco las llaves y le abro paso.

—— ¿En qué habitación te ha dejado Chiara?

——En la del fondo.

—— ¿Puedo?

Asiento y yo voy detrás de él.

——No has arreglado mucho, de hecho, no traes muchas cosas –es lo primero que dice cuando entramos a la habitación.

——Mhm –pongo cara de pensativa-, quizás porque en algún momento me vaya a vuestra casa.

—— ¿Lo harás?

Voltea a verme con sus ojos brillando.

——Lo estoy pensando.

—— ¿Cuál pensando? Debes irte a vivir para allá, hicimos un trato.

——Entonces lo haré, cuando tenga tiempo de empacar.

Me dejo caer de espaldas en la cama.

——Ahora mismo tienes tiempo de sobra y yo estoy aquí para ayudarte así que a empacar, Boo.

Me siento en el borde de la cama cuando veo que ha encontrado la maleta y me espera para que yo empiece a sacar las cosas.

—— ¡Bien, empacaré! –sonríe victorioso- Pero siéntate, te pasaré la ropa y tú la doblas.

——Como órdenes.

Le voy pasando la poca ropa que tengo y él no deja de reír.

——Para empezar, ¿Cuál es la prisa por qué me vaya a la casa?

——Primero, hicimos un trato –le aviento mis pantaloncillos y un short.

—— ¿Es lo único que tienes como argumento?

——Claro que no, luego, la garrapata no tardará en recibir una noticia que la va a dejar más loca de lo que ya está y en verdad que no vas a querer sobrellevar eso.

—— ¿Qué noticia?

——Es una sorpresa –se ríe cuando atrapa en el aire el top rojo.

—— ¿Algo más?

——En unos días vendrán de visita los padres de Chiara y Katie y... –lo interrumpe su celular- Debo contestar.

Sale un momento y cuando regresa ya he terminado de sacar y de doblar mis cosas, solo falta guardarlas.

——Que eficiente –entra con una sonrisa.

—— ¿Pasa algo?

——Debo irme, te enviaré un mensaje cuando venga por ti –me avisa.

—— ¿Problemas?

Es bastante temprano, ¿A dónde va?

——No es nada, te veo en un rato.

Asiento y lo veo irse pero asoma su cabeza desde el umbral de la puerta.

——Por cierto, lindas bragas

Me guiña el ojo y busco con desespero las bragas negras y las escondo debajo de la almohada.

—— ¡Beck!

——Seguro también se te ven bien.

Chillo y sale corriendo mientras ríe.

Aparte de ser un pesado bonito también es pervertido.

Me llega un mensaje de Alan:

A. Salvaje 2: Dile a Beckie que gracias por regresar el dinero pero que está por verse lo de aceptarlo en la familia.

¿Qué dinero? ¿Aceptarlo en la familia?

1... 2... 3...

¡Los siete meses de renta! Cuando lo vea hablaré con él, este tipo de cosas no son correctas. Necesito aire fresco y no ha llovido desde ayer.

Dos opciones: Salgo a caminar un rato o me martirizo por lo del sueño, el dinero y de cómo le diré a Katie que me voy.

Tomo la primera opción, no me apetece tener un dolor de cabeza tan temprano.

Me doy un baño antes de salir a caminar por las calles donde no hay mucha gente y si la hay solo han salido por cosas esenciales o un paseo corto en familia.

Camino, troto un poco y desayuno en una cafetería cuando me da hambre.

El gimnasio lo he dejado, me he rendido, me gusta el ejercicio y quiero retomar mi vida pero he venido con el fin de divertirme y descansar y eso es lo que haré. Acepté el trato de Beck.

Mi noviazgo con Acfred fue muy lindo pero también implicó muchos cambios y trajo varias discusiones con mi familia. ¡A nadie le agradaba Acfred!

Leo la frase del día que ponen en la biblioteca:

"Las cosas no cambian; cambiamos nosotros". – Henry David Thoreau.

La frase me pone a pensar. ¿Cómo era antes de conocer a Acfred? ¿Qué tanto cambie por nuestra relación? ¿Y desde que ya no nos vemos?

Y si lo re pienso... ¿He cambiado desde que me fui de casa?

Mal hábito: Sobre pensar las cosas.

De regreso a casa me detengo a jugar con un cachorro cuando recuerdo a Rocky, lo extraño...

Llamada entrante...

—— ¿Hola?

—— ¡Miriam! –Katie dice mi nombre aliviada- Oye, perdón por no habe llamado antes pero necesito pedirte un favor.

——Vale, ¿Qué necesitas?

—— ¿Podrías venir a casa de los chicos y traerme un cambio de ropa? Toda la que tenía aquí ha sido vomitada y...

——Ok, no necesito más detalles. Estaré ahí en veinte minutos.

—— ¡Gracias, gracias, gracias!

Regreso a casa, llamo a un taxi, busco lo que me ha pedido Katie y para cuando bajo solo subo al auto que me espera.

Ni siquiera he abierto la puerta de la casa cuando se abre sola y Katie me abraza en sostén.

——Eres mi salvación, creo que voy a llorar –me da más de diez besos en cada mejilla.

—— ¿En qué te ayudo?

—— ¡En todo!

Me deja pasar y creo que ahora yo voy a vomitar.

Reggie está sentado en el piso vomitando en un contenedor.

—— ¿Bebió tanto?

——Él ni siquiera bebió mucho –suspira Katie-. Vomitó un poco pero le dio asco el vómito de Henry.

Pobre.

Busco a Henry con la mirada pero no es necesario porque lo escucho vomitar desde donde estoy.

—— ¿Tú has bebido? –le pregunto a Simon que está en la barra tomando una pastilla para la migraña.

——No y tampoco pensaba salir y ayudarlo pero... ¡La cosa es que terminé saliendo para ver sus asquerosidades!

Chilla y no puedo sonreír cuando veo a Beck tirado en el sofá, dormido y sin sudadera o playera.

——O-oye Katie, ¿Qué l-le ha pasado a Beck? –no logro evitar tartamudear.

El sueño y luego esto, ¡No ayudas Beck!

——Ha llegado hace unos veinte minutos, quiso ser de ayuda pero terminó siendo vomitado. Luego se mareó y se quedó dormido.

¿Se siente mal?

——No sabemos dónde durmió –dice Simon y yo trago saliva- ¿Te dijo algo a ti?

——Nada, no lo he visto desde ayer.

Pienso un poco y me aclaro la mente. No es momento de charlas, debo ayudar.

—— ¿Qué habitaciones han sido vomitadas?

Es lo primero que pregunto.

Katie se va a cambiar, Simon se va a respaldar a Reggie y yo me pongo a limpiar las habitaciones y luego de por fin terminar de asearlas corro a ayudar a Henry que ha dejado de vomitar.

No habla de tan mal que se siente.

Lo llevo hasta su habitación lo meto al baño y en eso llega Simon:

——Yo me encargo.

Asiento y Reggie ya está en su habitación con Katie.

Limpio el vómito de la sala y el baño, tiro todo lo que se ha vomitado y no tiene caso lavar o guardar. Pongo aromatizante y también lavo las prendas vomitadas.

Camino hasta la sala cansada y con el último pendiente: Beck.

Quien sigue tirado en el sofá.

——Beck... Beck... -le susurro mientras lo muevo.

Agradezco el hecho de que no hay necesitado gritar para despertarlo.

—— ¿Mir?

——Sí, soy yo. ¿Te sientes bien?

——Lo estoy pero... ¿Qué haces aquí y como todo está tan limpio? Mira la casa confundido y yo ignoro su torso.

——He venido a ayudar un poco, toma –le tiendo una polera-. ¿En serio te sientes bien?

——Me siento bien y gracias, esto apestaba demasiado –se soba la cabeza.

Le acerco un vaso de agua y la pastilla.

——No es necesario, yo...

——Esto no se discute, tomate la pastilla, Beck.

—— ¿Trato?

—— ¡Deja de embaucarme con tus tratos y tomate la pastilla! –lo regaño.

—— ¡Bien!

Se toma la pastilla.

—— ¿Has comida algo?

——Lo hice antes de venir, ¿Vamos por tus maletas? –lo miro mal-
O hagamos lo que quieras pero salgamos que sigo asqueado.

——Vale, te espero afuera.

Salgo y me quedo viendo a la gente pasar, la preocupación se me
pasa y la imagen de Beck y su torso, el sueño, su voz por la noche
susurrándome al oído, ¡Jesús!

Mi cara se está incendiando y con las manos me abanico tratando
de calmarme y no sé cómo controlar estos pensamientos.

—— ¿Es muy bueno?

——Sí –respondo-, digo, ¿Qué?

Veo a una señora al lado mío y me sonrojo aún más pero de
vergüenza, esto en verdad no me puede estar pasando.

——No te avergüences querida, puedo parecer una anciana pero
no soy tan conservadora como crees así que dime ¿Es por un chico?

——Sí...

Le respondo apenada.

—— ¿Del uno al diez que tan bueno está?

—— ¿Puedo decir que pasa del diez? –ella ríe.

—— ¿Es tu novio? –niego- Entonces... ¡Has tenido un sueño
calientito con él!

——Hace tiempo no me pasaba –me cubro la cara con las manos.

——No es tu novio, pasa del diez y parece que vas a reventar...
¿Tienes novio?

——Mehhhh, no hay una respuesta correcta.

¿Acfred todavía es mi novio?

—— ¿Qué tan bien lo hacía? ¿Mejor que tu "no hay respuesta correcta?

Pone una cara pícara.

——Mucho más que mejor.

——No pierdas tiempo querida, de esos no se encuentran siempre –me guiña el ojo y se va dejándome en medio de un limbo.

¡HE HABLADO DE LA CALENTURA QUE ME DIO CON UNA VIEJITA!

Y quiero asombrarme por el atrevimiento de la señora pero no lo hago, me agarro desprevenida pero no me sorprende, mi abuela es igual y si conociera a esta señora serían como uña y mugre.

Hago como si nada hubiera pasado cuando Beck sale.

——Andando.

Me distraigo un poco escuchando las noticias de la radio que me hacen recordar a mi papá.

—— ¿Qué ha pasado antes de que llegará? –le pregunto a Beck cuando me entra la curiosidad detrás de todo el caos.

——Hablemos del tema en otro momento, de preferencia, nunca.

Me pide cuando se estaciona y yo me rio.

——Yo voy por las maletas –le digo al abrir la puerta.

——No has guardado las bragas, ah.

Sonríe pícaro y no logro ponerle mala cara y me voy por las maletas con una sonrisa.

No hacemos ninguna otra parada, nos vamos directo a casa entre bromas y mi preocupación persiste por el cansancio que noto en Beck.

——Bienvenida a tu nueva casa –dice con una sonrisa al bajar.

Abre la puerta y...

—— ¡Querida familia han ganado la apuesta, seré el primero en tener un hijo! –entra a la casa bromeando.

—— ¿Qué?

Dicen todos al mismo tiempo y yo me rio.

——Le he pedido de favor a Mir que me rente su útero para tener a mi primogénito y vivirá aquí.

Suelto una carcajada y él tambien. Katie se atraganta con el agua.

——Les dije que algo andaba mal –se lamenta Reggie.

——Estoy estudiando para ser psicólogo y no sé qué le voy a decir a Paul. Creo que me voy a tirar de la terraza.

Simon tiene una cara de horror y me vuelvo a reír por la mención de mi hermano. ¿Cómo es que se están creyendo con tanta facilidad una simple broma?

——Creo que yo voy a volver a vomitar –habla Henry tirado en el sofá tan pálido como un fantasma.

——Y nos casaremos porque el niño no puede vivir con unos padres separados pese a que no se amen.

—— ¡Calla! –le doy un manotazo a Beck y se ríe cuando Henry no sabe qué cara poner- He venido a vivir aquí, ya saben, lo del problema con lo de la renta de la casa. No he rentado mi útero y tampoco nos vamos a casar.

Miro a Beck juguetona y este solo se echa a reír.

——Y yo que ya estaba planeando la luna de miel –vuelve a bromear y mi mirada regresa a los chicos que pareciera que el alma les ha regresado al cuerpo.

——Que vivas aquí es lo correcto y... –carraspea Simon- Mierda, creo que necesito un dulce porque se me ha bajado la presión.

Se va a la cocina.

——Yo... Yo voy a hacer mi drama ¿Ok? –me dice Katie- Lo haría ahora mismo pero primero le hablaré a mi médico porque yo creo que me he hecho diabética.

Ella se va a la habitación y regresa con el celular en mano.

——Solo era una broma, no entiendo porque tanto drama –me siento al lado de Henry.

Y niego con una sonrisa cuando Beck regresa de la habitación, fue a dejar mi maleta. Está más emocionado que yo.

——Con Beck todo es posible.

Alice aparece bajando de la terraza y me da una mirada antes de enfocarse en au hermano.

——Hola Beck.

—— ¿Alice?

——La misma de siempre.

—— ¿Qué haces aquí?

Los hermanos se van a una esquina a hablar y yo me voy a la habitación a sacar mis cosas de la maleta y las que se habían quedado aquí antes de irme a casa de Chiara.

Alice es linda, solo que es de pocas palabras, de personalidad y de un humor poco negro, también es de pocas palabras y es un poco intimidante.

Salgo de la habitación cuando me da sed y...

—— ¡Alice cálmate y deja de decir tonterías! –Beck grita frustrado.

—— ¿Tonterías? –se ríe y no por diversión- ¡No es ninguna tontería que te esté costando cogértela!

Señala el pasillo donde estoy yo y todos se percatan de mi presencia.

Silencio.

Incomodidad.

No sé qué cara poner ni que pensar y al parecer ellos tampoco.

Tampoco sé a qué viene toda está discusión y de quien están hablando, tampoco quiero saberlo. La punzada vuelve a aparecer.

Nadie habla e incluso Katie está seria.

Llamada entrante... Número desconocido...

El silencio se rompe debido a llamada que estoy recibiendo. Intento devolverme para contestar.

——Miriam, la cobertura.

Me recuerda Katie.

Cierto.

El internet y la señal estaban muy bien hasta que hubo una falla y Henry se ha peleado con unos de los trabajadores cuando ha venido a arreglar. Quisimos hablar con el chico pero aún se encuentra molesto.

Trágame tierra.

No me queda de otra más que darles la espalda y contestar a la persona que no ha parado de insistir:

—— ¿Hola? Disculpa, no quiero parecer grosera ni nada de eso pero no te tengo registrado y comienza a irritarme el que lleves días sin dejar de llamarme como un psicópata.

—— ¡Amor! ¡Soy yo, Acfred!

Su voz, su nombre, el apodo que nunca me ha gustado escuchar salir de su boca. Es él. Y mi cuerpo se tensa y se enfría.

—— ¿Qué?

Ahora me ha tocado una sorpresa a mí y no puedo hablar.

—— ¡Miriam, amor! Perdona debí haber llamado antes yo...

Cuelgo.

Le hago frente a los demás y me sostengo de la pared.

——Pásenme un dulce y háblenle al doctor. Voy a vomitar.

Encuéntrame en:

Instagram: Lucerohdeez // Twitter: Lucerohdezz // Tik Tok: lucerohernandez.z

---

06: Punzadas.

Todo me da vueltas y estoy más que segura de que ahora mismo estoy pálida. No me lo esperaba, en lo absoluto. El estómago se me ha revuelto a tal punto que en serio creo que voy a terminar desmayada o siendo internada. No he hablado con Acfred hace meses, el último mensaje que me envió fue para decirme que lo perdonara y que me explicaría todo.

Reacciono cuando el flash de la cámara choca con mis ojos, Alice me está grabando y tomando fotos con una pequeña sonrisita divertida.

—— ¡Alice! -la regaña el hermano.

——Lo siento, lo siento -se disculpa divertida——. Luego de conseguir un poco de contenido para burlarme, me retiro nuevamente porque no quiero saber que muerto le ha hablado a la intrusa.

Beck la mira mal pero ella no se molesta en disimular y yo ni me inmuto por el comentario. Sube a la azotea de nuevo y Simon nos da una mirada indicando que la acompañará.

—— ¿Ha pasado algo malo? -me pregunta Beck entre curioso y preocupado.

Me despabilo, no quiero dar molestias así que me esfuerzo por hablar con naturalidad.

——Nada grave, ve con Alice.

Me pone mala cara y sé que no me ha creído. Nunca puedo mentirle a Beck.

——Te contaré más tarde.

Le digo, asiente y se marcha dudoso. Regreso mi mirada a Reggie, Henry y Katie que me observan ansiosos.

—— ¿Quién era? -Katie es la más ansiosa.

——Fred.

Suelto y me acomodo en el sofá dándome cuenta de que incluso mis piernas se han debilitado.

—— ¡Te lo dije!

—— ¿No es tu ex prometido o lo que sea ahora?

——Sí, es él -le respondo a Henry que me mira con los ojos bien abiertos.

——No tengo comentarios al respecto.

Es lo único que me dice Reggie, serio y con la mirada perdida. Henry se comienza a reír.

——Yo... Yo lo siento -se retuerce——. Sé que esto es serio pero...

No para de reírse, Katie le da un manotazo y...

Llamada entrante...

—— ¡Ay no! -veo con nervios mi celular.

—— ¿Es él de nuevo? -asiento a la pregunta de Reggie—— Tranquila, me iré a la habitación para que tengas más privacidad.

——Gracias.

Me regala una sonrisa de boca cerrada y se va, me giro esperando a que Henry me diga que también se irá.

——No me mires así que yo no soy Reggie, deja de hacer dramas como la garrapata aquí presente y contéstale.

—— ¿Así motivas?

——Podría ser peor -se encoge de hombros.

Vale, no es nada del otro mundo. Me repito, tomo una bocanada de aire y contesto:

—— ¿Bueno? ¿Fred?

¿Llamándolo por su apodo cariñoso?

Solo es costumbre.

—— ¡Por fin, te llamo para hablar y tú me cuelgas! -exclama molesto.

——Perdón -musito——, yo... He colgado por error.

——Y con lo despistada que eres, tan despistada como para no avisarme que te irías de viaje.

—— ¿Disculpa? -trato de no hacer notar que su exigencia me molesta, no quiero dar un show frente a los chicos- Estuve meses en la ciudad y nunca me imaginé que regresarías justo ahora, Fred.

——Supongo que tampoco te imaginaste que tu novio se preocuparía por ti.

—— ¿Mi qué?

—— ¡Sí Mir, soy tu novio y parece que lo has olvidado!

——Yo nunca olvide nada.

Suspiro y me quiero desaparecer porque temo a que los gritos y exigencias que da Fred las escuchen los chicos.

—— ¡No digas que lo has hecho, no me mientas! Llego a la ciudad y lo primero que quiero hacer es buscar a mi novia para pedirle perdón y darle una explicación -se ríe sarcásticamente- ¿Pero con que me encuentro? Con que ella se ha ido de viaje, sola y quien sabe que cosas haces allá.

——Tú te fuiste y me dejaste sin saber que sería de nosotros, intente llamarte varias veces pero cambiaste tu número luego de mandarme un mensaje.

——No lo puedo creer, me quieres echar la culpa de todo sabiendo que ahora mismo todo juega en tu contra.

Y este era el pan de cada día con Fred. Una pelea, una escena de celos, un berrinche y apretones en mis muñecas.

Siempre tan difícil de controlar.

——Tal vez me equivoque -le hablo con paciencia-, pero evitemos una discusión ¿Sí? He viajado porque me era necesario y estoy bien.

—— ¿En dónde te estás quedando?

Celos. Debí imaginarlo antes, todo esto es una escena de celos.

——En una casa.

Casa que es de Beck.

—— ¿Con quién estás?

——Con mi pobre alma en pena.

Intento bromear pero es imposible con este hombre.

—— ¡Estás mintiéndome!

1...

——No me grites y detente, es muy temprano como para estar discutiendo.

—— ¡Dime donde te estas quedando y con quien, la ciudad ya la sé!

2...

——Bájale a tu intensidad tipo FBI porque no quiero tener que colgarte - le advierto.

——Faltaba más -ríe-, de seguro te has revolcado con algún tipejo y por ello ahora te la das de valiente.

¡3!

—— ¡Me llamas diciendo que aun soy tu novia pues respétame por lo que supuestamente soy! Te daré explicaciones cuando tú me expliques todo lo que pasó hace un año ¿Entendido?

—— Y hablaremos, tenlo por seguro. Será muy pronto y si me...

Le cuelgo. Me siento indignada, enojada no porque para lograr hacerme enojar y explotar deben joderme muchísimo. Aun así siento que las manos me tiemblan por la misma indignación. Necesito aire.

——Te traeré un vaso de agua -Henry se va a la cocina y Katie no habla solo me ve sin pestañear.

No es posible que incluso a la distancia me avergüence de tal forma.

—— ¡Mir, encargué sushi!

Beck baja de la azotea regalándome una sonrisa.

——No tengo hambre -digo a secas y su sonrisa se desvanece.

Me regaño a mí misma porque Beck no tiene la culpa, nadie de aquí la tiene y no por mis problemas debo tratarlos mal.

——Me siento un poco mal -le digo——. Tengo hambre pero no quiero ser yo la que vomite ahora. Saldré un momento, estoy un poco mareada.

—— ¿Estás segura? Si quieres te acompaño.

——Solo será un momento -le sonrío——. Quizás vaya a ver a Chiara.

Intento salir de la casa pero me cubre el paso.

——Miriam...

——Quiero un poco de espacio.

Nuestras miradas se conectan y juro que sus ojos marrones son preciosos, no son como los de Fred que son marrones caca, los de Beck son de un marrón un poco más claro pero los brillos en sus ojos son únicos y eso les da un contraste magnifico. Es como ver una galaxia entera en ellos.

——Llámame por cualquier cosa -me murmura haciéndose a un lado dejándome ir.

Salgo de la casa buscando hacer desaparecer mi enfado, confío en todos los de la casa y me gustaría desahogarme con ellos pero tampoco quiero que piensen que soy una dramática.

Anne solía decirme mucho que exageraba las cosas con Fred y tal vez lo hago, después de todo ellos tampoco se llevaban muy bien y no tenía razón para mentirme.

Dudo en hacer una llamada pero estoy segura de que es la indicada para poder contarle todo sin señalamientos.

——— ¡Linda!

Me saluda con su voz entusiasta y eso me saca una muy pequeña risita.

———Hola Young-mi.

Sí, le he hablado a la esposa de Paul. Se conocieron cuando él se fue de intercambio a Corea del Sur y fue una verdadera salvación cuando él la presentó a la familia, una salvación para mí.

———Me has llamando Young-mi y tú solo me dice Young y ese tono tampoco me gusta -señala———. ¿Qué tienes?

——— ¿Tienes tiempo?

———Jinyoung está dormido y Paul no está cerca así que mi respuesta es sí. Suéltalo.

Jinyoung es mi sobrino y recordar lo adorable que es me hace sonreír pero evito desviarme del tema.

———De seguro Paul ya te contó lo del error con la renta de la casa.

———Algo, ya sabes cómo es -se ríe.

———Ese mismo día conocí a Beck, uno de los dueños de la casa y...

———Sí, también me lo conto Paul en medio de su ataque y no es uno de los dueños, es el único propietario de la casa.

——— ¿Qué?

¿Cómo que el único dueño? Yo pensaba que todos eran los dueños de ella, Henry o Simon pero no creí que solo fuera Beck.

———Como oyes, es lo que ha investigado Paul pero no te detengas, sigue contándome de ese tal Beck.

——Yo... En fin, hicimos un trato pero las últimas semanas estuve quedándome en casa de Chiara, la hermana de Katie quien es una amiga mía y de los chicos, Simon, Henry, Beck y novia de Reggie.

—— ¿Chiara es novia de Reggie?

—— ¡Katie!

——Ups, no cabe duda que eres hermana de Paul cuando sueltan todo lo que se guardan -ríe-. Vale, háblame despacio y respira hondo ¿Ok?

——Bien...

Son alrededor de veinte minutos en los que camino por las calles sin rumbo alguno contándole detalle por detalle lo que ha sucedido desde que me fui de casa, lo único que me falta por confesar es la llamada de Fred y el sueño erótico. Bien dicen que lo mejor para el final.

Young me pide que me tranquilice, que le haga caso a Beck y que me divierta, que me deshaga del color gris en el que me hundí y en el que he estado oculta por tanto tiempo. El punto es que no sé cómo hacerlo.

——Miriam, hay cosas para las que no hay métodos simplemente las cosas se dan, no sobre pienses lo que haces y has lo que realmente deseas -me aconseja y yo suspiro——. Ahora, necesito que confíes en mí y que recuerdes que el chismoso de la relación es Paul y no yo... ¡Dame más detalles sobre Beck!

Chilla y no puedo evitar reír, risa que es producida por su emoción y por la mención del chico de los tatuajes.

—— ¿Qué te ha contado y mostrado Paul? Digo, para no repetir información.

——Tus hermanos no han querido ver fotos de él porque dicen que seguro es horrendo y que no quieren invadir la privacidad de su hermanita, ya sabes, bromean escondiendo sus celos de hermanos sobreprotectores.

—— ¿Me estás diciendo que ni siquiera el chismoso mayor ha querido ver una foto de Beck?

——Ni siquiera el chismoso mayor, aunque no es necesario investigar mucho. Últimamente salen varias noticias de su banda.

——Por cierto, ¿Cómo se llama la banda?

—— ¡Por Dios Mir! ¿Estás viviendo con ellos y no te has puesto a investigar ni siquiera un poco?

——No, cuando los conocí no tenía idea de que ellos eran famosos.

——La banda o grupo, la verdad no lo puedo catalogar porque hacen de todo -me informa asombrada——, se llama Thunder Lights. Creo que son seis o siete, el caso es que son muy buenos. Deberías escucharlos.

——Lo haré, lo prometo.

——Entonces...

—— ¿Entonces qué?

——Háblame sobre Beck, en caso de conocerlo en persona debo tener argumentos para defenderlo de Paul, sino le agrada capaz y le pone una demanda.

——Lo tomaré como una broma porque no quiero preocuparme desde ahora -se ríe——. Y si hablamos de Beck... Ha sido un buen amigo, tiene un humor muy bueno, él es... Divertido.

——Vale, no me estás dando muchos detalles pero igual la descripción me agrada. Me conformo por el momento.

——Te diría más pero lo que pasa es que tuve un sueño -le confieso incomoda.

—— ¿Con Beck?

——Ujum...

—— ¿Qué tipo de sueño? ¿Uno bonito?

——Algo así, pues... De hecho si fue bonito.

Si lo fue, muy bonito.

—— ¿Entonces cuál es el problema?

——Es que si fue bonito -la cara me arde al no saber cómo explicarle——, pero no de la forma en que tú piensas.

——Ok... Siento que ya sé a qué te refieres pero quiero que tú lo confirmes.

—— ¡He soñado que lo hice con Beck! Y se lo conté por accidente a una viejita -murmuró lo último y ella se rompe en risas.

Mascullo y maldigo a mi cerebro porque por lo normal nunca recuerdo lo que sueño, es más ¡Ni siquiera suelo tener sueños! Y ahora mismo se me repite cada que lo recuerdo.

—— ¡¿Y era bueno?!

——Eso no se pregunta, por algo te lo estoy contando. Me preocupa porque esto no me había pasado hace mucho.

——Dos respuestas: Te hace falta eso que no voy a mencionar porque si no te explota la cabeza o Beck se está ganado un buen lugar en tu corazoncito de pollo. Lo de la viejita no tiene explicación.

Se burla y yo ignoro el recuerdo.

——Eso es obvio, ya te dije que ha sido muy buen amigo conmigo.

——Miriam, sabes que no me refiero a eso.

Sé a lo que quiere llegar pero en verdad no crea que sea así, es muy rápido.

——Sé lo que estás pensando, no te presionaré pero necesito que le des vuelta a la hoja que tiene el nombre de Acfred.

——Ya que estas tocando el tema, Fred me ha llamado hoy.

—— ¿Qué?

——Como te acabo de decir, Fred me habló molesto porque no le he avisado que me ido de viaje.

—— ¿Y este idiota quien se cree? -se molesta.

—— "Mi novio".

——Ay no puede ser, ese malnacido no tiene...

Young no me vuelve a dejar hablar porque le suelta todo un diccionario de insultos a Fred y la llamada finaliza con ella molesta prometiéndome no contarle a Paul.

He caminado tanto que he llegado al spa de Chiara sin darme cuenta. Ya me desahogue lo suficiente y ahora no quiero hablar solo necesito un poco de paz así que no dudo entrar.

——Hola -saludo con un gesto a Chiara y a las demás trabajadoras.

—— ¡Miriam! -me saluda ella son su sonrisa pese a que se ve algo agotada—— ¿Y esa cara?

—— ¿Tan notoria soy?

——Ahh, algo.

——Vengo buscando un poco de aire fresco, ¿Estás muy ocupada?

——Hoy cerraremos temprano, estás dos semanas hubo mucho trabajo tanto que el ligue se me fue -se queja y yo no evito la callar la pequeña risita.

—— ¿Al que llevaste a la casa?

——Sí, bueno, igual era un patán y de alguna forma tendría que deshacerme de él -se encoje de hombros-. ¿Quieres un masaje?

No suena mal, relajar la tensión.

——Te lo aceptaría peroo no traje dinero.

Le digo desanimada y su sonrisa algo maquiavélica me dice que tiene algo en mente.

——Yo te doy el masaje y tú me pagas contándome lo que ha sucedido.

——Creo que estaré bien sin el masaje -desvió mi mirada.

——Anda Miriam, será bueno que te desahogues.

——Ya lo he hecho, no me apetece tener que volver a contar.

——Como dice el dicho: Desahogarse doblemente nunca está de más.

—— ¿Quién ha dicho eso?

——Yo -se ríe y las trabajadoras se despiden cuando se van del lugar-. Piénsalo de esta forma. Si no me cuentas tú, cuando vaya a la casa con los chicos y Katie me contaran pero la versión tipo teléfono descompuesto.

—— ¿Me estás chantajeando? -entrecierro los ojos.

——Claro que no, sabes que lo que te digo es verdad. Todos ellos son hombres pero parecen viejas de mercado -niega con la cabeza-. ¿Masaje?

Suspiro y me rindo.

——Le haré caso al dicho.

—— ¡Eso! Ponte cómoda y no te saltes los detalles.

El masaje fue extremadamente relajante y le conté lo de Fred, lo del sueño erótico no. Ese era un secreto que Young y yo nos llevaríamos a la tumba. Cuando Chiara finalizó me despedí y ella se quedó ya que dijo que limpiaría el lugar antes de irse.

No tenía hambre así que cuando me fui compré unos cigarros para luego caminar de regreso a casa, comenzó una ligera llovizna así que entré a una biblioteca, pequeña pero bien abastecida y la calefacción le da una sensación hogareña.

Apago mi celular y me dedico a buscar un libro que me llame la atención. Me tardo pero al encontrar el indicado creo que el tiempo ha valido la pena y no canto victoria con lo de bloqueo lector pero sin duda me entusiasmo al poder leer más de cinco capítulos sin ningún problema.

El tiempo pasa rápido o quizás soy yo la que ha leído muy rápido porque cuando veo el reloj de la biblioteca son las ocho de la noche y yo he leído más de seis libros. Me he pasado todo el día sentada y leyendo, no he comido y tampoco he comunicado con nadie.

——Linda noche -me despido del bibliotecario y salgo del lugar.

Enciendo mi celular y veo varias llamadas perdidas, dos son de Beck. No ha insistido y me ha dejado un mensaje preguntando si estoy bien, no lo contesto y lo llamo:

—— ¿Bueno? ¿Mir?

——Sí Beck, soy yo -sonrío al darme cuenta de su preocupación y escuchar su suspiro.

——Ya es tarde, ¿Estás perdida?

Veo para todas partes y no creo estarlo pero la llovizna no cesa y me preocupa que se vuelva una tormenta cuando vaya de camino.

—— ¿Podrías venir por mí?

——Voy en camino, mándame tu ubicación.

Se la envío, si está en la casa tardará unos veinte minutos en llegar pero luego recuerdo que conduce como si fuera un delincuente y sé que llegará en un santiamén.

Doy unos cuantos pasos y me quedo parada bajo el pequeño techo de una tienda para no mojarme y atrapar un resfriado. Abro la boca sorprendida al ver con la rapidez que aparece la camioneta y se detiene frente a mí, Beck me abre la puerta, corro y me acomodo en el asiento.

—— ¿Estás bien?

Es lo primero que me pregunta y yo le respondo si darle la cara.

——Lo estoy...

—— ¡¿Acaso estás loca?! ¡Es tarde y estamos en medio de una tormenta!

Me regaña y yo me comienzo a reír y por fin levanto el rostro. Me rio al recordar el día que me molesto tanto que me baje del auto en movimiento.

No puedo describir todas las emociones en su rostro, de hecho es un poco raro porque Beck suele ser bromista o pesado pero no suele ser muy expresivo, siempre hace los mismo gestos y en cuestión de palabras no he notado que sea de esos que predican a los cuatros vientos sus sentimientos.

——La pregunta se respondió sola.

—— ¿Qué?

——Hace siete segundos te estabas riendo y luego te quedaste como si tu alma se hubiera salido de tu cuerpo -me dice y me vuelvo a reír por su expresión-. Ya entendí que mi castigo siempre será vivir en una casa de...

—— ¿Locos?

——Esquizofrénicos suena mejor para mi desgracia -sonríe de miedo lado y yo niego con la cabeza.

Arranca la camioneta y se va despacio, sin ninguna prisa. Baja su ventana y enciende un cigarro, recarga su brazo izquierdo para ir fumando mientras conduce.

——Me ha llamado Fred -le cuento aunque él no me ha preguntado nada.

——Nada nuevo, en el mercado el chisme vuela rápido -me guiña el ojo——. ¿Comiste?

——Sí -miento.

—— ¿Qué comiste?

——Comida.

—— ¿Qué comida?

——De la que se come.

Me mira mal.

——Ha sobrado sushi, comételo antes de que lleguen los chicos.

¿No están? ¿A dónde fueron? Lo sabría si no me hubiera desaparecido durante todo el día.

—— ¿Salieron?

——Fueron al estudio que significa casa sola, paz en todo su esplendor -festeja.

Al llegar a la casa yo fui directo a tomar una ducha para luego comerme el sushi, regresé a la habitación y Beck se volvió a desaparecer pero al cabo de unos minutos entró a la habitación con su laptop, traía unos pantaloncillos de algodón pero venía sin nada que lo cubriera del torso.

Sé que estoy sonrojada y lo mejor que puedo hacer es aplicar las tácticas de defensa.

—— ¿Qué significa tu tatuaje?

Señale al mencionado: Un tigre que abarca parte de su brazo y clavícula.

—— ¿Me estás echando una ojeada? -sonríe con perversión——No conocía esa parte de ti, Miriam Shane.

Riendo le tiro una almohada.

——No seas un pesado pervertido.

——No creo que eso sea posible, es como pedirle a un niño que no coma chocolate.

Camino directo hacía la cama y se acomodó a mi lado buscando algo en la laptop.

——A Leo no le gustaba el chocolate.

——Entonces no sé qué sea tu hermano, no tengo las respuestas para todo así que el mundo se conforme con tenerme a mí.

Suelto a reír.

——Seguro el universo entero está agradecido por tu existencia -sonríe——. ¿Qué significa tu tatuaje?

——Vale, vale, ya entendí que solo se te olvida lo que te conviene -deja de mirar la laptop y se enfoca en mí, yo no parpadeo esperando la respuesta——. No tiene ningún significado.

—— ¡Bah! Eso no es cierto, debe tener algún significado sentimental, oscuro, tipo no sé...

——No conoces Marvel pero has visto muchas películas basura -se queja y yo me desespero por la mención de Marvel——. Ironías de la vida.

——Cada vez que mencionas a Marvel, Iron Man, Capitán América, Spiderman o cualquier otro personaje me haces sentir como si hubiera cometido un pecado que merece la muerte.

——No sientas, has cometido un pecado de muerte -añade y yo me dejo caer bien en la cama.

Mis ojos se cierran, no lo veo pero puedo percibir su fragancia.

——Mir...

—— ¿Umh?

——Alice... -creo escuchar el nombre de su hermana lleno de dulzura—— Alice está mal de la azotea así que no le des mucha importancia.

Olvídalo, solo tú crees que Beck se pondrá a contarte sobre su familia.

—— ¿A qué viene eso?

Abro lo ojos y veo que ha puesto la laptop en la mesita de noche y también se recostó, tiene su cabeza sobre su brazo derecho. Paso saliva ante la imagen que da.

——Por lo de sus gritos cuando saliste de la habitación, creo que ella también tiene rabia.

—— Ah, por eso... Sinceramente no sé ni porque estaban discutiendo ni nada así que no te preocupes. ¿Qué estabas viendo en la laptop?

——Te iba a decir que viéramos una película pero estás cansada.

——Veámosla, yo no tengo sueño.

——Tienes los ojos rojos, no mientas y durmamos.

Bufo, ni mi mamá me mandaba a dormir.

—— ¿O estás incomoda aquí? -me pregunta sentándose en la orilla de la cama- Puedo irme a dormir a otra habitación o al sofá.

Niego.

——Quédate.

—— ¿Segura? El sofá es cómodo.

——Insisto, quédate. Es tu casa y tu habitación, tampoco me siento incomoda.

Me mira por unos segundos pero asiente con la cabeza y vuelve a acomodarse. Le doy la espalda y vuelvo a respirar su aroma mezclado con el olor a la tierra húmeda, el sonido de la lluvia se intensifica y yo apago la luz de la habitación.

——Hasta mañana Beck.

——Hasta mañana Mir.

Caigo en un profundo sueño.

***

¡AHHHHHHHHHHHHHHHHHHH-
HHHHHHHH!

El tercer grito que suelta Katie desde que ha llegado a la casa, no ha dicho nada solo ha llegado gritando haciendo que todos saliéramos de las habitaciones a excepción de Beck, él sigue dormido.

——Kate, ¿Qué pasa? -le pregunta Reggie con total calma.

Simon la ha asesinado más de diez veces con la mirada, Henry está en cuenta regresiva de tirarle el jarrón de la esquina y yo al igual que Reggie he tratado de tranquilizarla y hacerla hablar.

—— ¡Hace dos días te has ido de la casa y ahora esto! -me grita haciendo mi mudanza todo un drama.

—— ¡AHHHHHHHHHHHHH!

——Katie, tienes que dejar de gritar y dime qué pasa -le insiste el novio.

Simon toma unas tijeras que no sé dónde las saco y Henry también toma el jarrón cuando la expresión de Katie nos da a entender que volverá a gritar.

Me preocupo porque están decididos a arrojarle los objetos.

—— ¡Otro grito más y te extermino!

Beck la amenaza cuando sale de la habitación con una cara entre somnoliento e irritado. Se ha puesto una sudadera y su cabello está despeinado.

—— ¡Me ha corrido el jefe, en verdad lo ha hecho! -chilla ella dándonos la respuesta a su escándalo.

Reggie se acerca a ella para consolarla en lo que Henry y Beck ríen por lo bajo.

—— ¿No dijiste que te regresaría el trabajo? -le pregunto extrañada porque aquella vez dijo con toda seguridad que no habría problemas.

——El viejo gordo le dio sus vacaciones de por vida -se ríe Beck junto a Henry contagiándome, haciendo que me gane una mala mirada de Katie. Simon tiene un sonrisita y el pobre de Reggie hace de todo por ser un buen novio porque oculta la gracia que le da la situación-. Te dije que iba a quedar más loca.

—— ¡¿Ya lo sabías?! -me reclama Katie y yo niego con la cabeza.

Beck lo insinuó pero nunca pensé que se tratara de esto.

—— ¿Cómo era que le decías? ¿Señor grasita? -Henry la hace embravecer más.

——Vale chicos, ya estuvo bueno -Reggie los regaña y abraza a Katie-. Encontraremos una solución.

——Y también a alguien más que le haga las dietas -me acerco a Beck y le doy un codazo-. Vale, me iré a dormir otro rato que aquí Kate anda con un humor de kilitos de más.

Se vuelve a burlar de ella antes de irse a la habitación.

——Eso te pasa por volverle a contestar borracha -la regaña Simon-, no me pasa por la cabeza que te hizo pensar que te regresaría el empleo.

——Yo también quería vacaciones -se queja.

——Pues ya te las dio -dice Beck desde la habitación.

—— ¡Eres un insensible! -le grita.

——No soy insensible porque si lo fuera no me daría risa tu desgracia.

—— ¡Beck! -le grita Reggie y le da una mirada a Henry que hace que se levante y se dirija a la habitación entre risas con Beck.

——Encontraremos un nuevo trabajo, yo te ayudaré -le digo ganándome un abrazo de parte de ella.

——También me ayudaría mucho si regresas a la casa.

——Katie...

—— ¡Me has dejado!

——Estoy a veinte minutos de distancia.

—— ¡Pero no es lo mismo, son veinte minutos de tristeza!

——No es para tanto Katie...

—— ¡Deja que haga mi novela en paz y no me interrumpas!

Me suelta tirándose en el sofá como si se hubiera desmayado.

——Yo digo que si no abre los ojos en diez minutos puedo hacerla pasar por muerta.

Simon la mira y ella se levanta con la idea de tirarle el cojín.

——Tengo un jarrón y no temo a usarlo -le entrecierra los ojos.

Los ojos de Simon no son grandes pero cuando no lo conoces su mirada intimida así como la de Alice, la diferencia es que ella casi no sonríe.

——Haré el desayuno y no quiero que nadie me moleste -avisa.

Reggie toma asiento junto a Katie y la abraza, yo los dejo porque esas escenas son dulces de más para mí. Entro a la habitación encontrándome con un Beck dormido, la escena me causa un poco de ternura al verlo boca abajo y con la boca ligeramente entre abierta.

No han sido mucho los días que hemos dormido juntos pero no he soñado nada erótico ni nada. Sorprendentemente he dormido más rápido que nunca en toda mi vida, solo ocupo unos segundos para dormir plácidamente.

Me sigue asustando un poco que sea tan difícil de despertar.

—— ¿Saldrás?

Pregunta Beck apenas pudiendo abrir los ojos cuando salgo del baño con unos pantaloncillos y una de sus sudaderas.

——Sí, iré a la biblioteca. ¿Tú no estás leyendo?

—— ¿Un libro?

——Sí o alguno de los comics que compraste.

Bosteza y se queda como si estuviera recordando algo.

——No, pero debería.

—— ¿Qué estudiaste?

Cambio el tema cuando me cepillo el cabello.

—— ¿En la universidad?

——Nada.

—— ¿Qué?

——Que no he estudiado nada, no fui a la universidad.

Libertades que se dan los millonarios.

——Siento que soy un poco más lento que los demás por ello.

——Entonces estudia -lo apoyo pero él niega con la cabeza-. Si tienes ganas de estudiar, hazlo.

——No gracias, la verdad es que no quiero.

Se estira en la cama y yo he quedado entre divertida y confusa.

——No tardaré en la biblioteca.

——Con cuidado.

Es lo último que me dice antes de salir de la habitación y luego irme de la casa. Troto durante 15 minutos aprovechando que hoy no está nublando, el día está soleado y me rio un poco cuando por fin la gente ya no me ve raro por traer los lentes de sol.

Al llegar el señor me saluda y me voy a una esquina que se ha convertido en uno de mis sitios favoritos. Es algo temprano y me alegra no estar de mal humor.

Mi familia no se ha contactado y por ello he aprovechado para ponerme a investigar un poco acerca de la banda de los chicos. Solo le he dado un vistazo a las primeras noticas y he escuchado algunas canciones, no he profundizado mucho el tema de ello ni tampoco el de la familia de Beck que me sigue pareciendo un poco rara.

No quiero hacerme ideas que no son así que trato de que Beck sea el que me cuente pero es muy difícil.

Acabo el libro que dejé pendiente.

Video llamada entrante... Fred...

Tardó más de veinticuatro horas en llamarme, no me quejo.

——Fred.

Digo su nombre al contestarle y verlo al otro lado de la pantalla. Ver sus ojos y su cabello rubio. Es mucho más bajo que Beck y tiene un cuerpo cero trabajado. Hace más de un año que no lo veía y su aspecto no es malo.

——Amor, que bueno que me has aceptado la video llamada.

——No me digas "amor", sabes que no me gusta que me llames así -evito torcer los ojos ante la palabra. Nunca he sido cursi, algo que a él si se le da muy bien.

—— ¿Entonces que eres?

——Una persona.

Hace una mueca por mi respuesta.

——Te he llamado para explicarte las cosas pero veo que estás de mal humor -no le contesto y se queda viendo el fondo del lugar donde me encuentro——. ¿Ahí vives?

——Sí Fred, vivo en una biblioteca.

——Te has vuelto muy chistosa.

Suspiro y hago miles de intentos por no desesperarme al escuchar en el tono que me habla. Ni siquiera a mis hermanos les dejo que me hablen así y yo como tonto se lo tolero a él.

——Dame la explicación que me tengas que dar porque la casa en la que vivo no funciona muy bien la cobertura

Me mira mal porque he mencionado la casa de la cual no le he mandado la ubicación, luego suelta un suspiro y baja la cabeza.

——Lo lamento, yo ese día... Estaba muy nervioso y sabes que mis padres nunca estuvieron de acuerdo.

——Lo sé...

Por esa parte siempre he tratado de ser comprensible con Fred, sus papás y él no vivían en la misma casa. Ellos en Nueva York y él siempre ha vivido recibiendo el dinero que le envían. La luna de miel era un viaje muy bien planeado en el que de paso iríamos a visitar a sus padres.

——Yo no quería dejarte -me ve a los ojos y hace que la molestia desaparezca-. Ya te dije que estaba nervioso y luego recibí una llamada de mi padre diciéndome que mi madre estaba muy mal, te he esperado en el aeropuerto lo más que he podido pero el vuelo ya iba a salir y tú no llegabas.

No puedo hacer un show si se fue debido a la salud de su madre.

—— ¿Y no pudiste dejarme aunque sea un mensaje? Te desapareciste por un año, Fred.

——Fue muy difícil, me sentía avergonzado y solo me enfoque en mi madre que estaba hospitalizada. No me fui de Nueva York hasta que ella se recuperó. Lo lamento porque sé cuánto querías ir a la ciudad.

¿Quién le dice?

——En cuanto he llegado lo único que he querido es explicarte pero he llegado y mi novia no está, le llamo y me contesta como si fuera otra.

Ignoro todo porque yo solo me he quedado pensando en una sola palabra.

—— ¿Novia? Oye Fred, ha pasado un año y no estoy segura de que...

——Amor pero que cosas dices, sé que mi regreso ha sido repentino pero no tienes por qué tomar decisiones por impulso.

——No son...

——Hagamos esto, te daré tiempo para que asimiles y reconsideres las cosas, ¿Ok?

Su mirada de chico tierno y comprensivo es lo que me muestra. Yo dudo pero evito re pensarlo durante mucho tiempo así que solo asiento con la mirada.

——Debo irme -veo la hora en el reloj y recuerdo a Beck.

——Yo igual y amor, deberías ponerte algo que te cubra más el cuello y no cortes el cabello. Se te veía mejor antes.

Cuelga y pongo los ojos en blanco por el hecho de que me he quitado la sudadera porque tenía calor y el solo se pone celoso, a la vez que hago una mueca por lo del cabello.

Ya no está tan corto como hace unas semanas, ¿Se ve mal?

No he llegado a la casa y Simon está arriba de la camioneta como el conductor, Beck está en la entrada y Reggie viene saliendo con Henry apoyado en su hombro.

——Chicos, ¿A dónde van? ¿Henry estás bien?

Pregunto mientras me voy acercando a ellos.

——Nada grave, lo llevaremos al doctor -me informa Reggie mientras que Henry me sonríe.

—— ¡Pulguita! Qué bueno que ya llegaste, no tardaremos mucho. Te quedas a cargo d la comida, no dejes que Beck cocine.

—— ¿Qué yo que?

——Tu cocinas hoy, creo en ti.

Me da ánimos antes de subir a la camioneta y yo palidezco segundos.

¿Yo? ¿Cocinar? Todos van a terminar en el hospital.

—— ¿Cómo te ha ido en la biblioteca? -me pregunta Beck cuando entro a la casa.

——Bien, creo... ¿Y Katie?

——La garrapata se ha ido a ver a Chiara.

Me encamino a la cocina con la mente en blanco y Beck por detrás.

—— ¿Vas a cocinar?

——Algo así, no tengo mucha experiencia.

——Puedes buscar recetas en google o ver videos en youtube.

——Youtube...

—— Si Mir, ¿sabes lo que es o...?

—— ¡Sé lo que es!

——Tranquila, si te dificulta mucho yo puedo cocinar -se ofrece con una sonrisita.

——No, me han dado las indicaciones de que no te deje cocinar.

—— ¿Quién ha sido? ¿Henry? A él nadie le hace caso -se burla——. ¿Entonces?

——La respuesta sigue siendo no, tengo poca experiencia pero si sé cocinar.

——Ajá y yo no estoy tatuado -se me burla y yo lo miro mal——. Anda Mir, deja que cocine.

——Dime que comidas puedes hacer.

——Solo se hacer tres: hamburguesas, sopa de fideos y mi especialidad, curry.

——Suenan bien pero no.

—— ¿Tu que sabes cocinar? -me reta.

—— ¿Confías en mí?

——No pero quiero saber con qué tipo de comida puedo morir por intoxicación.

Le doy un manotazo y se sienta en uno de los banquillos de la barra a ver vídeos en su celular. Yo por mi parte no dejo de ver la estufa preocupada, no quiero quedar como una tonta. Inflo mis mejillas cuando los nervios me invaden al ver el reloj ya que si no me doy prisa los chicos llegarán en cualquier momento y yo no he hecho nada.

Deja de querer darte el papel de cobarde, tienes mucha experiencia en la cocina., ¡Deja de mentirte a ti misma!

Me grita lo mismo mi subconsciente.

Tú te cocinabas en la universidad, tú hacías de comer en la casa y cocinabas con Young. Cálmate y vuelve a ser tú, deja de temer por todo lo que haces.

Los recuerdos vienen de golpe: Yo cocinando, yo haciendo los pendientes de la casa y a la vez mis trabajos. Miriam de hace un año invade mi mente y le doy razón a la vocecita de mi cabeza.

Me gusta la comida chatarra y grasosa pero también es necesario que vuelva a comer algo casero así que pongo manos a la obra sacando todo lo que voy a necesitar para luego ponerme a cocinar sin dejar de sentir la mirada de Beck en mi nuca.

Hago macarrones con queso, no es el platillo extravagante pero me hace sonreír porque hace mucho no cocinaba. La cocina nunca ha sido de mis lugares favoritos pero tampoco es un lugar que odie.

Estoy a tiempo y los macarrones están a nada de estar listo así que me relajo y le pongo atención al vídeo que está viendo Beck.

——Lo que dice ese tipo es asqueroso -me quejo ante el tipo que habla acerca de las mujeres—— ¿Por qué estás viéndolo?

——Costumbres -se encoje de hombros—— Reggie suele hacerme verlos con él y luego lo escucho dando su opinión. Un pequeño debate.

——Entiendo el punto pero la voz de ese viejo rancio me está irritando.

—— ¿Estás molesta?

——Un poco, es más, pásame eso.

Me entrega su celular.

——Uhh, Mir -me mira de manera maliciosa pero la cara se le transforma cuando le devuelvo el celular—— ¿Qué?

——Listo -apago la estufa antes de volverme a enfocar en él.

—— ¿Qué has hecho?

——Le he dado dislike al vídeo y lo he bloqueado -Beck me mira como si no me creyera lo que acabo de decir.

——Y si le pones un comentario con una carita gruñona se va a terminar de soltar a llorar.

——Nah, el comentario está de más, no tiene caso -salgo para sentarme en el sofá.

——El día en que verdad te enojes dejaré de reprocharte el que no conozcas a Marvel.

——Mira chico de los piercings fanático de Marvel, la comida ya está lista y en lo que llegan los chicos deberías de dormir.

——Siento que estoy hablando con Henry -se me burla y en-trecierro los ojos- ¿Qué? No tengo sueño.

——Deja de mentirme, te has estado desvelando y no has dormido tus horas.

——No me levantes falsos, además, no quiero ir a la habitación.

——Pues acomódate en el sofá pero duérmete.

——Yo no...

——Que duermas.

——Muy bien, dormiré pero porque me ha dado un poquito de sueño no porque me estés mandando tú.

Se acomoda, me da la espalda y aunque tarda un poco en dormir lo consigue. No tiene ojeras pero su cansancio es visible.

En los dos días que llevo viviendo oficialmente en la casa prácticamente soy yo quien la obliga a dormir, no se preocupa mucho por el trabajo de hecho si fuera por Beck no haría nada de ello. Lo hace como si fuera una obligación.

He querido hablar acerca del dinero que ha devuelto y también pienso conseguir un trabajo, no quiero estar viviendo de a gratis dándome tantos lujos sin ningún tipo de remordimiento.

Veo a Beck dormir y se ve tan tranquilo que el sueño me invade por un momento, duermo segundos o algunos minutos quizás hasta que despierto exaltada por el sonido de la televisión.

——Más fuerte si quieres -Beck le gruñe molesto mientras va bajando el volumen.

No se ha percatado de que lo estoy viendo, tampoco hablo ni nada solo lo observo buscar algo que ver.

—— ¿Por qué no solo pones un canal y ya? -pregunto de la nada haciendo que gire su cabeza para verme.

——Genial, te has despertado.

—— ¿Eso fue sarcasmo o...?

——Veamos una película.

——Mhm...vale, yo elijo.

——No, yo he encendido el televisor.

——Y tú me has dicho que me sintiera como en mi casa.

——Eso es solo cuando me conviene y claramente ahora no es una de esas situaciones.

——Yo he hecho la comida.

——Se te agradece el esfuerzo -se me burla y le arrebato el control-. ¡Oye!

——Veremos una película pero será la que yo elija porque no pienso ver algo de Marvel hoy.

——Veamos una película de terror.

——Sí claro, en tus sueños.

Me niego y nunca logramos ver una película ya que entramos en un gran debate que terminó con Beck haciéndome cosquillas.

—— ¡Detente! -es lo único que logro gritar y Beck solo me ve con una cara llena de diversión y maldad.

——Lo haré si aceptas que Iron Man es superior que Capitán América.

No deja de hacerme cosquillas en las costillas y yo no hago más que retorcerme de la risa con algunas lágrimas que brotan de mis ojos. Fue un total error decirle que tengo cosquillas y mis puntos débiles.

—— ¡Vale, él es...!

Las manos de Beck se detienen y yo me sonrojo por la escena que les estamos mostrando a los chicos que acaban de llegar con Katie, Chiara y Alice. Una escena que se puede mal interpretar.

Beck se quita de encima y carraspea levemente cuando ve a su hermana.

——Creo que la extraña no es tan extraña como creía -dice Alice cuando me levanto del sofá—— ¿A qué huele?

Arruga su nariz tratando de descifrar el olor que viene de la cocina, Henry, Reggie y Simon no dicen nada y solo entran a ella, Katie y Chiara me echan una miraditas burlándose por lo que acaban de ver pero las ignoro.

——Son macarrones.

Me mira dudosa y yo aprieto los labios caminando hacia la cocina.

—— ¿Con queso?

——Sí, son macarrones con queso.

——Iré a ver que tan bien han quedado -entra a la cocina y yo la sigo.

—— ¡Te han quedado en su punto! -me felicita Henry y yo sonrío orgullosa de mí.

——Lo mejor de todo es que Beck no ha entrado a la cocina -añade Reggie que también está comiendo.

——Pues no el mejor plato pero tampoco están mal pero tienen el queso necesario -me hace sonreír, un halago de Alice no era algo esperado para nadie que todos la ven como si no fuera ella—— ¿Qué? Traguen y tú no te emociones que sigues en periodo de prueba.

Tarde.

—— ¡Cállate y atibórrate de macarrones! -le grita Beck.

Todos comen felices y me llenan de halagos, los macarrones se acaban en un abrir y cerrar de ojos y como no si Beck se sirvió más de tres veces.

Y la tarde se nos va viendo películas.

——Beckie, ha llamado George molesta porque ha estado que-riendo contactarse contigo -le informa Henry pero el mencionado lo ignora recostando su cabeza en mis piernas sin dejar de poner atención a la película; Avengers: era de Ultrón.

No me he quejado, tengo algún tipo de hechizo con Pietro.

—— ¿Quién es George?

——Otro gordo -responde Alice haciendo que todos la vean serios pero yo me rio un poco porque me ha dado gracia.

——Creo que tengo miedo -murmura Chiara pero no pregunto el por qué, Alice es agradable solo que algo reservada.

——George es el mánager del grupo -me dice Simon que se ha apoderado del otro sofá.

——Llámalo antes de que se moleste más -le advierte Reggie y él bufa.

——Díganle que lo llamaré cuando el sentimiento sea mutuo -lo reprendo con una palmadita en la mejilla pero luego me distraigo jugando con su cabello.

——Contéstale, no seas irresponsable -agrega Katie.

——Ha hablado la alcohólica responsable -se burla de ella hacien-do que chille.

—— ¡Si yo fuera George ya te hubiera despedido!

——Pero no lo eres -contraataco y Beck me mira con una sonrisa cómplice.

—— ¡Miriam! -se queja Katie pero yo choco las manos con Beck entre pequeñas risas.

——Ella es de mi equipo y en todo caso, yo soy quien despide a George no él a mí.

La discusión dura poco porque Alice los calla y lo que resta de la película Beck se queja de que Marvel le tuvo miedo a una de las que pudieron ser de las mejores parejas, Capitán América y Black Widow. Se queja mientras yo no dejo de pasar las manos por su cabello hasta que se queda dormido.

Alice se va a una de las habitaciones alegando que se está asfixiando de estar con nosotros, Simon se queda dormido en el sofá y Henry pide una pizza ya que le ha dado más hambre.

Nadie hace ruido y yo no puedo levantarme al tener la cabeza de Beck en mis piernas.

——Me agrada más dormido -Chiara comenta al verlo y yo sonrío.

——Seamos sinceros y aceptemos que está versión de Beck rara pero más controlable.

Añade Reggie y quiero preguntar a que se refieren con "está versión" pero no lo hago ya que el timbre suena.

—— ¡Mi pizza! -se emociona Henry.

—— ¿No vas a compartir? -le pregunta Katie.

——No, yo la pagué -abre la puerta——. ¿Dos repartidores? ¿Y la pizza?

No son repartidores y tampoco traen pizza. Dos caras conocidas están con sus maletas en mano y verlos no me causa mucho impacto, me golpean los recuerdos pero ni siquiera me había acordado de ellos.

——Anne y Adonis -hablo haciendo que los hermanos me vean con una sonrisa.

——No me importa cómo se llamen, ¿Y la pizza?

—— ¡No Henry! Me refiero a que ellos son los amigos de los que le hablé, déjalos pasar.

—— ¡Miriam! -entra Anne a la fuerza y su grito es tan agudo que despierta a Beck que se incorpora al instante.

——Anne -por alguna razón su visita inesperada no me causa nada—— ¿Qué hacen aquí? No me avisaron.

Me pongo de pie y me abraza con fuerza y a duras penas le puedo sonreír.

——Se supone que llegaríamos desde antes pero hubo algunos inconvenientes -me dice cuando me suelta y Adonis logra que Henry lo deje pasar.

——No traes pizza pero eres guapo, no más que yo pero adelante.

—— ¿Y estos quiénes son? -pregunta Beck

——Son...

——Yo soy Anne, él es mi hermano Adonis -le responde sentándose a su lado y me trago la extraña punzada que me da y abrazo a Adonis al que no me cuesta nada sonreírle.

——Hola greñas -me despeina y nos separamos——. Te ves bien.

—— Igual tú, has crecido eh.

——No mucho, solo que tú te desapareciste -hago una mueca no quiero tocar el tema tan pronto.

—— ¿Me has extrañado? -pregunta Anne que no le falta nada para encimársele a Beck que está serio.

¿Beck serio? Ignoro la rareza que me causa verlo así como también las ganas de quitar del sofá a Anne.

——Solo un poco.

Mentirosaaa.

——Ehh ellos son Anne y Adonis, chicos, ellos son Henry, Reggie, Chiara, Katie y Beck.

——A ellos ya los conozco -agrega Anne——, soy fan de vuestra banda. He ido a varios de sus conciertos, son geniales ¿Y los demás?

——Ah, vale, yo soy Reginald pero pueden llamarme Reggie -se levanta con una sonrisa tímida.

——Adonis, un gusto -estrechan las manos y Anne ni en cuenta.

——No quiero sonar grosero, Anne, solo que estamos de vacaciones y no nos corresponde hacer mención del paradero de los demás.

——Oh, no pasa nada -no deja de sonreír y eso me irrita.

——No sabía que ya los conocías y que habías asistido a uno de sus conciertos -le doy una sonrisa mal fingida.

——Hay muchas cosas raras últimamente -añade con sarcasmo Adonis.

——Chistoso -le saca la lengua-. Lo he hecho en el tiempo en que parecías fantasma por la ciudad.

——Sí, creo que me he perdido mucho por andar como fantasma -agrego y las punzadas permanecen.

Beck me mira y le sonrío como si no pasara nada.

—— ¡Eres insoportable! -sale Alice de la habitación masajeándose la sien y se percata de los hermanos y su expresión cambia- Llegaré tarde que creo que habrá muy buen chisme.

Termina la llamada y me mira a mí en busca de una explicación.

——Chicos ella es Alice, es la hermana de Beck. Alice, ellos son Anne y Adonis.

Repito la presentación con una molestia obvia que se desata aún más al ver que Anne no se le despega a Beck y que no le para de hacer preguntas.

——Ahhh, ok, entiendo, ya decía yo que la casa tenía un olor raro -alza las cejas por la escena de Anne dándole un beso en la mejilla a Beck.

Ahora no solo siento furia al verla a ella, también la siento al verlo a él que no hace nada por apartarla. Siento una horrible punzada en el pecho.

Kate se ahoga con el agua y Henry con la pizza, Chiara solo está en shock.

——Adonis y yo saldremos al parque, no tardamos -aviso tomándolo del brazo.

—— ¡Sí, no tarden! -nos grita Anne.

——Es lo que quiero, tardarme -murmuro para mis adentros y salgo con prisa ya que Adonis no pone resistencia.

No se queja ni nada, en la esquina de la calle lo suelto y suspiro.

——Lo siento yo...

——No pasa nada, no es necesario que expliques nada -me sonríe y yo asiento para seguir caminando——. ¿Cómo has estado este tiempo?

—— ¿Cómo crees que he estado?

——No lo sé por eso te lo pregunto, ahora mismo te ves bien, ya te lo he dicho.

—— ¿Ya los conocías? -pregunto de la nada.

—— ¿Al grupo? Sí, los he visto por medio de sus estados.

—— ¿No la has acompañado a los conciertos?

——No, de hecho, no es necesario que toquemos el tema solo diré que desde lo de Fred las cosas con Anne han estado raras.

—— ¿A eso te referías?

——Sí pero no hablemos de eso ahora que yo también quiero un respiro de todos esos temas, ¿Cómo están tus papás?

——Creo que bien, no he hablado con ellos ¿Y tu madre?

——Ella está bien, de hecho ella también se ha tomado unas vacaciones.

—— ¿Sigue buceando?

——Lo ha dejado por un tiempo -me muestra una sonrisa que me recuerda una de las muchas cosas por las que me gustaba-. ¿Qué? ¿Si me extrañaste?

——Solo un poco -me burlo.

——Traigo muy buenas anécdotas.

——Ay no, entonces regrésate de una buena vez que no quiero que me avergüences.

——Sabes que yo no lo hago, Anne sí, no entiendo como la soportas -se encoje de hombros y me toma del brazo haciéndome correr-. Muéstrame un poco de la ciudad.

Caminamos y reímos al recordar algunas momentos de la universidad, también me hace recordar una parte de la relación que tuve con Fred, la parte buena; cenamos algo en un puesto y aunque me resisto a la idea, Adonis me hace regresar a la casa a las malas.

El camino de regreso me congela las manos y el sinsabor amargo reaparece así como la punzada en el pecho. El extraño enojo vuelve y Adonis lo nota pero no hace preguntas y se lo agradezco en serio.

—— ¡Han llegado! -Henry nos saluda, en la sala solo está él, Simon, Reggie y Beck.

——Mir, aunque quedó comida para que cenes -me dice Beck con una sonrisa y estrecha la mano con Adonis——. Beck, un gusto.

——Ya hemos cenado -contesto en seco sin mirarlo.

——Tu amiga se está dando un baño -me informa Simon.

——Entonces le diré a Adonis donde dormirá.

——Nosotros lo hacemos -Reggie se pone pie y siento la mirada de Beck en mí pero lo ignoro y paso de largo subiendo a la azotea.

—— ¡Llegaste! -Katie está bebiendo una cerveza junto a Chiara y Alice.

—— ¿Y tu amigo el guapetón? -me pregunta Chiara cuando me acerco.

——Se ha quedado con los chicos.

——Uhhhh...

Hay un silencio incomodo, algo quieren decir pero no lo hacen.

——En orden digan lo que tengan que decir -bufo.

——Bueno... te fuiste con Adonis y las cosas se tornaron un poco raras -carraspea Katie.

—— ¿En qué sentido?

——Pues, no se le despegó a Beck en ningún momento y él la trató con amabilidad, estuvieron conversando por largo rato.

——Las conversaciones en un principio eran acerca del grupo -Chiara finge toser——, luego comenzó a hablar de ti.

—— ¿De mí?

——Ujum, Beck le preguntaba algo de ti pero ella transformaba la respuesta. Habló de tu perfecta relación con Fred, lo empalagosa que eras con él...

——Nunca he sido empalagosa -frunzo el ceño.

——Qué bueno y si lo llegaste a hacer que asco -habla Alice.

——Retomando el tema -continúa Katie——. Contó lo distraída que eres, que no eres suelta en las fiestas, que exageras los problemas, que hablas mucho, que...

La punzada sigue ahí al igual que la molestia y ahora aparece una ligera decepción.

——En pocas palabras habló pestes de mí.

——Mehhhhh, eso no fue lo peor.

——En pocas palabras tu "amiga" es una perra.

—— ¡Alice!

Le gritan las chicas y ella se sienta a mi lado.

——Dejen de darle vueltas al asunto, no tiene caso darle vueltas.

——Alice...

——Al parecer Beck y tu amiga han echado un polvo.

—— ¿Qué?

La garganta se me contrae, dos punzadas en mi pecho, mis manos se vuelven puños y no tengo idea de que pensar de Anne y mucho menos de Beck. Tampoco sé que es lo que pasa y solo trato de ignorar que todo esto por alguna razón me molesta.

——Tengo entendido que fue un polvo de copas y de hace tiempo, Beck ni se acordaba, de hecho, ni se acuerda -se ríe.

——Vale.

—— ¿Solo dirás eso? -me preguntada anonadada Katie.

—— ¿Y qué más quieren que diga? Por mí que vuelvan a echar otro polvo, ahora mismo estoy de buen humor.

Afirmo con un apretón de labios abriendo una cerveza.

——Como digas, iremos a... A ver a tu amigo -se levantan Katie y Chiara.

—— ¿Les ha gustado?

——Tengo novio pero no quiere decir que esté ciega.

——Nos cae mejor el hermano -me susurra Chiara antes de irse con su hermana.

Suspiro y Alice deja de lado su cerveza.

—— ¿A ti también te parece guapo Adonis? -inquiero y ella me mira mal.

—— ¿Ya te sientes con mucha confianza no? -no deja de lado el sarcasmo.

——La verdad es que sí, no me lo preguntaste pero igual lo diré, no me caes mal.

——Pero tú a mí sí.

——No me has corrido como sueles hacerlo con los demás -me le burlo.

——Estoy cansada y no quiero perder el tiempo con extrañas.

——Vale, sí, si ese es mi apodo de cariño no me quejo.

—— ¡No te estoy dando ningún apodo de cariño, ridícula!

Me suelto a reír al verla molesta.

——Lo siento, creo que tu hermano me ha pegado un poco de su humor.

——Ni tanto y eso se agradece, en fin, yo me voy.

Se pone de pie y se pone a limpiar, yo le ayudo un poco.

——Si te agarras a golpes con tu amiga, avísame.

——Lo haré -me burlo y ella sonríe por un momento antes de irse.

No quiero bajar, no quiero tener que hablar con Anne ni con Beck pero sé que no tengo opción y menos ahora que ya me he mudado. Algo en mi sabía que Anne estaba rara, su comportamiento lo es... Ha hablado de mis defectos, ¿Solo soy eso?

Me tormento por largo rato, me envuelvo en la nube azul de meses atrás. Solo que está vez ya no hay llanto y esa sensación es mucho peor. Quedarse sin lágrimas.

Bajo y Alice ya se ha ido al igual que Chiara, los chicos ya están en sus habitación a excepción de Katie que viene saliendo del baño con un condón en la mano.

——El noiscore es parte de la bienvenida -me burlo y ella me guiña el ojo.

——Duerme, Adonis la ha anestesiado.

Entra a su habitación y sé a la perfección que eso ha terminado en una pelea. La punzada vuelve cuando yo entro a nuestra habitación y Beck me está esperando.

——Miriam, ¿Vemos una película o quieres darte una escapada al estudio?

——Otro día.

Con rapidez entro al baño, me doy una ducha y salgo cambiada lista para dormir. Él solo me mira pero yo no le hablo.

—— ¿Te sientes bien?

——De maravilla.

Me acomodo en la cama y le doy la espalda.

—— ¿No tienes sueño?

——Sí lo tengo y mucho.

——Mir no...

——Hasta mañana Beck.

——Hasta mañana, Mir.

Apago la luz y me fuerzo a dormir, no me apetece hablar ahora mismo y me irrita verlo a la cara.

***

Han pasado solo algunos días que se me han hecho eternos. Días en los que ya no he usado la ropa ni sudaderas de Beck, días en los que apenas le dirijo la palabra y he tratado de pasar el mayor tiempo posible fuera de casa.

Salgo a caminar por las mañanas o voy a casa de las chicas, voy a la biblioteca o salgo al parque junto a Adonis. De las peores opciones me toca escuchar a Anne o recibir las llamadas de Fred.

Ahora mismo he salido con Adonis a mostrarle un poco más de la ciudad y hemos terminado corriendo por el parque.

——Miriam, iré a la farmacia -me dice Adonis guardando su celular en el bolsillo.

—— ¿A la farmacia?

——Sí, no tardo -me guiña el ojo y se va en lo que yo me quedo sentada en una de las bancas.

Adonis se ha acercado mucho a Chiara, lo detendría si supiera que es un mal chico, pero Adonis no lo es. Él es rubio, alto y de ojos verdes, tiene un cuerpo atlético ya que practica la natación desde muy pequeño. Tiene el mismo amor por el agua como su madre.

Entre Anne y Adonis, él siempre ha sido el más responsable, es un poco callado pero sabe divertirse, es respetuoso y es quien salva a Anne de cada problema en el que se mete. Es un buen hermano.

Me llega un mensaje de Beck que ni me molesto en ver porque eso solo hace que la punzada se intensifique al igual que el desagrado.

—— ¿Y si regreso a casa? -me pregunto entre dientes.

——Si te vas, ¿Qué pasa con el chico, eh? -me responde una voz cuando se sienta a mi lado.

Mi cara se sonroja de vergüenza al ver a la viejita que le conté mi sueño con Beck.

——Ya te estás poniendo como tomate -se burla y luego me da una sonrisa pícara—— ¿Hubo más sueños?

——No -carraspeo.

——Ay Dios, habla con confianza, soy la abuela de Becki pero no es para tanto.

—— ¿Qué usted qué? -me atraganto con mi propia saliva y ella se ríe de mí.

Para horrores los que yo vivo, quiero llorar de la pena. En verdad no imagine que fuera a ser familia. La señora tiene canas pero es visible que soy cabello naturalmente era rubio.

——Soy Giselle y supongo que tú eres Miriam.

—— ¿Eso...?

——Tengo mis fuentes, no te preocupes que tu secreto está a salvo conmigo.

—— ¿Se da cuenta que lo que le conté no es normal?

Me atrevo a cuestionarla y ella chasquea la lengua sacando una pequeña licorera de su bolso a la que le da un trago.

——Tu también dale un trago -me la ofrece pero yo me niego.

——Gracias, no soy muy afecta al alcohol.

——Que le des un trago te digo, para ser tan joven eres algo aguafiestas.

——Y usted parece muy viva -me rio levemente aceptándole el trago.

——Estoy vieja pero no deprimida -me palmea la espalda——. Vida solo hay una.

—— ¿Sabe que puede desarrollar alguna enfermedad por el alcohol cierto?

——Si muero tendré la seguridad de que habré bebido tanto como quise -me guiña el ojo——. Entonces querida, cuéntame que problemas hay con Jaden boo.

—— ¿La deja llamarlo por su nombre? -la miro extrañada.

——Soy su abuela y no me importa si le gusta su nombre o no, y si se queja solo basta darle un bastonazo y ya.

Me hace reír una y otra vez, contándome pequeña anécdotas y dándome consejos.

——Debo irme, Nathan no tardará en pasar a buscarme.

——Vale, ¿Un último consejo que me puedas dar, Giselle?

——Jaden no capta indirectas, es mi nieto pero es bruto para algunas cosas. Tenle paciencia.

——Lo haré -le sonrío y veo que Adonis se acerca, ha tardado pero el tiempo con Giselle no lo cambió por nada——. Es mi amigo, está viviendo con nosotros.

——Y que amigo eh -alza las cejas con coquetería——. En fin, si te aburres puedes pasar a la casa por un trago, hasta pronto Miri.

——Adiós Giselle -me rio como una niña pequeña al verla irse.

Esa señora no es para nada tonta y no me quejo con que me haya llamado Miri, de hecho, es a la única que le permitiré que me llame así.

——Hey, ¿Tardé mucho?

——Para nada -me pongo de pie para regresar a la casa.

—— ¿Conoces a esa señora?

——Ujum, es una chispa.

Me rio sola ignorando todas las preguntas que Adonis me hace en el camino. Y me causa gracia lo de los bastonazos porque sé que no me ha mentido. Ella es de armas tomar.

——Se han tomado su tiempo, eh -nos dice Henry cuando entramos a la casa.

——Hemos hecho una pequeña parada.

Digo ignorando la presencia de Beck y subo a la azotea a contestar la llamada de Fred que no ha dejado de insistir.

—— ¿Qué pasa Fred?

——Que quiero hablar contigo, a lo mejor me cuentas como es que en verdad te la estás pasando coqueteando con cualquier tipejo aparecido.

——Se directo que ahora mismo me duele la cabeza y no estoy para enredos.

——Que se te da bien ser cálida con otros chicos, vives con un chico y eso es...

Celos, en un show por celos y yo ahora mismo no estoy para combatir con ellos así que le cuelgo.

Bebo una cerveza tratando de descifrar la molesta punzada pero una duda me abarca así que le termino llamando a Young para contarle lo de Anne y de que no entiendo como Fred se ha enterado que estoy viviendo con un chico, de hecho vivo entre varios pero solo ha hecho mención de uno.

——Todo esto es raro, digo, no me sorprende porque los dos nunca me dieron buena espina.

——Ya decía yo, bueno, ¿Entonces qué hago?

——Tu no hagas nada, yo me encargaré de poner a Paul a investigar.

—— ¿Sin que se dé cuenta?

——Eso será difícil pero te lo prometo.

Cambiamos el tema y ella me termina contando las últimas novedades de la casa, tardamos platicando hasta que me veo obligada a colgar. Ya es hora de dormir y agradezco que Anne esté dormida, la he evitado todos estos días y eso es un horror, una misión insoportable.

——Miriam, quiero ir al estudio tengo un proyecto...

Interrumpo a Beck que cuando lo veo a la cara me dan ganas de tirarle el florero al rostro porque mirarlo me recuerda que se la ha pasado con Anne muy chistoso y todo.

——Estoy cansada Beck, será otro día.

Me coloco mi ropa y cuando me meto a la cama le doy la espalda antes de ver como se quita la sudadera dejando su torso desnudo.

——Hasta mañana, Mir...

——Hasta mañana, Beck.

Cierro los ojos y apenas y logro dormir de a ratos, escucho murmureos, vocecitas y risitas bajas. El sonido de la lluvia aparece de la nada, dejo de sentir el calor de Beck pero su aroma sigue, un florero cae al piso y a abro los ojos en un dos por tres:

—— ¡Feliz cumpleaños Miriam!

Con cariño, Lucero Hernández.

07

O7: Regalo especial.

Veo para todas partes al notar que no estoy en la habitación, Beck está sentado a un costado del sofá en el que estoy yo, lo veo en busca de una explicación:

——A mí ni me veas, fue idea de la garrapata.

Todos me ven con una pequeña sonrisita a excepción de Alice que está más dormida que despierta y Anne me sonríe pero no despega la mirada de Beck.

¿Es mi cumpleaños? Ni siquiera lo recordé.

—— ¿Te gustan? Me he encargado de comprarlos personalmente -me pregunta Reggie señalando los dos globos enormes con el número 22.

——Me gustan, son lindos.

Me guardo el comentario de que el saber que ya tengo esa edad le quita un poco de emoción a mi cumpleaños, eso y la carota de Anne.

——Que empiece la ronda de abrazos -me guiña el ojo Henry y luego se soba la sien-. Con prisa porque tenemos que limpiar el jarrón que se "cayó solito" según Reginald.

El acusado pone cara de pena y yo lo miro en señal de que le creo para después dejar que él sea el primero en abrazarme. Todos me abrazan por turnos y no evito el sentirme como pequeña de tres años siendo adorada por todos. Alice se acerca a mí y todos la miran como el bicho más raro del mundo cuando me da una palmadita en el hombro.

——Sigue haciéndote más vieja -sonrío emocionada y me le aviento-. ¡Ay Dios, quítate que ni siquiera te he hecho un cumplido!

Se queja pero me alegra porque de no haber querido ni siquiera se hubiera levantado o estuviera aquí en casa. Toma distancia y luego me le tiro encima a Beck porque sospecho que en realidad ha sido idea de él y porque he extrañado pasarme todo el día junto a su lado y por la noches quedarnos viendo películas, yendo al estudio o solo reírme de sus boberías.

——Gracias -le susurro con una sonrisa que escondo en su cuello ignorando la mirada de Anne y el fondo con quejas de Henry y suspiros de Simon al recoger los vidrios rotos.

——Ya te dije que no he hecho nada, ni siquiera te he dado un regalo de cumpleaños.

No soy de abrazos y ser cariñosa y dar muestra de afecto en frente de la gente no es lo mío pero los brazos de Beck y su aroma son una de mis cosas favoritas.

—— ¿Qué hora es?

——Son las siete pero...

De un momento a otro con un leve empujón me alejan de Beck. Anne se pega a él y le pone su brazo sobre su hombro.

—— ¿No vas a ir al gimnasio?

——Hace días que no voy y es mi cumpleaños por si en cinco segundos ya se te olvido -suelto levantándome del sofá molesta.

Felicidad momentánea porque la punzada regresó y otra vez no quiero hablarle o ver el rostro de Beck.

—— ¿Te vas? -me pregunta él

——Iré a la azotea, seguro Paul no tarda en llamarme.

——Miriam -se me atraviesa Anne antes de llegar a las escaleras——, no hemos hablado mucho y tengo algo que contarte.

Coloca sus manos sobre mis hombros y tiene su característica cara de querer confesar algo que la está carcomiendo de la emoción.

——No te preocupes, hablaremos por la tarde. Temo a que explotes por tu secreto.

Alejo sus brazos, le doy una palmadita y subo las escaleras deseando que ojala explotara. Todavía traigo la espina de que oculta algo más y la ligera decepción de que mi mejor amiga de años, aunque ahora mismo no lo parezca, hable de todo sobre mi pero menos de mis virtudes.

Me acomodo en una esquina donde no cae el agua de la lluvia, algo que ya no me sorprende porque no es mi cumpleaños si no llueve.

Recibo una llamada de Paul y su familia, pidiéndome que los visite pronto. La llamada es corta porque luego me entra la llamada de mis papás y los dos salvajes. Mi padre me felicita y me dice que Rocky me extraña, mis hermanos solo hacen que me salga de mis casillas y mi mamá... mi mamá simplemente es ella, haciendo dramas, llora y me vuelve a exigir que regrese a casa.

Ni quien la entienda.

También me piden que si llego a ir a casa aunque sea de visita les avise, ya que la abuela quiere verme. En una semana llegará para quedarse unos meses ahí.

La lluvia se detiene de a poco, la brisa es fría así que bajo cuando no escucho voces en la sala. Katie y Reggie están en la habitación, Adonis ha salido con Anne, Henry se está duchando.

Simon y Alice se han quedado dormidos y el único que está en uno de los sofás de la sala es Beck, boca abajo y dormido. No hago ruido y me acomodo en el otro sofá. Luego de las felicitaciones la mañana es tranquila y eso me gusta.

La casa está en silencio y no me molesta, en cierto modo es agradable y satisfactorio para mí. Hace dos años pase un cumpleaños en medio de gritos, lágrimas y peleas con Fred, por la noche me hicieron una fiesta sorpresa pero yo ya no disfruté nada.

El año pasado sentía como si me quisieran dar y complacer con todo para llenar el hueco y la tristeza por haber sido plantada.

Suspiro ante los recuerdos de mi vida universitaria, el cómo era mi amistad con Anne en aquel entonces, todo lo que me llenaba de alegría y hasta el cómo decidí estudiar diseño gráfico.

Mi celular suena y contesto antes de que el tono despierte a Beck:

—— ¿Bueno?

——Happy birthday to you, happy birthday to you, happy birthday dear Miriam, happy birthday to you. ¡Feliz cumpleaños amor!

Si a mí no se me da bien cantar, menos a Fred. Desafinado, su voz gangosa, un poco chillona y los gallos que se le escapan al cantar seguro no han sido lo mejor de mi cumpleaños. Y el que me llame "amor", lo empeora aún más.

—— ¿Gracias? Y por favor no me digas "amor", sabes que nunca me ha gustado.

—— ¿Y entonces quién es mi amor? -se queja levemente molesto.

——No sé, dímelo tu porque yo no lo soy.

——Miriam, no empieces, es tu cumpleaños y ya lo estás arruinando.

—— ¿Yo?

——Si tú -me acusa-. Nunca te dejas dar cariño y te quejas por todo.

——Solo te he dicho que no me gusta y que me incomoda que me llames así, no estoy pidiendo nada del otro mundo.

——Agh, contigo nunca se puede hablar sin terminar discutiendo -se queja——. Yo solo te he llamado para felicitarte, debo colgar, pásatela bien que ya hablaremos con tiempo.

——Como digas -bufo y creo que mi cumpleaños ha pasado de ser agradable a irritante en segundos.

——Nada de fiestas, alcohol, cigarros, vestidos o ropa que muestre tu cuello y aléjate de cualquier chico, de preferencia no salgas -abro los ojos con todas sus peticiones——. ¡Ojalá que cuando nos veamos a mi si me aceptes salidas a los lugares que a mí me gustan y me abraces sin necesidad de pedírtelo!

—— ¡Madre mía! -me exaspero, le grito en medio de susurros y recuerdo a Giselle—— ¿Para ti eso es disfrutar un cumpleaños? ¡No soy una vieja deprimida y no me exijas cuando ni siquiera somos novios!

Cuelgo y contengo las ganas de llorar, el sentimiento me sorprende porque hacía semanas o meses que no lo sentía.

Tal vez pronto me llegará la menstruación.

Me dedico a observar a Beck y doy un respingo al darme cuenta de que se ha despertado y me ha cachado en el acto.

——Estoy acostumbrado, no te preocupes.

—— ¿Mucha autoestima?

——Solo digo la verdad -se reincorpora sentándose en el sofá.

—— ¿Y nunca dudas de ello?

——No y si estuviera cerca de hacerlo no puedo porque he vivido con Henry.

——Se idolatra a cada nada.

——See, dice que se hace más guapo cada día, en fin, dicen que no es malo soñar -se hace un silencio y rezo porque Beck no haya escuchado la llamada——. ¿Te ha llamado...?

Aquí queda claro que el que sea mi cumpleaños no quiere decir que la cumpleañera reciba bonus de suerte.

——Sí, ha sido Fred.

Se lo confirmo para no darle rodeos al tema y porque la molestia aparece y quiero restregarle que tengo pareja.

——Al parecer el muerto revivió.

Se burla para luego entregarme el CD de Ruel y no tengo palabras al ver que ahora está autografiado.

—— ¿Mi... mi regalo de cumpleaños?

——No, solo estoy cumpliendo la parte del trato.

Me dice con una sonrisa a la que le quiero corresponder pero recuerdo que estoy enfadada con él así que guardo el CD tragándome mi emoción para después tomar mis cosas y salir.

—— ¿Saldrás? Los chicos no tardan en llegar -se levanta y en su rostro es obvia la confusión.

——Sí, he quedado con un amigo para almorzar.

Le sonrío, su expresión no la puedo interpretar y no me tomo el tiempo de intentarlo o dejarlo hablar.

——Por cierto, ahora que te hiciste amigo de Anne, ¿Podrías decirle que hablemos en la tarde? Bueno, me voy que se me hace tarde.

Salgo de casa con prisa y me siento como idiota. "He quedado con un amigo para almorzar", si claro, voy a almorzar con mi amigo imaginario.

Camino por las calles con mis lentes de sol respirando el aire de septiembre.

Es mi cumpleaños, no ha sido tan malo pero desearía deshacerme de estas molestas punzadas. Son como si me estuvieran picando con una hauja en el mismo lugar. No sé a qué se deben ni tampoco sé cómo acabar con la distancia que he tenido con Anne y como dejar de sentirme molesta con Beck.

Paso el rato en la biblioteca leyendo o haciendo rayones en una libretita. La cosa se pone rara cuando el dueño llega con un cupcake y una velita para felicitarme por mi cumpleaños.

¿Cómo es que se enteró? Preguntas sin respuestas ya que no hago más que agradecerle para luego dejarlo ir.

Chiara J: ¡Feliz cumpleaños a mi ex compañera de casa favoritaa! Te espero a las dos en el spa, no tardes.

Hago a un lado mi lectura y me quedo por unos minutos en mi celular, veo el estado reciente de Anne y le doy click. No sé cómo reaccionar ante la foto que ha subido con Beck dándole un beso en la mejilla.

Siento una especie de enojo en una extraña potencia, quiero apagar el celular pero recibo una llamada de mis padres. Me calmo y contesto.

—— ¡Cariño, tus regalos no tardan de llegar a la casa! -me informa mi mamá y escucho como papá la regaña.

—— ¡Deja de hostigarla!

—— ¡Cállate que es mi pequeña y es su cumpleaños! -masculla haciendo un intento de voz baja para que no la escuche.

——Mamá no era necesario que me llamaran, cuando llegue a la casa me encargaré de avisarles que ya los he recibido, por cierto, ¿Quién les dio la dirección?

——Nadie -resopla molesta——. Paul fue quien se encargó de ir a la paquetería.

——Eso fue lo mejor, oye...

—— ¡No Alan! ¡Ya te dije que no! ¡Hey tú, maleduca...!

—— ¡Greñaaaaaaas!

Alan fue boxeador pero lo dejó para después convertirse en peri- odista, uno creería que para todo lo que ha vivido y para su edad se debería de comportar como un adulto pero nada que ver. Alan es un niño en el cuerpo de un hombre de veinte años.

—— ¿Se puede saber porque le has quitado el celular a mamá? No sé si sepas pero también puedes llamarme del tuyo.

——Lo haría pero mamá me lo ha destrozado y mejor ni pre- guntes.

—— ¿Qué? No me digas que ya dejaste embarazada a alguien porque...

—— ¡Deja de levantarme falsos y escúchame!

——Es lo que estoy haciendo desde hace dos minutos.

Se escucha como cierra con fuerza la puerta de su habitación y se aleja lo más posible para que no se escuchen los gritos de mi mamá.

Emma Scott es una cosa especial.

——Aclaremos algo: De los cuatro, el chismoso oficial es Paul.

——Creo que debería preocuparse porque al parecer le quieres quitar el puesto.

——Te ignoraré y escucha que te tengo un regalo especial.

Hace énfasis en las últimas dos palabras

——Vale, te escucho pero date prisa que debo ir a un sitio.

——Acfred regresó -suelta y hago una mueca.

——Ya lo sabía.

—— ¡¿Qué dices?! ¿Pero cómo?

——Me llamó hace unos días -le confieso y este bufa irritado.

——Ese sin vergüenza asqueroso -musita——. Después de colgarte lo seguiré insultando pero por ahora escucha, él anda raro y desde que llegó lo veo sentado en un café a la misma hora.

——No le veo lo raro.

——Oye, sabía que eres una insoportable que nadie se aguanta pero no tonta. El otro día fue a armarle un show a Leo en su consultorio pidiéndole tu dirección y el nombre de Beck.

Abro los ojos por lo que me dice Alan y me da una mezcla se sensaciones entre vergüenza y miedo con el cansancio de por medio ya que al parecer ni estando lejos de casa se acaban mis problemas.

—— ¿Algo más?

——Durante una semana estuvo haciéndonos preguntas y reclamándonos por cosas que al parecer estás haciendo allá y que nosotros ni enterados. Paul y Leo han hecho por detenerme para que no le rompa la cara pero tienen razón en algo.

—— ¿En qué?

——Que es rara la manera en la que se entera cada paso que das.

—— ¿Tanto les ha dicho?

——Como no tienes idea... ¿Anne y Adonis ya están ahí?

——Sí, llegaron hace un par de días, Adonis me ha estado acompañando a dar algunas caminatas y Anne... ella está rara, fastidiosa y no niego que tengo ganas de sacarla de la casa desde que llegó.

Me enfurezco en segundos.

—— ¡Esa es mi Miriam! Volviendo al ejercicio y tampoco te negaré que tu pequeña parte ruda me agrada.

——No sé si deba de agradecerte el cumplido pero bueno, ¿Algo más que decir? Debo irme.

——Todo está muy raro y el chisme está muy incompleto pero no te preocupes, Paul es un chismoso de primera, Leo se entera de varias cosas y yo… yo soy periodista así que los perseguiré para obtener información fresca.

——Te tomas muy en serio el papel.

——Siempree -canturrea para después colgarme.

¿Ganas de volver a la casa? Más que segura de que no las tenía pero me veía obligada a ello.

La llamada de Alan me tendría que poner a pensar pero no, sé que la actitud de Anne no es común pero tampoco le veo lo grave y de Acfred, bueno, sus pequeñas amenazas me llegan a poner nerviosa pero no creo que sea capaz de sobrepasar los límites.

Le envió un mensaje a Chiara avisándole que primero iré a la casa pero que no tardo en llegar y apago el dispositivo antes de que se me ocurra volver a mirar el estado de Anne.

Se supone que Adonis está en la casa, ¿Qué está haciendo y porque no la controla?

En lo que me queda de camino trato de ignorar la punzada cada que se me viene a la mente a Beck junto a Anne. Mi intento se va en picada cuando llego a la casa y no veo a nadie hasta que visualizo a los dos individuos en el umbral de la puerta de la habitación.

——Mir -Beck deja de hablar con ella cuando me ve——, te han llegado unos regalos. Lo he dejado en la cama.

——Gracias -miro de reojo a Anne——. ¿Y los demás?

——Reggie y Simon fueron a ver... algo y Adonis salió con Henry y Katie.

¡Acaso nadie pudo llevarse a Beck!

——Vale... bueno, ¿Me permiten? Tengo prisa.

—— ¿En serio duermen en la misma habitación? -me pregunta ella.

——Sí.

—— ¿No te incomoda? -le pienso contestar cuando entiendo que ahora la pregunta no ha sido para mí.

——Para nada, dejaría que ella pase años compartiendo habitación conmigo.

Evado su mirada.

——Gracias.

Es lo único que vuelvo a decir. Paso por su lado adentrándome a la habitación, él se va pero Anne no. Cierra la puerta y suelta un gritito.

—— ¡Cumplí mi fantasía de acostarme con un famoso pero nunca creí volver a topármelo!

Habla emocionada y no sé si es su voz o el comentario lo que me irrita más.

——Algo escuché, también de que Beck no recuerda.

Me adentro al baño para cambiarme con la idea de que a lo mejor así deja de parlotear pero no lo hace. Me cuenta como fue lo del viaje y como llego a la fiesta y a medida que sigue hablando la punzada toma más fuerza y ahora no hay ira o lo que sea que siento, sino algo como similar a la decepción.

——La fiesta estaba a reventar, yo no había bebido, creo, la cosa es que de repente comencé a bailar con Beck en la pista. Me coqueteaba de una manera -suelta un gritito——. ¡Simplemente exquisita! Cuando quiso privacidad, claro que no me negué. ¡Diooos! Es bueno en todo lo que hace, mi cuerpo lo confirma.

Mi semblante ha pasado de mostrar incomodidad a solo estar serio. Cuando salgo, tengo la esperanza de que se va a detener. No, no es así.

——Yo recuerdo que echamos un polvo magnifico -patalea ilusionada en la cama mordiéndose los labios como si estuviera reviviendo cada detalle——. Y es molesto que él no lo recuerde, digo, incluso tengo un mejor cuerpo que tú. ¿Cómo alguien se puede olvidar de tremenda fiesta, de un polvo y de mí?

——Gracias por la información que no pedí y por la motivación -murmuro tomando mis cosas decidida a dejarla hablando sola.

——Tenía que contártelo, ya sabes, este tipo de datos solo se los puedo contar a mi mejor amiga y porque necesito tu opinión.

——Oye, en serio quiero que sigas contándome tus salidas mientras yo no estuve pero...

Me largo de esta casa antes de seguirla escuchando. Es una promesa.

——Esto planeando echar un polvo con Beck -se muerde el labio inferior para luego sonreírme——. Quiero recordar si ese polvo fue tan bueno o si es mucho mejor.

Suelto una bocanada de aire y fuerzo una sonrisa al no saber cómo controlar lo que me causa su maravilloso plan.

——No sé si espera mi aprobación pero haz lo que quieras -bajo mi mirada y entierro mis uñas en la palma de mi mano——. Es tu vida y creo que eres lo suficientemente madura para saber lo que haces, si está bien o mal.

——Es que lo cuento...

——Ya me dijiste que me lo cuentas por ser tu mejor amiga pero no puedo entrometerme en nada porque no te veía hace un año y de lo único que hemos hablado es de Beck, así que si me disculpas debo dejarte ya que es mi cumpleaños y me están esperando.

Todo lo dije en un tono paciente ocultando toda pizca de incomodidad, furia o lo que sea que he estado sintiendo.

Llamo a un taxi para que me lleve al spa de Chiara. Antes de irme vi de reojo a Beck comiendo en el sofá y si me hablo no supe porque solo salí de ahí como pude, en silencio, sin ganas de hablar.

El cielo está entre gris y azul. Admiro como esos dos colores se fusionan y la vista es espectacular. No te hace sentir triste, da una sensación de paz y extrañamente cálida. Pienso en todo lo que me transmite para despejar mi mente y hacerme pequeños recordatorios:

He viajado en busca de un aire nuevo, no en busca de líos.

Añado que debo buscar trabajo, algo que tal vez sea fácil y el lugar en el que lo buscaré será en la librería. Lo único bueno de la llegada de Anne ha sido que me refugié tanto en la biblioteca que mi bloqueo lector terminó.

No veo a mis alrededores cuando llego al spa, solo le pago al taxi y me adentro al sitio distraída.

¿Y si le coquetea en este tiempo? ¿Y si...?

—— ¡FELIZ CUMPLEAAAAÑOS!

Chiara se me abalanza, me abraza con fuerza cuando su hermana también se une y entre las dos me llenan de besos las mejillas.

——La bebé ha crecido tan rápido -Katie se limpia una lagrima y no puedo evitar la cara de burla.

——Pero si recién me conocieron.

—— ¡Mentiras! Ya han pasado más de dos semanas.

Se suelta a llorar y dejo que me abrace de nuevo. Su hermana me mira con una sonrisa para luego susurrarme al oído:

——Ha estado un poco hormonal -asiento dejando que Chiara me revuelva el cabello——. Espero que estés preparada.

—— ¿Preparada?

—— ¡La garrapata está llorando otra vez! -sale Henry con Adonis, y cuando me notan los dos esbozan una sonrisa——. La cumpleañera por fin llegó.

—— ¿Ya hiciste amistades? -le pregunto al hermano de Anne.

——Así es. No siempre estoy en el papel de niñero -insinúa y eso me hace recordar otra vez que ella se ha quedado sola con Beck.

——Pues no eres tan buen niñero, eh, la niña se quedó solita en la casa.

——Eso no es verdad, está con Beck -me guiña el ojo y creo que ahora también me irrita él.

——Sí claro, sobretodo es Beck quien la va a controlar -se ríe Henry empeorando mi humor.

——Tu hermanita es un poquito intensa -comenta Chiara——. Sin ofender.

——Eso lo sé, no te preocupes.

—— ¡Y qué tienen con las intensas, a lo mejor ella solo quiere un poquitito de amor!

Katie está llorando de nuevo y todos estamos anonadados por su grito repentino y porque de alguna forma la esté defendiendo si es la que más se ha quejado por su llegada.

——Está claro que no lograremos controlar a la garrapata, ese es trabajo de Reggie así que mejor démonos prisa.

Alice aparece con un perchero movible lleno de vestidos y trajes. Reprimo mi diversión al ver su rostro nada contento.

——Para que nos vayamos entendiendo, estoy aquí porque prefiero esto a quedarme con Beck y la hermana loca de tu amigo, no por ti, así que bájate de la nube.

——Me agrada lo linda que es tu amiga -Adonis me mira burlón.

——No es agradable -le dice Henry como si fuera un raro.

——No somos amigas -agrega Alice dándome una mirada.

——Vale, vale, ¿Cuál es el punto de tanto misterio? -los miro a todos en busca de una respuesta.

——Tendrás una fiesta de cumpleaños -responden al mismo tiempo.

—— ¿Qué?

——Ya sabes, solo una pequeña fiestita para alivianar el estrés -me dice Katie.

——Bueno, ella tiene estrés porque la despidieron -le recuerda Alice de manera maliciosa.

——Pues aunque no lo creas, ¡Lo estoy! -me toma de los hombros obligándome a sentar.

——Oigan esto no es necesario, no me interesan las fiestas. A lo mucho un pastel, algo sencillo.

——Lástima que yo no sea sencillo -me sonríe Henry——. Tendrás tu fiesta y punto.

——Además ya hemos comprado el vestido y mira que fue difícil, así que nada de peros -me regaña Adonis.

——Si para él fue difícil, para mí fue una tortura así que sin importar lo que digas soy capaz de meterte el vestido a fuerzas -me advierte Alice y no lo tomo como una broma, ella en verdad es capaz de ello.

—— ¿Quién organizo todo esto?

——Eso es lo de menos -me dice Chiara——. Es tu cumpleaños y debes disfrutarlo.

——Y no te preocupes que todo está más que arreglado -me guiña el ojo Katie.

——Entonces... ¿No tengo opciones?

——No las tienes -se sienta Henry a mi lado.

——Habrá un fiesta...

Las advertencias de Acfred llegan de golpe. No quiero problemas.

——Sí, ¿Hace cuánto no vas a una?

——No voy a una desde... no lo recuerdo, fue hace mucho.

——Lo ves, deja de negarte y acéptalo.

——Una fiesta...

——Chiquita, bonita, divertida y lo mejor de todo es que es tu fiesta.

La idea es tentativa.

—— ¿Qué dices? Viniste a la ciudad a divertirte ¿No?

Me tomo diez segundos antes de dar mi respuesta.

——Muy bien, festejemos mi cumpleaños.

Encuéntrame en:

Instagram: Lucerohdeez // Twitter: Lucerohdezz // Tik Tok: lucerohernandez.z

----

08: Colores en perfecta sintonía.

Una pequeña advertencia: Este capítulo contendrá momentos +18 y es su decisión si deciden leerla o no.

Adonis se ha adelantado hace un buen rato por un pendiente que tenía, todos están listos. Menos yo.

Me he visto al espejo más veces de las que quiero aceptar ya que no me reconozco, me desacostumbre. Veo a Miriam de hace tres años tal vez, pero en una versión un poco más mejorada.

Me gusta pero me asusta.

Mis nervios se revuelven con el déjà vu que tengo. La sensación de haber vivido ya este momento me abarca cuando veo la camioneta que se estaciona frente al spa en la que viene Reggie, Simon y Beck como conductor.

Espejos arriba, polarizados o no. Es fácil deducir quien maneja por la velocidad en la que llegan.

En lo que caminamos para subir a la camioneta me es imposible no pensar que lo que estoy viviendo es muy poco realista.

No son comunes los acontecimientos más recientes en mi vida y también creo que es verdad lo que me ha dicho Beck sobre que veo muchas película basura porque yo tenía una idea de lo que son los cantantes famosos. Y ellos se comportan como... personas común.

Es decir, eso es lógico pero si una persona no los conoce ni un poco, pueden deducir que tienen una vida perfecta, que siempre hacen y dicen lo que quieren ante los medios, que no tienen inseguridades, malos hábitos o debilidades.

Siento mis piernas flaquear a cada paso que doy. Ni siquiera estoy usando unos tacones de casi 15 centímetros como los que Katie lleva.

Creo que he ido caminando tan despacio que para cuando es la hora de subir a la camioneta ya todos se encuentran arriba. No tengo opción. Debo ir en el asiento del copiloto.

Al lado de Beck.

——Hola.

——Hola Mir...

Al cerrar la puerta de la camioneta el silencio se vuelve intensamente incómodo. Me pongo como loca a buscar algo con que distraerme. No quería hablar con él.

No quería que nuestras miradas se encontraran.

——Ay pero qué asco, déjenme regresar a casa no puedo con este par de babosos.

Giro mi cabeza para ver de qué se queja Alice y lo entiendo todo cuando veo que se ha ido hasta al fondo al lado de Reggie y Katie que se encuentran dándose besos muy... un poco pasados.

Dejémosle ahí.

Quiero hablarle. Quiero preguntarle a dónde vamos. Quiero saber que ha hecho en el día.

Silencio.

Es lo que hay. Un silencio que se hace aún más obvio cuando Henry saca una bolsa de frituras de no sé dónde y se atiborra en el asiento sin compartirle a Chiara o a Simon.

Y es lo único que se escucha. El crujidos de las frituras.

Siento la boca seca y la lengua me hormiguea por la necesidad de hablar con él, de poder verlo directo a los ojos.

La cabeza de Henry se asoma entre nuestros asientos y carraspea.

——Oye Beckie boo, ¿podrías detenerte en la tiendita de aquí adelante?

——No, no puedo.

——Eres un grosero y... ¡Ah pero! Oye mi pulguita preciada, ¿podrías pedirle al conductor que me obedezca?

Me hace ojitos y me causa gracia ver a un tipo de casi treinta años comportarse así.

Si le hablo, Henry gana. Yo gano

——Beck, hazle caso, por favor haz la parada.

——Ya dije que no y no me pueden obligar a nada porque es mi camioneta -intenta alegar el chico que ahora puedo apreciar directamente.

——Es tu camioneta pero tú estás castigado.

Le recuerdo lo que me confesó. Me da una mirada rápida y suelta el aire de sus pulmones.

——Bien. Nos detendremos en la tienda, par de chantajistas.

Suprimo la pequeña sonrisa y me recuesto en el asiento con la vista sobre la ventana.

Beck no tarda en ubicarse para que Henry baje pero mi ceño se frunce al ver que todos comienzan a bajarse.

—— ¿A dónde van?

——A la tienda -me contesta Katie como si no fuera obvio-. Anda Alice, baja.

——Pero yo no quiero comprar nada.

—— ¡Que bajes te digo!

—— ¡A mí no me grites! -se baja con el fin de alegar pero termina siendo arrastrada a la tienda.

Se han ido.

Solo estamos él y yo.

Beck y yo.

Solos.

Dentro de la camioneta se escucha el repicoteo de sus dedos en el volante y los ruidos que hago con mi boca sin dejar de mover mi pierna derecha.

Vuelvo a mirar la hora y contengo el chillido de desesperación al ver que apenas ha pasado un minuto.

Cuento solo hasta 11 y pierdo.

——Te ves bien -musito llena de nervios.

———Tengo buen gusto, es obvio que me veo bien -cambia la dirección de su mirada. Se enfoca solo en mí.

Escaneo de una manera rápida lo que trae puesto.

——— ¿La chaqueta es nueva? -dudo por un momento. Es una chaqueta de cuero negra.

No es raro ver que esté vestido de negro pero luego de llevar semanas usando su ropa, creo que puedo identificar con facilidad lo que había en el armario y lo que no.

———Me ha llegado hace unos tres días. Es un regalo.

———Mhm... vale, un regalo...

¿Se la habrá dado Anne?

Me pellizco disimuladamente mi muslo derecho como un autocastigo para no abrir la boca. La incomodidad es evidente.

———Se ve que es cara. Te ves como todo un bad boy de película, igual y siguen faltando tus piercings -mi comentario lo hace soltar una pequeña risa que aliviana mi vergüenza ante las tonterías que salen de mí.

———Me la ha mandado un amigo, es de la banda.

———Te diría que lo ubico pero ya sabemos que contigo las mentiras no me salen así que, ¿Cómo se llama?

———Se llama Parker.

——— ¿Mayor o menor?

——— ¿Qué yo? -asiento- ¿Para qué quieres saber? ¿Lo quieres conquistar?

———Bah, probablemente -lo molesto un poco y él sonríe de medio lado.

——Miri salió coqueta, quien lo diría.

—— ¡Beck! -le doy un manotazo en el hombro.

——Madre mía pero solo estoy jugando, no es necesaria la violencia.

——Entonces dime su edad y deja de decirme Miri.

——Es mayor.

——Uh... ¿por cuantos años? ¿Tienes una foto de él?

——Es dos años mayor, tengo muchas fotos porque he vivido con él casi desde que soy un crio pero no pienso mostrarte nada.

—— ¿Qué? ¿Tienes miedo de que te quite el puesto de guapo?

Me inclino un poco hacia él de manera burlona recargando mis brazos en el asiento. Beck me corresponde de la misma manera, se inclina regalándome una sonrisa juguetona y haciendo que su fragancia llegue a mis fosas nasales.

—— ¿Crees que soy guapo?

—— ¿Sirve de algo mentirte?

——No, siempre te descubro.

——Entonces sabes que no miento cuando digo que eres muy guapo.

Se lo digo de una manera susurrada, como si de un secreto se tratase. Por alguna razón quiero intimidarlo. Siento que estoy jugando con fuego.

—— ¿Estamos en un momento de confesiones? ¿Debo hacer una?

——No exactamente pero adelante, puedas hacerla.

Mi cuerpo no sabe si enfriarse o calentarse pero se queda estático cuando se inclina mucho más quedando su boca a centímetros de mi oreja. Su respiración es tan lenta y...

——Me veo bien... pero la cumpleañera se ve jodidamente preciosa.

La intimidada termino siendo yo.

Mi piel se eriza ante su voz levemente ronca y mis mejillas arden, mis ojos se cierran disfrutando de su aroma, respiración y cercanía. Mi pulso está disparado.

Debería alejarme pero no puedo.

Necesito sentirlo y...

—— ¡Beeeeeck, quítale el seguro a la camioneta!

¡Maldición!

El grito de Katie hace que nos alejemos de inmediato. Él carraspea mientras le hace caso dejando que los demás nos logren ver pero yo no soy capaz de dar la cara.

Siento la boca seca, mi cuerpo esta que quema y mi respiración está acelerada. ¿En qué demonios estaba pensando?

En lo que tu realmente...

¡Silencio!

——Acomódense en los asientos traseros -nos pide Reggie abrazando por detrás a su novia-. Henry manejara lo que resta del camino.

Ninguno de los habla, no refutamos ni nos vemos a la cara. Solo obedecemos. Y es tan vergonzoso porque siento como si hubiera hecho algo malo y las miradas de los demás estuvieran sobre mí.

Estando atrás y con la camioneta ya en movimiento, busco un tema de conversación. No quiero otro momento incómodo.

——Recuerdas... recuerdas cuando hicimos el trato de que yo te contaba una anécdota vergonzosa a cambio de que tú también lo hicieras.

——No recuerdo -se encoje de hombros y yo abro la boca estupefacta.

—— ¡Beck! No seas un tramposo -lo acuso mientras lo señalo y este se ríe-. Dios. Pasé mucha vergüenza contándotelo.

——Te creo, tu cara parecía un tomate a nada de estallar.

—— ¡Cumple el trato!

——No tengo nada, yo no paso vergüenzas.

Se está burlando de mí y me sentiría nerviosa si se lo hubiera contado a alguien más. Pero con él no lo hago. Confío ciegamente en que Beck no es capaz de contar ninguno de mis secretos o anécdotas.

Puede que haga bromas o me lance indirectas pero solo lo hace para molestarme.

——Bien, no te sorprendas si hoy no te abro la puerta de la habitación.

——No puedes dejarme en el sofá.

—— ¿Quieres ver que sí?

——Es mi casa.

——Me dijiste que... uh, olvídalo, es mi casa solo cuando te conviene. Eres un tramposo.

——Y tu una pésima perdedora.

——No lo soy.

——Si lo eres.

——No lo soy, en cambio tu si porque no aceptas que te toca contar alguna historia.

—— ¿No pararas con eso hasta que te cuente algo?

—— ¿Tu algún día paras de hablar de Marvel?

No dice nada, solo sonríe. Una autentica sonrisa que resalta sus ojos que me muestran el brillo que adoro ver.

——Ganaste.

——Siempre gano.

Le guiño un ojo y este suspira derrotado.

——A ver, en su momento fue bastante vergonzoso -se pellizca le puente de la nariz-. Ni siquiera da risa pero ese no es el punto, ¿cierto?

——Nop, el punto no es ese.

——Solo es contar algo que nos dio vergüenza.

——Ujum, no tiene que dar risa ni nada.

——Pues vale, le dije "mamá" a Henry.

Suelta como si nada y no veo ni una pizca de vergüenza de la que sentí yo. Aunque su confesión me da ternura, no es suficiente. ¡Yo le conté como mis hermanos me encontraron semidesnuda con el hijo de mi profesor!

—— ¡Eso ni siquiera te apena!

—— ¡Dije que lo hizo en su momento! -lo miro mal y entiende que debe decir algo más- En mi momento de conquistador...

—— ¿Estamos hablando de conquistar tierras o...? -me da una mirada aniquiladora y yo suelto un risita- Lo pillo, lo pillo.

——De hecho, que horror decirlo así -hace una mueca retractándose de sus palabras-. Ay no olvídalo, que vergüenza.

Me burlo de él por un buen rato hasta que Beck me pide que le cuente otra historia mía. Algo que no le niego porque me siento de buen humor al recordar que es mi cumpleaños.

——A ver... estaba con un chico antes del acto y...

——Y solo tienes historias vergonzosas con chicos, ya entiendo.

——Te voy a ignorar y no te voy a golpear solo porque estoy muy centrada en la historia -le digo antes de seguir con mi relato con él sin despegar la vista de mí-. Estábamos en su habitación e intentó meter sus manos por debajo de mi blusa pero...

——Pero...

——Me dio una crisis de nervios así que lo empuje al piso en cuanto me dieron cosquillas.

A completo apenada y Beck hace su mayor intento por no soltarse a reír.

——Veámosle el lado bueno, no lo golpearon tus hermanos.

Me da una sonrisa de angelito que me hace sonreír a mí también mientras niego con la cabeza.

—— ¿Y cómo se lo tomó el chico?

——Obviamente no le dio gracia como a ti. Fue incomodo pero el chico era persistente así que hizo un segundo intento ignorando mi ataque de risa solo que esta vez empecé a sudar y, ya sabes, me dio asquito.

—— ¿Y qué hiciste? -sus ojos brillan al saber que la historia no quedó ahí.

——Le pregunté si podía encender el aire acondicionado y si me hacía el favor de quitarse encima de mí porque me era desagradable estar sudando.

Beck mira para otro lado aguantándose las ganas de soltar una carcajada.

—— ¡No te rías!

Y eso es suficiente para que una carcajada salga de él.

——Eres un desastre Mir.

——Ya lo sé.

Aprieto los labios cruzando mis brazos al recordar lo mucho que mi familia me dice esa frase.

——Así que tienes cosquillas...

——Sí, yo... No, no, no, ¡Beck!

Tarde. Reaccioné tarde.

Las manos grandes de Beck se habían enrollado alrededor de mi cintura y con facilidad me coloco encima suyo de medio lado. En segundos estaba haciéndome cosquillas en mis costillas.

Traté de hacerme la fuerte pero mi risa se desató.

——Al... alto, ¡Beck!

——Solo si aceptas que eres una pésima perdedora.

—— ¡No lo... lo haré! ¡Basta que me haré pis!

Me retuerzo encima suyo y mis piernas patalean en lo que sobra del asiento. No quiero aceptarlo. Quiero que se detenga pero no darme por vencida.

—— ¡Bien!

—— ¿Bien qué?

——Eres un buen jugador -se detiene y sonrío victoriosa pese a que me doy cuenta que me encuentro sudando.

——Eso no es lo que quiero oír.

——Lo sé y no lo diré porque yo soy mejor.

Hago acopio de toda mi fuerza para tumbarlo en el asiento, meter mis manos debajo de su chaqueta y hacerle cosquillas en su estómago.

No soy la única con cosquillas.

Él sabe detener su risa y aun así cuando se quiebra, evita moverse.

—— ¡De... detente!

——No lo haré. Tienes que aceptar que no soy una pésima perdedora.

Me detengo al ver que no hay movimiento y que sus risas han parado. Me doy cuenta de que mis dos manos están posicionadas sobre su pecho. Su respiración está agitada y se me eriza la piel al notar la fuerza de su agarre en mi cintura.

Sus ojos brillan y su cabello está alborotado.

Se relame los labios y...

——Ehh... ¿llegamos? -la voz de Chiara nos hace reaccionar.

Me sonrojo totalmente al ver que Alice pone los ojos en blanco antes de bajar y que todos han visto la escena que nos hemos cargado.

Apenada, me quito de encima de él para darle su espacio. Arreglo mi cabello y bajamos. Por un momento pienso que volveremos al silencio incomodo pero no es así.

Beck toma de mi mano antes de señalar un edificio lujoso de cuatro pisos que se encuentra frente a nosotros y del cual salen disparadas un montón de luces de colores y el sonido de la música.

—— ¡Sorpresaaaaa!

Todos me ven con una sonrisa. Intento dar un paso hacia atrás pero Beck me detiene.

—— ¿Qué es esto?

——Un festejo por tu cumpleaños, ¿no te gusta?

Por un segundo siento mis ojos arder por la emoción que se crea en mi pecho.

——Beck, no. Esto es demasiado, prácticamente vivo de a gratis con vosotros y una fiesta así, no me la merezco. Yo...

——Mir, ¿te gusta? -abro la boca intentando alegar pero él pone un dedo sobre mis labios-. Solo responde sí o no.

Con algunos golpecitos quito su dedo.

——Sí. Me gusta pero...

——Y que te guste es lo único que me interesa.

En mi radar capto a Anne y a Adonis jugar con sus cejas al ver la cercanía con Beck. Se van acercando a nosotros y su hermana abre la boca pero no escucho que es lo que dice ya que Beck no me da tiempo de reaccionar cuando ya me está llevando al interior del edificio.

Mis ojos solo se abren de la impresión al ver a tanta gente y sé que esto no era parte del plan al sentir como Beck se tensa.

——Lo voy a matar, juro que lo haré.

Busco lo mismo que él tiene en la mira. Su hermano es la personificación de fiesta y no deja de llamar la atención al encontrarse en el centro de la pista.

——No parece muy sobrio.

——Y si no me dices no me doy cuenta -para cuando vuelvo mi mirada hacia su hermano, Daniel ya está en frente nuestro.

Ningún Beck es feo. De eso no hay dudas.

—— ¿Soltera, en una relación, prometida, casada o viuda?

Está tan borracho que no se acuerda de que ya nos presentamos en el cumpleaños de Beck.

——Eso a ti no te importa -le responde Beck pero Daniel lo ignora.

—— ¿Cuál es tu nombre?

——Te voy a patear el...

——Calma Beck, ya entendí que está marcada -le guiña un ojo a su hermano y me mira de arriba a abajo como si yo no estuviera.

Y eso me irrita. Mucho.

——Soy Miriam, por el momento no me interesa nadie y no soy ningún objeto para estar marcada, así que te voy a pedir de favor que me tengas un poquito de respeto porque si no voy a hacer lo que tu hermano no terminó de decir.

No miro a Beck, solo me mantengo con la mirada fija en Daniel que ahora mismo está sorprendido por mi reacción.

—— ¿Qué demonios hacen ellos aquí, Daniel? -la voz de Beck le da fin al duelo de miradas haciendo que nos concentremos en el nuevo tema.

Los primos Beck.

—— ¿Qué hacen aquí?

Le vuelve a reclamar a su hermano que solo se encoge de hombros.

——Eso si no sé, invité a las otras trescientas personas pero a ellos no. Son como cucarachas, escurridizas y se meten donde no deben.

——Ah. De pura casualidad, ¿tú y ellos no son familia? -Beck le da una sonrisa de boca cerrada mientras que el mayor le saca la lengua.

——En fin, los dejo, disfruten de la fiesta -va caminando hacia atrás-. El tercer piso está vacío y en el cuarto... ahhh... creo que tampoco hay nadie, es una terraza y... pueden... mierda, ya no sé qué les iba a decir. ¡Disfruten!

—— ¿Y él es...?

——El mismo idiota de siempre, el mismo idiota -se pelliza el puente de la nariz y se me escapa una risita al ver su expresión.

—— ¿Ese es Daniel? -pregunta Simon cuando llega junto a los demás a nuestro lado.

El mencionado se sube a un banco a bailar pero y apenas cuando sus dos piernas se encuentran arriba, pierde el equilibrio y cae encima de un tipo.

——Si preguntan, no es nada mío -dice Beck.

——Si preguntan, Beck es un idiota y Daniel adoptado -Alice se desaparece en medio de la gente.

Chiara y Katie me toman de las muñecas y me llevan al centro de la pista.

——Oigan, estoy feliz pero tampoco soy tanto de fiestas y de emborracharme -les digo intentando huir.

——No es necesario que te emborraches -Katie me toma de las mejillas.

—— ¡El punto es que disfrutes! -grita Chiara cuando la nueva canción suena y Alice aparece bailando.

Beck me mira con una sonrisa mientras le da un trago a su refresco.

"Es tu cumpleaños"

Logro leer lo que dice sus labios y tal cosa me hace devolverle la sonrisa. Me doy la vuelta y disfruto de Shape of you, ignorando la cara larga de Anne y la presencia de Edmund y su hermana. Hago caso omiso a todo lo que me dijo Acfred por la mañana.

I'm in love with the shape of you

We push and pull like a magnet do

Ese tipo de versos se repiten en mi cabeza mientras me muevo de un lado a otro sin dejar de sonreír.

Ed Sheeran, Taylor Swift, Ariana Grande, Katy Perry. Todo tipo de canciones de los artistas más escuchados del momento suenan mientras el sudor corre por nuestros cuerpos. Solo estamos disfrutando. Yo estoy disfrutando mi cumpleaños. Salto y canto canciones que ni recordaba que me sabía.

¿La sensación de cerrar los ojos y perderte en la música? Es exquisita.

Pero una sensación que pasaba de exquisita era ver que todos estaban bailando en grupos y parejas pero yo no estaba sola. Beck caminaba hacia mí y me tomaba de las manos en una clara invitación a bailar.

——Creí que no cantabas.

——Yo creía que no bailabas -me apegue aún más a su cuerpo.

——Lo hago pero primero lo primero mi pequeña saltamontes.

—— ¿Y qué es lo primero?

——Tu pastel.

Me dio un beso fugaz en la mejilla sonrojándome al instante para luego hacerme girar y señalar la esquina donde se encontraba el pastel y los demás chicos. Incluyendo sus primos.

—— ¡Miriam te ves bien! -es lo primero que me dice Anne cuando me acerco y yo solo sonrío emocionada- Parece que nos hemos puesto hasta de acuerdo.

Suelta haciéndome ver que ella también viene de rojo.

——Tú también te ves muy bien, Anne -le soy sincera. No me viene eso de mentir.

——Sí, ya sabes que yo...

——Oye tu -la interrumpe Daniel- ¿Eres la cumpleañera?

——No pero...

—— ¿Te llamas Miriam? -ahora la interrumpe Alice.

——No, yo soy...

——Si no eres la cumpleañera ni te llamas Miriam, cállate.

Le suelta Beck al último. Y como ya dije, eso de mentir no me sienta bien. Así que no niego que me ha dado un poquito de satisfacción.

—— ¡A la una, a las dos y a las tres!

Después del conteo regresivo de Adonis, me cantan para que sople la velita. En otros años no sabría cómo reaccionar al tener a la gente a mí alrededor cantándome. Ahora mismo no hago más que sonreír. Feliz. No hay gris.

—— ¡Happy birthday to you!

Entontan la última oración, junto mis manos, vuelvo a cerrar mis ojos y pido un deseo. No tardan en acercarse y abrazarme uno por uno, incluso Edmund lo hace pese a que no hemos hablado nada.

Amina es la única que en vez de darme un abrazo me regala una sonrisa forzada.

— ¿Acaso nunca te han festejado? No le veo la emoción.

— ¿Acaso tienes emociones? -contraataca Beck y Amina le da una mirada a su hermano para que la respalde.

—Ella es una persona con escasas emociones pero las tiene.

—Menciona tres.

—Enojo, desagrado y capricho.

—Y son las únicas que tiene -murmura Henry bebiendo de su cerveza.

— ¡Claro que no! También tiene... Tiene... Mejor olvídenlo.

Edmund se aleja de su hermana al ver como lo quiere matar con sólo verlo.

—Aunque es cierto, últimamente nuestra Miriam se da libertades que no conocía. Supongo que se fue la decencia.

— ¡Ah bueno, por fin alguien de la buena vida!

Amina se acerca a saludar a Anne y los comentarios comienzan a bajar mi ánimo.

—Siempre debió de disfrutar de su libertad y no creo que por divertirse la "decencia" se vaya.

Beck abre una lata de cerveza con fuerza. Está molesto. ¿Por qué?

—Bien, bien, me gustan los debates pero por favor que alguien ayude a repartir el pastel que ya hace hambre.

Luego de que Daniel las interrumpe, Katie y Chiara se ofrecen en ayudar a repartir.

—Hey, amigo, ¿me pasas unas rebanadas?

Le pregunta un chico desconocido a Daniel y éste hace una expresión arrugada.

—No soy tu amigo y lo siento pero no lo siento pero no te puedo dar pastel porque que las rebanadas están contadas.

Beck y yo disfrutamos de la escena que está dando Daniel un poco más sobrio pero igual de mareado.

— ¡Oye, pero fui invitado a la fiesta!

— ¡Pero no al pastel!

Los dos hermanos le dicen al mismo tiempo. Acción que los hace verse con una cara de asco y a mí me hace reír luego de un momento un poco incómodo.

Henry se pierde en la multitud como lo ha hecho en toda la noche. Reggie saca a bailar a Katie y Simon se sienta junto con Adonis con la excusa de que están agotados. Alice sale a bailar con Chiara como compañía.

—— ¡Bailemos Beck! -Anne deja su cerveza tomando de su mano dispuesta a llevárselo a la pista.

Hace mucho por evitar que no se note su sorpresa cuando Beck deshace el agarre. Y señala a sus primos.

——Voy a bailar con Mir, tu puedes hacerlo con aquellos dos.

Toma mi muñeca de forma suave y me guía a la misma fiesta pero la que está en el segundo piso. Pienso brevemente del por qué esa actitud distante con Anne si hasta hace unos días la trataba de maravilla.

En cuanto nos encontramos en el centro de la pista me doy cuenta que no he dejado de sonreír. Y pondría como mentira el que los dos tragos de cerveza me han hecho efecto y que por eso he empezado a moverme. La única verdad es que quiero hacerlo. Estoy gozando del momento.

I need you, I need you, I need you right now

Yeah, I need you right now

So don't let me, don't let me, don't let me down

I think I'm losing my mind now

It's in my head, darling, I hope

That you'll be here when I need you the most, so

Don't let me, don't let me, don't let me down

D-don't let me down

Me acerco a Beck para hacerlo bailar conmigo. Estoy muy agradecida con él por hacerme sonreír en el día en el que había perdido el entusiasmo.

——Gracias -le susurro en un oreja poniendome de puntillas.

Él no responde y yo tampoco tengo las ganas de querer hablar cuando saltamos una y otra vez, no cuando tomamos distancia y él me apega a su cuerpo ya visiblemente sudoroso al igual que el mío.

Oh, I think I'm losing my mind now, yeah...

——I need you, I need you, I need you right now. Yeah, I need you right now so don't let me, don't let me, don't let me down I think I'm losing my mind now. It's in my head, darling, I hope that you'll be here when I need you the most, so don't let me, don't let me, don't let me down...

Me atrevo a cantarle, dedicarle, esa pequeña estrofa en cuanto nuestros cuerpos se despegan y se vuelve a unir como si fuéramos uno.

—— ¿Hay algo que no hagas bien? -me pregunta a la quinta canción y ninguno de los dos deja de moverse o reír.

Sonrojada por tanto bailar o sonrojada por su pregunta. No lo sé. Ahora mismo de lo único que estoy segura es que su leve tacto causa vibraciones en mi cuerpo. Mi calor corporal no solo se debe al baile sin pausas.

¿Se siente bien, eh?

Demasiado bien.

—— Te diría que mentir pero resulta que eso no me sale contigo.

—— ¿Ya vamos a empezar con las declaraciones de película cliché?

Suelta el sarcasmo y me alejo de él no sin antes darle un manotón en el brazo.

Please don't stop the music (music, music)

Please don't stop the music (music, music)

La canción resuena a todo volumen y por un momento se me olvida que Beck está conmigo ya que alzo mis brazos jugando con mi cabello y muevo las caderas de un lado a otro sin ningún tipo de pena. Mis mejillas arden al momento de percatarme de que Beck no ha despegado la vista de mí.

Arden aún más cuando nuestros cuerpos se pegan lo más posible. Cuando siento su sudor sobre su playera y el mío escurre por el escote de mi vestido. Y todo para mí empeora cuando me toma de la cintura, su calor y la presión de nuestros cuerpos me hace soltar un jadeo que me hace rogar miles de veces el que no lo haya escuchado.

No quiero separarme.

En cambio, solo quiero que sigamos bailando. Quiero más.

I wanna take you away

Let's escape into the music

DJ, let it play

I just can't refuse it

Like the way you do this

Keep on rocking to it

Please don't stop the

Please don't stop the music

I wanna take you away

Let's escape into the music...

Su agarre es firme al igual que suave sobre mi cintura. Solo escucho la música de fondo, los latidos de mi corazón y nuestras respiraciones. Cierro mis ojos cuando su aliento roza en mi mejilla y paso mis brazos por encima de sus hombros entrelazándolos en la parte de trasera de su cuello.

La canción cambia y no quiero alejarme porque sé que estoy pasando los límites de sonrojo.

—— ¡Hey tú! ¡Hey!

Se escuchan gritos como fondo

—— ¡Hey! -la voz ya no se escucha tan lejos- ¿Eres hermano del chico de allá abajo?

Entiendo que se refieren a Daniel.

——No.

——Pero él ha dicho que tú...

Nos separamos y yo finjo ponerle atención al chico.

—— ¿Y le crees a un tipo borracho?

——No pero él...

—— ¡BECK! -el grito proviene de Adonis.

Su hermano debe de estar armando un gran lío como para que Adonis haya subido a informarle. Lo miro en señal de que no puede dejar a su hermano pasar vergüenzas.

——Beck...

——Ah no, él ya está grande. Muy problema suyo si se mata solito.

—— ¡Beck!

Lo reprendo cuando el chico desconocido abre bien los ojos por la expresión.

——Puede lastimar a alguien en su estado -añado pero este se sigue negando-. Sabes que Adonis te está esperando, ¿cierto?

——Lo sé y por mí que espere todo lo que resta de noche.

Un duelo de miradas es lo que sucede después y no me rindo hasta que él pone los ojos en blando y bufa molesto.

——El caballero va a rescatar a Rapunzel -se despeina irritado.

—— ¡Ahora bajo por una bebida! -le grito pero este me ignora como todo un niño caprichoso que me hace reír.

Camino hacia las escaleras acercándome a Adonis para bajar.

—— ¡Te ves magnifica! -me da un beso en la frente- Y parece que te la estás pasando muy bien eh.

——Muchas gracias y... ¿se nota mucho?

——Mehhh, solo veo un noventa y nueve por ciento de amor y felicidad en tu cara.

Bajamos mientras Adonis me hace bromas e ignoro la pelea que se traen los hermanos Beck. Tienen un idioma en el que solo ellos se entienden.

En este piso la gente se encuentra más concentrada en hablar que en bailar. Un ambiente distinto al del segundo piso. Me sonrojo ante el recuerdo de que hace unos segundos estaba bailando con Beck y al pequeño jadeo que se me escapó.

——Ha pasado algo, lo sé -me señala Adonis y eso hace que me sonroje aún más.

——No, no ha pasado nada, además yo tengo...

——Miriam, me molesta que mi hermana esté logrando lo que quiere tirándote esas indirectas y que caigas en su juego.

——Adonis...

——Nada. Quizás te vas a seguir negando a que él ya no es nada tuyo.

——Pero él...

——Vas a reaccionar, confío en es. Y cuando te des cuenta que tu corazón late por alguien más y que el gris ya no es tan fuerte como el del ayer.

Suelto un fuerte suspiro antes darle un trago a mi refresco. No creí recibir un regaño de Adonis en medio de mi cumpleaños.

Sé que me veo mejor pero el punto es que no me siento del todo así.

——Te prometí averiguar que se trae Anne, solo te pido que la ignores. Sé que tú no eres así pero haz tu mayor esfuerzo para que no te afecten sus comentarios.

Asiento y me quedo sola recuperando energías ya que perdí de vista a todos. Menos a Chiara que sigue bailando, gritando, cantando y...

Anne le está bailando a Beck.

Y no puedo ver más.

Cierro los ojos con tanta fuerza que me sorprendo. Me doy media vuelta y me voy a una esquina del piso donde nadie me pueda localizar. Fallo.

—— ¿Qué tal va tu fiesta?

Alice aparece de la nada y me doy cuenta en instantes que ella está borracha. Ella no hace ese tipo de preguntas. Mi ánimo ha bajado e incluso me siento de mal humor pero me preocupa su estado.

——Pues...

——Ah, esa carita, ya veo... ¿ya viste lo que yo también vi?

——Alice creo que...

—— ¡Los viste! Bah, ya decía yo -se comienza a reír sola, se agacha y luego se pone a susurrar- oye... ¿te puedo contar un secreto?

——Puedes...

Le sigo la corriente.

——Me cae mal tu amiga, Anne. No creo que te moleste porque lo que yo veo es que a ti tampoco te cae bien.

——Ella es...

Intento explicar pero me calla.

——Es tu amiga, shalalalala, ¿pero qué crees? No te gusta que se le pegue a Beck como... como...

—— ¿Cómo garrapata?

——Solo dejémoste como algo asqueroso. Garrapata es el apodo de Katie.

—— ¿Estás cuidando el apodo de Katie?

—— ¿Ah? ¡No! Pido respeto y cuido la integridad de las garrapatas.

—— ¡HOLA HOLAAAAAAA!

Doy un brinco por el grito de Daniel y su aparición.

—— ¿De qué hablan?

——De insectos y la amiga de ella -me señala Alice respondiéndole a Daniel

——Ahhhh, la que estaba con Beck. Uh, a mí no me cae bien, es muy pesada.

——Igual que vuestros primos -saco a relucir una pizca de mi lado grosero y me pongo roja de inmediato.

Ellos nunca habían visto este tipo de actitudes en mí. Inflo mis mejillas al no ver alguna reacción de parte de ellos. Me preparo hasta para recibir groserías pero no pasa.

Abren sus bocas como el perezoso de Zootopia. Emocionados. Y el brillo en sus ojos me demuestra que no es solo Beck quien tiene esa característica tan peculiar.

—— ¡¡Viva la cumpleañera!!

Dan brinquitos como un par de nenes.

—— ¡No me irritas cuando dices las verdades, felicidades!

Me felicita Alice y yo me comienzo a reír pensando en lo que va a tratar de decirme ella cuando amanezca y recuerde todo; Daniel se va corriendo pero vuelve con tres copas ¿con agua?

—— ¡Aguardiente para quitar el estrés!

—— ¿Qué?

Le da un vaso a Alice y me ofrece el otro a mí.

——No, no, chicos, yo...

——Piénsalo Miriam, es para deshacernos del estrés -me hace ojitos Daniel y Alice le da un empujón.

——A ver... eh... ¿Cuál es el apodo que te puso el Henry?

—— ¿Pulga?

—— ¡Pulga! Bueno, entonces, des estresémonos en conjunto...
seamos...

—— ¡Un equipo! -Daniel termina la frase por su hermana.

——Sí, sí, eso. El equipo de insectos...

—— ¡Alcohólicos!

——Chicos, no somos alcohólicos.

——Tampoco somos insectos, entonces, ¿Qué dices? -se defiende
Alice y los dos me ven con sonrisitas maliciosas.

——Pulga, cucaracha y la avispa juntos por un buen fin -alza las
cejas Daniel.

Pienso en negar el vaso por tercera vez pero logro ver a Anne dando
gritos de emoción.

—— ¡El grupo de insectos alcohólicos!

Tomo la copa, hacemos un brindis y solo bebo un tercio del líqui-
do. Me marea al instante. Tiene un sabor fuerte. Y yo no estoy acos-
tumbrada al alcohol. Pero quiero ignorar nuevamente las punzadas,
así que me voy a la pista con ellos tres. No quiero sentir los mismos
pinchazos que sentí en el pecho por la mañana o hace unos días.

Brinco, grito, canto y doy vueltas con Alice y Daniel. Ellos se acabaron el aguardiente como si fuese agua. En mi caso no le di un trago más y solo seguí bebiendo soda.

Entre risas y sin dejar de parlotear subimos al segundo piso. Yo fui la primera en llegar por la prisa con la que subí las escaleras. No quería toparme con Beck y Anne bailando.

Solo que hay cosas que no se evitan. No evité que mi cuerpo se tensara al remplazar la imagen con el recuerdo de Beck y yo bailando. Sus manos en mi cintura y nuestras miradas conectadas.

¿He tomado alcohol? Sí.

¿Sigo estando consciente de mis acciones? Lo estoy.

El aguardiente me mareó en un inició pero no tanto como para dejarme en un estado como en el que se encuentran Alice o Daniel.

Una canción.

Tres canciones.

Cinco canciones más.

Y cuando creo que ya estoy bien, que la punzada no iba a hacer una aparición, pasa de todo.

— ¡Miriaaaaaam!

El grito de Anne me hace doler la cabeza en instante en que me toma de los brazos y me agita como si fuera una muñeca de trapo.

— ¡Cálmate!

— ¡No puedo! - chilla y me vuelve a tomar de los brazos- ¡Beck y yo nos besamos!

El poco efecto que había hecho el agua ardiente desaparece en un dos por tres.

La punzada ahí estaba.

Es imposible no querer tener ganas de llorar, de poder fingir que no siento enojo y que esa punzada en el lado derecho de mi pecho no duele ni existe.

He dejado de bailar y no puedo reaccionar cuando sé que es él quien ha llegado y ahora me abraza por atrás.

— ¡Te encontré! Daniel me hizo tardar mucho.

Mis ojos arden.

Y sé que estoy en conteo regresivo cuando me susurra:

— ¿Ya te dije que te ves más preciosa de lo normal?

Me zafo de sus brazos. Ahora mismo no me reconfortan. No me siento bien y ni siquiera me tomo el tiempo de ver si Anne sigue aquí. Solo me voy a la barra de bebidas y pido un trago de aguardiente.

Cuento hasta tres para inhalar y hasta cuatro para exhalar. No quiero llorar enfrente de toda esta gente.

Me dan el vaso y apenas le doy un sorbo porque me detienen. Y sé que es él porque su aroma es inconfundible para mí.

——Mir, ¿Qué ha pasado?

——Nada.

——Miriam...

—— ¿Qué?

—— ¿Nunca lo has...?

——Sí, sí, ya lo hice. ¿Tengo cara de nunca haber tenido sexo?

—— ¿Qué? Pero, eso... de eso... ¡Ese no es el tema Miriam!

—— ¡Entonces cuál es según tú!

——Deja de gritar y déjame terminar la pegunta.

——No.

——Miriam, estabas disfrutando de la fiesta, te gustó y estabas feliz...

——Tú lo has dicho, ¡Estaba disfrutando, me gustó y estaba feliz hasta que me di cuenta que solo me usaron!

——Mir...

Lo dejo ahí, hablando solo. Mi garganta arde al igual que mis ojos que están nublados. Camino a paso veloz sin rumbo fijo tragándome los sollozos y sin importar si le pasa algo al vestido. Escucho unos gritos aterrorizados antes de subir las escaleras pero no hago por devolverme.

Escaleras, escaleras y más escaleras. Me da un deseo enorme de gritar al darme cuenta de que he llegado al cuarto piso, a la terraza; donde la única salida es tirándome para luego terminar muerta.

—— ¡¿Pero qué mierda te pasa por la cabeza?! ¡¿Pensabas matarte?!

Con su brazo me ha alejado de la orilla de la azotea hasta posicionarnos a un lado de un sofá que hay. Bastante elegante. Nuestras caras se encuentran y ya no sé qué emoción es la que me invade. Su respiración está agitada y su cabello está revuelto.

—— ¡Pues si no hay opción!

——Miriam, ¿qué ha pasado?

Sus ojos grandes y llenos de brillo solo se centran en mí.

——Respira, cálmate y hablemos.

Le hago caso. Cuento hasta cinco para inhalar y hasta seis para exhalar. Repito el ejercicio múltiples veces tratando de que mi pulso se regule. Quiero inventar algo, quiero mentirle, quiero mentirme a mí pero no puedo...

—— ¿Tuviste algo con ella?

—— ¿Con quién?

——Con Anne... ¿Te enamoraste de ella? ¿Fueron novios o sigues sintiendo algo por ella?

——Miriam, ¿de qué hablas?

Las cartas están sobre la mesa. No hay marcha atrás.

—— ¡Ya sé que se besaron! Pero necesito saber de qué se trata este juego porque... porque me duele y yo... ¡No entiendo nada y solo quiero que dejes de hacer latir a mi corazón de esta manera!

Sus ojos brillan y eso me hace llorar. Estoy consciente de lo que le he gritado, lo estoy.

—— ¿Querías escuchar una situación vergonzosa que me haya pasado? ¡Pues bien! La amiga de la chica que me gusta no ha parado de acosarme desde que llegó y no le he alzado la voz solo porque no quiero que ella se moleste conmigo...

——Ella...

——No tuve nada con Anne. No fuimos ni seremos. No sentí nada antes, ahora ni en un futuro por el simple hecho de que ella no me gusta.

Se quita su chaqueta tirándola en el sofá mientras da un paso hacía mí.

—— ¿Entonces por qué ha venido a atormentarme con todo eso? Desde que llegó no ha hablado conmigo para algo en el que tú no seas tema de conversación y vi que estaban bailando cuando antes tu y yo...

——Mir, hasta hace veinte minutos fue que le grité porque no nos besamos, ella me besó a mí cuando ya le había dejado en claro que a la única que he querido besar desde que conocí es a ti. Porque la chica que me gusta eres tú...

Todo se detiene. No hay nada que pensar. Las palabras no se detuvieron y no sé de qué color es el mundo pero sin pensarlo, sin saber quién fue el de la iniciativa. Nos fundimos en un beso.

Un beso que me demuestra una única verdad y es que necesito a Beck en todas sus formas. Que he deseado su tacto más cercano desde la primera noche en que compartimos habitación. Un beso que hace que me de miedo el sentir que puedo vivir solo con Beck sin necesitar de algo o alguien más en mi vida.

Sus brazos me toman de la cintura apegándome a él. Mis brazos que estaban estáticos reaccionan y acarician cada uno de sus pectorales hasta pasarlos por encima de sus hombros. Entrelazo mis dedos en su cabello y mi boca se abre aún más dándole permiso a su lengua de entrar.

No estaba encantada de la galaxia de sus ojos marrones. Estoy encantada de todo lo que es Jaden Beck.

Me pongo de puntillas y ejerzo presión para pegarme mucho más a él. Un jadeo se escapa de mí cuando sus manos bajan lentamente a mis caderas y las aprieta. No quiero alejarme de él.

De un momento a otro caminamos hasta dejarnos caer en el sofá.

Abandona mi boca para dejar besos y darle leves mordisco a mi mandíbula sin dejar de bajar hasta llegar al escote en forma de V que le facilita el poder sobre mis pechos. Los mordisquea por encima, no los saca del vestido, eso me hace gruñir y él se da cuenta.

Tiemblo cuando siento el tacto de sus manos subir mi vestido dejándolo hasta mi cintura y luego recorrer con la yema de sus dedos mis piernas desnudas hasta llegar a la parte interna de ellas. Apretando con una leve fuerza que me hace gemir.

——Beck...

—— ¿Uhh?

Enredo mis brazos en su cuerpo pidiéndole que me bese y lo hace en el momento exacto para evitar que mis leves gemidos se escuchen cuando sus dedos masajean mi intimidad por encima de la ropa interior.

——Beck... Por favor...

Tenía que buscar una forma de controlar los sonidos que salen de mi boca así que mordisqueo su labio interior, más bien, por debajo de este, donde se ubica un pequeño lunar que nunca he dejado de mirar

——Mir... -me gruñe con su voz notoriamente ronca.

Quiero reírme porque ahora sé que no le gusta que haga eso pero no lo logro ya que mi espalda se arquea cuando sus dedos por fin tocan directamente mi intimidad.

Un dedo.

——Beck, yo...

Dos dedos y me calla con un beso mientras no puedo evitar sonrojarme por lo que ha tenido que hacer para que no se escuche todo lo que sale de mí y...

Escuchamos una bulla que se dirige a este piso que nos hace separarnos de inmediato con las respiraciones agitadas y un poco sudorosos.

Me ayuda a arreglar mi vestido y yo lo ayudo pasándole su chaqueta antes de que lleguen esas personas que resultan ser Henry, Daniel, Alice y Chiara.

—— ¡Les he dicho que aquí no había baños! -suelta Henry molesto.

——Mierda, mierda, mierda -Daniel avanza hasta al sofá y deja caer a Alice a quien traía cargando sobre su espalda completamente dormida-. Es una piedra.

Ninguno de los dos sabe que decir y mucho menos cuando Chiara no nos deja de ver. Igual no me preocupa tanto porque los cuatro están demasiado borrachos como para haber visto algo.

Ambos damos un leve brinco cuando Reggie, Simon y Adonis aparecen.

——Chicos, yo debo irme sin ustedes. Mi hermana se ha desaparecido y no está en un buen estado como para andar en donde sea que este. Debo ir a buscarla pero por favor, avísenme cuándo lleguen a casa.

No logro enfocarme en el tema de Anne porque yo sigo pensando en la escena de Beck y yo en el sofá donde ahora mismo se encuentra

Alice y Daniel; Henry y Chiara están sentados en el piso, dormidos, pero sentados.

Adonis se despide de todos y se va abriendo un nuevo tema de debate.

——Tenemos dos opciones, nos vamos o nos quedamos a dormir -es lo primero que dice Simon.

——Katie ya cayó y la he dejado en una habitación así que solo necesitan decidirse para saber si debo cargarla o no.

Reggie nos mira en busca de una respuesta pero yo solo bajo la mirada volviéndome a sonrojar por la escena que estaba viviendo hace unos instantes.

——Yo... yo creo -me trabo al responder pero Beck me hace una seña discreta con los ojos diciéndome que él va a hablar.

—— ¿Quién va a manejar? ¿Simon?

——Yo los llevaría pero ya estoy cansado. No puedo.

—— ¿Reggie? -el mencionado abre la boca pero Beck lo detiene- Olvídalo, tienes que ir cuidando a Katie- ¿Mir, sabes manejar?

——Nop...

——Por lo tanto el único que tiene la energía para hacerlo soy yo, pero no puedo.

—— ¿Cómo que no puedes? ¡Wahh! ¡Tú siempre quieres manejar! -Simon sonríe incrédulo.

——No puedo porque estoy un poquito tomado y es peligroso.

——Sé que debería de decir que eso es lo correcto pero... a ti nunca te ha importado si es peligroso o no.

El comentario de Reggie me causa un poco de gracia.

——Pues a partir de esta madrugada y solo esta, me importa.

——Beck por favor no seas...

——Estoy castigado -les guiña el ojo y los mayores se lo quieren tragar con la mirada.

—— ¡Eso a ti no te importa! -grita Henry entre sueños.

——Es cierto, no me importa pero a la empresa sí. No queremos que salga la noticia de que el vocal de la banda volvió a tener un accidente, ¿verdad?

—— ¡Eres un hijo de...! -Reggie le tapa la boca a Simon para que no escuche todos los insultos.

——Rob no va a sobrevivir a otro infarto así que mejor saquemos a esta bola de borrachos y vayamos a dormir.

Los apura con burla y aunque trato, es inevitable no reírme.

Reggie se lleva a Daniel y Simon a Chiara.

Quedamos Beck y yo junto a Alice y Henry inconscientes.

No sé qué decirle.

¿Compartiremos habitación hoy?

——Yo... bueno...

Inflo mis mejillas desesperada.

——Iré a dejar a Alice y a Henry.

—— ¿Puedes solo? -asiente.

——Voy a tratar de conseguirte ropa.

Silencio. La duda me sigue zumbando y...

——Te espero en la habitación.

Salgo prácticamente huyendo de la azotea y me encuentro a Reggie en el pasillo que me indica cual es la habitación en la que dormiremos.

Diez minutos.

Quince minutos.

Ese tiempo es el que llevo caminando de un lado a otro nerviosa. Y dichos nervios se alteran aún más cuando Beck aparece. Me entrega un cambio de ropa y ninguno de los dice nada.

Me encierro en el baño tratando de calmarme y me trato de quitar un poco del maquillaje con una toallitas húmedas que ha conseguido Beck; Uso el cambio de ropa que me ha traído y mi respiración se vuelve a acelerar cuando sé que es hora de salir.

Apenas y abro la puerta me topo con él.

——Ah, yo... ¿vas a entrar?

——Oye yo... -se rasca la nuca y puedo notar que pasa saliva- ¿Todo bien cierto?

——Ah, sí claro. No ha pasado nada, tranquilo.

No nada, solo te metió los...

¡Cállate!

Nos hacemos los tontos por largo rato, ninguno de los dos se acuesta para dormir. Hasta que Beck queda enfrente mío, y algunas oraciones pasan por mi cabeza.

Yo quiero.

Acfred y yo no tenemos nada.

Beck me atrae.

——Beck... yo no puedo actuar como si no hubiera pasado nada y la verdad es... ¿tú quieres...?

——Si quiero Mir...

Me toma de la cintura y en segundos nuestras bocas se unen. Nuestros colores estallan en una perfecta sintonía.

Y ni él ni yo sabíamos cuál sería el color de la canción que estábamos por crear.

Notita: En primer lugar debo aclarar que será el único capítulo con una escena medio hot desde la perspectiva de Miriam en este libro.

Y segundo les pido una disculpa porque sé que está actualización ha tardado pero mi otro libro está a nada de terminar y cuando lo haga solo me centraré en "Blue & Grey".

¿Qué tal el capítulo, eh? Una preguntilla más, si pudieran leer la perspectiva del inició de está historia desde otro personaje, ¿ A quien elegirían? (Beckie no entra como opción)

En fin, muchas gracias por vuestra paciencia y apoyo aun en mi poca constancia. Les mando besitos a todos mis chiquitxs y les prometo muchas sorpresas proximamente.

¡Ah, cierto! En mis historias de ig les estaré dejando la playlist de Spotify con todas las canciones que han salido y se irá actualizado conforme salgan los capítulos.

Encuéntrame en:

Instagram: Lucerohdeez // Twitter: Lucerohdezz

----

0 9: Mi hogar.

Mis ojos se entre abren captando la leve luz del sol, afuera está lloviznando pero no tengo frío. Una sonrisa tonta aparece porque la calidez proviene de la posición en la que nos encontramos.

Beck y yo abrazados, mi mejilla pegada a su pecho y la cabeza de él recostada en la mía con nuestras piernas entrelazadas.

Me sonrojo en un dos por tres ante el recuerdo de todo lo que pasó por la noche y también durante la madrugada.

Con mucho cuidado me alejo de él para ponerme la ropa que me trajo y que ocupé por muy poco tiempo; no estamos en casa y seguro la mayoría tiene resaca pero no puedo salir sin darme un baño y con la misma ropa.

A mí solo me duele un poquitito la cabeza. El nivel del dolor es soportable.

Necesito soluciones ya qué es muy probable que los demás tarden en despertar y dudo que vayan a tener ganas de querer salir a comprar algo de comida para no irnos con los estómagos vacíos. Busco mi teléfono por la pequeña habitación y le llamo a Adonis:

— ¡Hey! Ya despertaste.

—Buenos días por cierto, oye, necesito que me hagas un pequeño favor...

Inflo mis mejillas apenada por lo que estoy a punto de pedirle.

—Tranquila, ya te estoy llevando ropa.

—Uff, gracias y perdón.

—No es nada y no te disculpes que ya estaba preparado, ahora sal que ya llegué.

Me cuelga pero me distraigo un momento por la escena que tengo frente a mis ojos y es a Beck buscando no sé qué y al no hallar nada, abraza la almohada.

Reacciono y salgo de prisa a recibir a Adonis.

Sigue dándome vergüenza si bien no es la primera vez que a él le toca buscar entre mi ropa y llevarla hasta donde estoy, eso sucedió en la universidad. Ahora se supone que soy una adulta.

—Gracias, gracias, gracias.

Tomo la bolsa que trae en mano y subo a la habitación rápidamente sin verlo al rostro en ningún momento. Me doy una ducha y vuelvo a agradecerle a mi amigo mentalmente al notar que me ha traído la cosmetiquera; antes de salir de la habitación arropo a Beck y le doy un último vistazo.

Se ve tan tranquilo.

Cuando vuelvo a bajar espero encontrarme a un Adonis inquieto y lleno de preguntas pero no es así, lo veo en una llamada mientras se talla la frente como si estuviera cansado. No lo interrumpo, le indico que debemos salir y él solo asiente mientras me sigue.

Detengo un taxi y le doy la dirección de la casa.

El rubio sigue en una llamada y yo me doy cuenta que el camino no es tan largo como me parecía ayer. ¿Entonces porque lo sentía así?

Llegamos a la casa y Adonis por fin terminó la llamada.

— ¿Trabajo?

—No, bueno algo así. Un proyecto de mi mamá.

—Vale, ¿puedo saber o es confidencial?

Entramos a la casa y él me sigue hasta la habitación donde busco un cambio de ropa para Beck.

—Sabes que ella no piensa retirarse del buceo en muchísimo tiempo.

—Lo sé, tu madre ama todo lo que tenga que ver con el mar.

—Correcto. Así que su proyecto consiste en recaudar fondos para limpiar el mar, las playas y atender a animales marinos en caso de estar heridos.

Saco todo lo necesario y él me ayuda a cargar lo que llevo para los chicos. Pasamos a un café donde les compro algunas donas y pido para cada uno el café que más les gusta; También pasamos a una farmacia por pastillas para el dolor de cabeza.

Al final volvemos a pedir un taxi que nos lleve al edificio o lo que sea que es.

—Te diría que me sorprende pero no. Me parece un acto demasiado bueno de parte de tu madre. Personalmente, me gusta la idea. La admiro demasiado.

Volteo a mirarlo al escuchar el suspiro que suelta.

Pasa algo más.

— ¿No te gusta a ti?

— ¡Claro que me gusta! Solo que es cansado y su idea para conseguir las donaciones es muy difícil, casi inalcanzable.

— ¿Y cuál es su idea?

—Tú ya sabes que existen estos conciertos de verano, donde van varios artistas –asiento entendiendo el porqué de su cansancio-. Pues ella quiero hacer uno, conseguir un acuerdo con alguna agencia y que este sea en Francia.

—Oh... Bueno...

Me trueno los dedos y me mordisqueo las uñas buscando una forma de ayudar a Adonis; no le he preguntado por su hermana porque en verdad no quiero saber de ella ahora mismo.

Independientemente de los problemas que tenga ella conmigo o lo que sea que pase, Adonis no ha sido una mala persona conmigo nunca. Cuando no ha estado mi familia para darme consejos ha estado él. No hablé con él por casi un año y sigue estando aquí sin juzgarme y sin dejar de apoyarme.

— ¿Puedo ayudar en algo? No tengo la millonada de contactos pero...

—No, no, no, tranquila. Agradezco el que me estés escuchando.

Sé a sincera y yo asiento levemente con una sonrisa de boca cerrada pero lo que queda de camino no dejo de darle vueltas al tema.

Al llegar al lugar y subir hasta el tercer piso nos hayamos a todos en el pasillo hechos un desastre, menos Beck que se ve como la fresca mañana y que en cuanto nuestras miradas se cruzan yo niego con la cabeza en medio de una sonrisa.

Es tan sin vergüenza que solo se ha puesto los pantalones que traía anoche.

Tampoco es que me apene verlo sin camiseta, ya me he acostumbrado y más por las noches ya que él duerme descubierto, le incomoda y suda mucho.

— ¡Adonis! ¡Pulga! ¿Dónde andaban?

Henry se levanta del piso con el cabello alborotado y se acerca dando pasos torpes para ver qué es lo que traigo.

—Pasamos a la casa y les trajimos ropa, algo de comer para no irnos con el estómago vacío y pase a la farmacia por pastillas para el dolor de cabeza y la resaca.

— ¡Alabada seas! –suelta Chiara y todos se me acercan como pollitos por sus cosas.

— ¿Qué café pediste? –Alice permanece distante y me mira con los ojos entrecerrados.

—Para ti café con leche y...

—No...

—Tiene tres cucharadas de azúcar –hablo antes que ella y me da una sonrisa cómplice. A mí también me gusta el café dulce.

—Je, je, je...

Se acerca por el café y se mete a la habitación donde supongo que durmió. No le traje ropa ya que ella venía preparada desde ayer.

— ¿Simon y Daniel?

—El primero sigue dormido, al otro se lo tragó la tierra —Beck avanza hasta posarse a mi lado dando brincos dándome una sonrisa angelical.

—Hablo en serio.

—Yo también —me quita el café y las galletas que compré.

— ¡Oye, esas eran mías!

—Sí, bueno, tiempo pasado.

Se encoje de hombros y niego con la cabeza mientras se mete tres galletas de un bocado.

—Así que pasaste a la casa —asiento- ¿Viste tus regalos?

—Uhhh, solo les eché un vistazo.

—El último seguro es el que más te encanto —capto la indirecta.

—Meeeh, solo un poco.

— ¿Un poco? Esos regalos son muy difíciles de conseguir hoy en día

—No es cierto. Es muy fácil.

—Mentiras, es más, ese regalo merece una calificación de 10.

—Dejémosle en 8.

Abre la boca indignado.

— ¡Pero si fueron tres regalos en uno!

— ¿De queb demoñios hablan?

Henry nos interrumpe hablando con la boca llena y mirándonos raro.

—De regalos.

—De puntaje —Beck tira al aire una galleta y la atrapa regalándome una sonrisa entre coqueta y triunfante.

— ¿Están calificando cuál fue el mejor regalo? Chicos, recuerden que se trata del significado que tiene por la persona que te lo da.

—Ay mi Reggie, tan sabio y tan viejo —Beck chasquea con los dientes negando a lo que su mayor le saca el dedo corazón-. Tan lindo, se le fue lo respetuoso.

Contiene la risa y Reggie no alega ya que Katie lo comienza a apurar.

— ¿Pero para qué?

— ¡Que te apures te digo!

Le grita su novia que se lo lleva confundido a la habitación.

— ¿Qué pasa? —me giro levemente para preguntarle a Beck que me mira con una sonrisa.

—Luego te cuento, es una sorpresa —me susurra al oído haciendo que me sonroje al instante.

Le doy un golpe y este se ríe pasando su brazo por encima de mis hombros.

—Ehh... ¡Adonis! ¿Y tu hermana?

Le pregunta Chiara para luego tomarse una pastilla.

¿Anne?

Sí, se fue de la fiesta. Recuerdaa.

Ah, cierto.

—Ella está bien, la encontré en casa de Beck.

— ¿Estaba en casa? —mi ceño se frunce ante lo que dice porque estoy segura de que ella no estaba ahí.

—Salió temprano. Ya sabes cómo es ella, se fue de compras.

—Oh...

Silencio.

Henry, Chiara y Beck se miran entre ellos y de repente...

— ¡El baño es mío!

Les grita Beck y sale corriendo a la habitación en la que dormimos.

— ¡Beck, no!

Chilla Chiara que corre a la par que Henry.

— ¿No hay más baños? –le pregunto a Adonis y este niega.

— ¿No te dijo Beck? La habitación que les tocó es la única con baño.

Ahhh, ahora tenía sentido su competencia y de ayer por la madrugada.

Para ir de regreso a casa nos tocó irnos todos juntos en la camioneta, la motivación de Henry fue:

—Apretados pero felices.

Él manejó así que fue el único feliz.

Pasamos a dejar a Chiara en su casa y Adonis se quedó en el centro ya que según él debe comprar algo y encontrarse con Anne.

—Me daré un baño –me dice Beck cuando estamos en nuestra habitación.

— ¿No te bañaste allá?

—Nop. Solo me tardé para molestar a Henry y a Chiara.

Se adentra en el baño y yo me quedo en la cama esperándolo pero el clima y el sonido del agua caer me relaja haciendo que me duerma.

—Mir... pss... Boo...

— ¿Mmmh?

—Sé que tienes sueño pero ya es hora de que te levantes.

—Solo 5 minutos más.

Me muevo sin abrir los ojos y me topo con el cuerpo de Beck al que no dudo en abrazar.

—Mir... anda o no podrás dormir más tarde.

— ¿Qué hora es?

—Son las 9 de la noche.

— ¡¿Las nueve qué?!

Abro los ojos y siento que hasta me he mareado por la rapidez.

—Las nueve de la noche Mir.

— ¿Y por qué no me despertaste?

—Estabas roncando.

Suprime la risa y en cambio yo tomo una almohada y se la tiro en la cabeza.

— ¡Yo no ronco!

— ¿Cuánto a que si?

— ¡Qué no!

Sus ojos destellan diversión y sé que tiene algo más.

— ¿Quieres ver el vídeo que grabé? –saca su teléfono del bolsillo y lo menea de un lado a otro- Incluso hablas dormida.

— ¡Beck!

Me le aviento y comenzamos a forcejear por el celular. Él riéndose y yo totalmente roja de la vergüenza; le tiro cojines, nos hacemos cosquillas y sin pensarlo nos terminamos besando.

—Llevo conteniéndome desde en la mañana –me confiesa cuando nos separamos un poco y yo sonrío sobre sus labios.

— ¿Y quién te dijo que te contuvieras?

Me devuelve la sonrisa y vuelve a pegar sus labios a los míos mientras yo enredo mis dedos en su cabello.

Y se siente tan bien. Yo me siento bien.

Saborear sus labios es algo tan único y es que ahora no llevamos un ritmo feroz como el de anoche. Ahora mismo nos besamos de una manera tan suave y dulce en la que me demuestra que ninguno de nosotros tiene afán por algo más.

—Anne me invitó al cine.

Me dice cuando estamos abrazados y yo estoy encima de él. Mi ceño se frunce ligeramente al igual que mis labios y no dudo en bajarme de su cuerpo y meterme bajo las sabanas.

—Pues yo sigo teniendo sueño, que les vaya bien.

Me acomodo dándole la espalda ya que la punzada está ahí otra vez y que desaparece en poco tiempo ya que Beck me toma de la cintura y hace que quede frente a su rostro. Y mi orgullo se niega a abrir los ojos o decirle algo pero es innecesario. Me toma de la nuca y me besa sorprendiéndome en el acto.

—Le dije que tenía planes, ¿Quieres acompañarme al estudio?

Acepto sin pensarlo.

¡Festejo mental!

—Vale, entonces mueve tu bonito culo al auto.

— ¡Beck!

— ¿Qué? ¿Entonces digo que lleves tus...?

— ¡Beck!

Chillo y le estampo la almohada antes de se le ocurra a completar la frase.

— ¿A dónde fueron todos? –le pregunto ya arriba de la camioneta.

—A un lugar –lo miro mal- A ver, pues, Reggie y Katie se fueron de viaje...

— ¿Y eso?

—Reggie va a cumplir añitos y la garrapata se lo llevo de viaje como regalo.

— ¿Cuántos años va a cumplir?

—Cincuenta y seis.

—Oye...

—No me estoy burlando, Reggie es sabio igual que Simon.

—Ahora que lo mencionas, ¿A dónde está Simon?

—Fue al súper con Henry.

— ¿Y Alice? No supe cuando se fue.

—Mir, no supiste de nadie en cuanto te dormiste –me echa en cara y yo le saco la lengua-. Alice se ha ido a casa, en la que no están nuestros papás.

—Uhh... ¿Por qué?

—Madre mía cuantas preguntas.

— ¡Me dormí!

—No me digas –lo dice en un tono burlón-. Ella se ha ido porque se acabó el tiempo que le dieron de descanso -abro la boca para preguntar pero se me adelanta-. No Mir, no fueron vacaciones. Alice lleva el mejor promedio en administración de empresas e incluso avanzó en algunos proyectos así que le dieron un tiempo hasta que sus compañeros llegaran hasta donde ella se quedó.

—Vaya, Alice es muy inteligente.

—También es huraña.

—Déjala en paz –lo amenazo.

— ¿Ahora es tu protegida?

—Probablemente.

Pone su mejor rostro de indignación y se detiene.

—No lo puedo creer, te doy el mejor polvo de tu vida, no le das 10 y encima me dices que tu protegido no soy yo. Olvídalo, bájate.

—Oye pero...

—Anda, abajo.

— ¡Beck!

— ¿Qué?

— ¡No me voy a bajar por una tontería!

— ¡Entonces como vamos a subir al estudio!

Giro mi cabeza y noto que ha metido la camioneta en el estacionamiento del estudio, obviamente ya llegamos.

Torpe, torpe.

Me bajo de la camioneta y prácticamente salgo huyendo para evitar escuchar las risas que se carga.

— ¿No que te ibas a quedar en la camioneta?

Sonríe de manera ladina y por mi parte lo ignoro en cuanto abre las puertas para subir. De la nada soy cargada como saco de papas.

—Eres un poco distraída, Miri.

— ¡Que no me digas así!

—Lo que tú digas Miri

— ¡Eres un pesado!

—Y tú a mí me gustas, ¿algo más?

Me callo por lo que dice y mi rostro estoy segura que se ha vuelto un tomate.

Por dos horas o quizás más me la paso escuchando hablar a Beck de algunas ideas que tiene, me pide una que otra opinión y también me explica algunas cosas. No le cambio el tema ni lo interrumpo, me gusta ver el destello en sus ojos y me causa ternura llegar a notar sus ligeros tartamudeos.

— A ver si entendí, ustedes no son una banda.

—No lo somos, somos un grupo o una boyband pero no una banda. Las bandas son las que se encargan de tocar en vivo sus propios instrumentos.

— ¿Y ustedes no lo han hecho?

—En Thunder Lights lo hemos hecho, no nos estancamos en una sola cosa pero no somos una banda.

—Mhmm, vale, creo que he captado.

Lo veo recoger algunas cosas y luego me hace una seña para que me levante del sofá y lo siga. Salimos de aquella enorme habitación para pasar a otra.

— ¡Bienvenida a la JB Cueva!

Es toda una sala iluminada por luces de colores, llena de juegos, comics y en el centro lo que más reluce es un billar. En una esquina hay un karaoke y en otra un refrigerador en la que ya me imagino todo lo que hay.

— ¿En qué momento instalaron todo esto?

—Hace unos días pero no pudiste venir...

En pocas palabras, cuando estabas celosa y lo ignorabas.

¡Cállate!

Y en parte sí, me siento culpable. Así que tomo el palo que según yo es para el billar y se lo entrego.

— ¿Sabes jugar?

—Ehhh no pero he visto películas, ¿eso cuenta?

—Ante esa lógica, creo que soy un Avenger y Nick Fury se ha olvidado de avisarme.

Lo veo arreglar las bolas en el centro y una llega hasta a mí.

— ¿Todas tienen números?

—Ajam...

— ¿Por qué?

—Porque el que inventó el billar era fan de las matemáticas.

— ¿En serio?

—Supongo. No sé ni cómo se llama el que lo inventó.

Dejo caer mis hombros y me quedo mirando en un punto fijo antes de alzar mi mirada y entrecerrarle los ojos, Beck también me mira con una sonrisita de oreja a oreja. Se le marca su pequeño hoyuelo en su mejilla izquierda y no pierdo la oportunidad en correr y picárselo.

— ¡Hey!

— No rezongues que yo no me quejo cuando me llamas Miri.

Aprieta la boca como si estuviera evitando soltar o una risa o uno de sus comentarios.

—Ni se te ocurra –lo señalo con el dedo y alza sus manos declarándose inocente.

Tiene 23 años y parece todo un niño.

—Ya, ya, mejor juguemos.

—Ya te dije que yo no sé.

—Pues te enseño y ya.

— ¿Dónde aprendiste?

—En una fiesta.

— ¿Los chicos también saben jugar?

—Ujum...

Me toma de la cintura y me voltea para hacerme quedar frente a la mesa del billar, coloca el palo y se acerca a mi oreja.

—Pon atención Boo.

Paso saliva por un momento al sentir su cercanía y pido al cielo que no note que estoy sonrojada.

¿Ya dejaste de ser atea?

¿Y tú algún día podrás estar de mi lado?

No. Soy tu consciencia no tu amiga. ¡Pon atención!

Beck sigue dándome instrucciones de cómo debo tirar, la forma de agarrar el palo, las reglas y algunos trucos, yo trato de entender poniendo mi mayor concentración. Cuando creo haber aprendido todo, comenzamos a jugar como contrincantes.

Suele darme risa cuando Beck tiene sus pequeños viajes ancestrales.

Y él se ríe cuando en medio del juego me hace sonrojar.

¿Quién ganó? Beck.

— ¡Hiciste trampa!

Me subo a la mesa del billar.

—No lo hice.

—Claro que sí.

— ¡Mir pero si te enseñé todos mis trucos hace una hora!

Deja las cosas en su lugar y se acerca a mi metiéndose entre mis piernas. Me sonrojo.

— ¿Algún recuerdo?

— ¡Beck!

—Oh vamos, si ayer echamos un polvo y...

— ¡Beck no lo digas así!

— ¿Y entonces cómo? ¿Hicimos noiscore?

—Tente lastima Jaden Beck.

Temo por un segundo a que se aleje por llamarlo por su nombre pero no lo hace y eso me saca una sonrisa.

— ¿O qué? ¿Me darás uno de tus puñitos balboa?

—Quizás...

Y en eso queda porque nuestros rostros se acercan y por un momento me niego a darle un beso, solo fueron segundos, ya que soy la primera en tomarlo por la nuca y juntar su boca con la mía.

Mi playera se levanta un poco dejando descubierta una parte de mi piel cuando me dejo caer completamente en la mesa del billar. Beck desliza sus pulgares en aquel lugar desnudo y su tacto me da una sensación que me encanta; nunca creí que esto pudiera pasar entre nosotros y sé que no puedo comparar lo que me hace sentir Beck con Acfred.

Últimamente me hago muchas preguntas como: ¿Por qué acepté casarme con Acfred? Si en 4 años de relación nunca le dije "te amo" ¿Qué fue lo que realmente me hizo estudiar diseño gráfico? ¿Lo hice solo por una frase?

Abro los ojos ya que no sé en qué momento los cerré y me encuentro con los ojos marrones llenos de destellos y que solo los tiene Beck.

— ¿Quieres hacerlo aquí?

— ¡Beck!

— ¿Qué?

— ¡Arruinaste el momento!

—Yo solo hice una pregunta, no tengo inconvenientes si lo que quieres...

— ¡Beck!

Suelta a reír y hace un lado el mechón de mi cabello que ha caído en mi rostro.

— ¿Entonces si vamos a echar un polvo?

Estoy a nada de insultarlo por estar riéndose pero escucho unas voces y prácticamente lo aviento.

—Oye, entiendo si quieres ser la del control pero pudiste aventarme al sofá y no al piso...

— ¡Viene alguien!

—No viene nadie Mir.

— ¡Claro que sí, escucha!

Por un momento se calla.

—Sí, creo que viene alguien.

— ¡Lo ves!

— ¿Al fantasma? Nop.

Me quedo con las ganas de salir de aquí y tratar de ver quien es pero la pregunta se responde sola cuando Simon y Henry aparecen.

— ¿Qué hacen ustedes aquí?

Es lo primero que pregunta Simon.

—Nada, veníamos de visita ya que los vemos poco –le contesta Beck siendo sarcástico y el chico de tez pálida cierra los ojos conteniendo los insultos.

—La pregunta es, ¿qué hacen ustedes dos solos aquí?

— ¿Solos? ¿Dos? Qué dices, ¿Qué no ves a Casper? Se va a ofender el pobre fantasmita.

—Me largo al estudio antes de que se me suba el azúcar –se da la vuelta Simon dejándonos con Henry.

Nos da una mirada de arriba a abajo, abre la boca y...

— ¡No!

— ¡Sí!

— ¡No!

Los miro a cada uno como si se tratase de un juego de pin pong.

— ¡¿Me pueden decir a que se responde "si" y luego "no"?!

Alzo la voz para que me pongan atención pero Beck me ignora.

— ¡Dices una de tus estupideces y...!

— ¡Beck!

Lo reprendo para que este se calle y por suerte obedece. Vuelvo mi mirada hacía Henry en espera a que diga lo que quiere.

—Me voy a matar, me voy a matar, me voy a matar –Beck se murmura a sí mismo y nos da la espalda.

— ¿Y bien?

— ¿Cómo se despiden los químicos?

— ¿Qué?

— ¿Qué cómo se despiden los químicos?

—No le preguntes, no le preguntes –me ruega Beck.

—No lo sé Henry, ¿Cómo?

—Ácido un placer.

Se ríe solo por su chiste y yo me río porque me da risa su risa escandalosa y Beck... no sé si está llorando o riendo.

—Uff... dios... ¡tengo otro!

— ¡No!

Beck se niega y sale huyendo de la sala.

Mientras estamos en el estudio con los chicos, Beck se pone inquieto hasta el punto de desesperar a Henry y como siempre, este ignora a su mayor. Termino tirándolo al sofá y con mis piernas atrapo su cabeza en lo que Simon le comenta algunas cosas de una nueva canción a Henry.

— ¡Beck!

Chillo por lo bajo, me sonrojo e intento alejar mis piernas después de que a escondidas me ha dado una leve mordida en la cara interna de uno de mis muslos.

—Por favor contrólate.

— ¿Qué dices?

—Que te controles.

—Pero si no he hecho nada.

—Beck...

Se acomoda en el sofá, me jala de los tobillos y luego de la cintura para subirme a sus piernas haciéndome reír.

—Oye...

— ¿Mhmm?

—Vayámonos a casa –susurro un poco avergonzada por mi petición y este me da un beso fugaz.

—Y yo soy el pervertido, eh.

—Si no te callas hoy no habrá nada.

—Ah no, de eso nada, debo conseguir mi 10 de sobresaliente.

Nos la pasamos jugando en el sofá hasta que los chicos dicen que es hora de irnos. Simon se va como copiloto y se queda dormido aprovechando que Henry ha insistido en manejar al verlo cansado.

Doy un respingo cuando siento la respiración de Beck en mi cuello y mi boca se seca cuando comienza a dejar besos húmedos por este y mordisquea ligeramente mi clavícula.

Dios santo.

Mi corazón late con fuerza y me siento extraña porque me gusta todo esto. Hay sensaciones que desconocía o simplemente no recordaba porque hacía tiempo no las sentía.

Simon y Henry al llegar se encierran en sus habitaciones.

—Es una lástima que no hayan querido cenar algo –Beck haca una falsa cara de preocupación-. En fin, yo sí quiero ¿podemos ir a nuestra habitación ya?

Lo miro con una sonrisa y este me carga hasta la habitación para luego hacernos caer en la cama y darle pie a los besos subidos de tono. Mi celular suena avisándome que alguien me está llamando.

—Mir te están...

—Olvídalo.

—A la orden capitana.

Me vuelve a besar y lo ayudo a quitarse su sudadera y despojarnos de lo demás. Las llamadas se detienen pero me llegan un montón de mensajes, con mi mano encuentro el teléfono y hago el intento de dejarlo en la mesita de noche pero al parecer Beck alcanza a ver el remitente y se aleja.

—Oye...

—Deberías contestar, es tu... es Acfred.

—Beck, no...

—Veré un poco de televisión en la sala.

Se pone unos pantalones de algodón y me deja ahí sola en la cama.

Oportuno como siempre Acfred.

Juro que lo quiero matar.

No le contesto, primero me doy una ducha antes de hacerlo.

— ¿Qué te pasa como para que me estés mandando mensajes y llamando como un maldito desquiciado?

— ¡¿Dónde estás?!

Me grita y puedo alcanzar a escuchar que está conduciendo.

—Primero, no me grites y segundo, creo que es obvio que en casa de mis padres no estoy.

— ¿Casa de tus padres? ¿Acaso ya no es tu casa?

—Oye deja de...

— ¡¿Con quién demonios estás?!

— ¡Con nadie!

— ¡Deja de mentirme que no creas que no sé qué te fuiste de fiesta ayer!

Mi cabeza duele. ¿Cómo sabe que estuve de fiesta?

— ¡Pues si! Me fui de fiesta porque era mi maldito cumpleaños.

— ¡Vaya! Ahora dime otra cosa Miriam, ¿también era parte de la fiesta serme infiel?

Siento que cada día este hombre agota mi paciencia.

— ¿De qué rayos hablas?

—De que anduviste de zorra y...

Beck ahora mismo no sé si está triste, molesto o se siente usado. Él puede ser pervertido, un pesado, ponerse inquieto como un niño, ser sarcástico, en ocasiones puede ser directo y mucho más pero también sé que en algunos temas él es cerrado y que se le dificulta expresarse por medio de palabras.

Y también sé que no querrá hablarme ahora mismo porque lo más probable es que él quiera saber de qué se trata todo este juego.

—En ningún momento me he comportado así pero escúchame bien, no sé cómo demonios sabes tanto y ni me interesa saberlo pero de una vez te digo que no tiene derecho de pedirme explicaciones porque...

— ¡Claro que tengo derecho yo soy...!

— ¡Tú no eres nada! Me dejaste plantada y no te apareciste hasta que te enteraste que me había ido de casa y que estaba conociendo a un chico.

— ¡Entonces es cierto!

— ¡Lo es! Se llama Beck y si me disculpas, te dejo porque debemos ir a dormir. Buenas noches.

Le cuelgo y salgo despacio a la sala para ver donde está Beck y tal como me lo dijo, se ha puesto a ver televisión; aprieto mis labios y dejo salir el aire por mi nariz. No quiero dejarlo así pero también sé que necesita espacio.

Me rindo y me quedo en la habitación esperando a que regrese pero no lo hace y mi sueño tampoco.

Doy vueltas y vueltas en la cama, no concilio el sueño y de ultimas me termino hartando. Me pongo de pie dispuesta a buscarlo, abro la puerta y... ahí está él.

Mi corazón late con fuerza y su aroma llega a mi nariz.

Hay un montón de dudas en mí pero aun así lo hago, camino rápidamente hacía él, lo tomo de la nuca y lo beso deshaciendo la distancia que nos separaba. Sus brazos fornidos me levantan y es suficiente señal para saber lo que sigue.

Algo se cae, el golpe se escucha fuerte y luego un montón de quejidos me hacen despertar.

¿Estoy imaginando?

Beck se encuentra encima de mí, recostado en mi pecho; sonrío al verlo tan tranquilo y profundamente dormido. Quiero seguir admirándolo pero de nuevo se escucha un golpe y...

—Auch, auch, ¡aaauch!

¿Y si es un ladrón?

No, no, no, peor aún...

¿Y si es un asesino?

Mis nervios se encienden y comienzo a mover a Beck desesperadamente.

—Beeeck, despiertaaa, andaa...

— ¿Eh?

—Deprisa, despierta.

Lo muevo pero este solo me aprieta más a su cuerpo.

— ¡Beck!

—Mir... sé que yo he sido lo del segundo round –balbucea y yo chillo por lo que está diciendo-, pero ya lo hicimos tres veces hoy.

— ¡No Beck, no es eso! ¡Despierta!

—Si no es para echar un polvo entonces no.

— ¡Beck!

—Estoy dormido.

— ¡No seas idiota llevas 5 minutos hablando!

—Hablo dormido como tú.

—Me estás tomado el pelo y...

—No es cierto.

— ¿Qué?

—No te estoy tomando el pelo, estoy tomando y apreciando tu culo.

— ¡Beck!

Retiro de golpe su mano de mi culo y luego le doy un golpe en la cabeza.

— ¡Oye!

Levanta su cabeza con una cara de indignación.

—Yo estaba a gusto ahí –señala mi cuerpo.

— ¡Y es posible que un asesino en serie también esté a gusto intentado abrir la casa!

— ¿Qué?

— ¡Que alguien ha entrado a la casa, muevetee!

—Mir, yo no escucho nada y...

¡Zas!

Beck me mira y se tensa al instante al escuchar cómo ha caído algo en la sala.

— ¡Lo ves!

—Quédate aquí.

Me indica y se pone sus shorts antes de abrir la puerta.

Yo tengo miedo pero también curiosidad así que me pongo de pie, me coloco una de sus playeras y lo sigo.

—Eres tan obediente –me murmura.

—No podía dejarte solo.

— ¿Y qué vas a hacer? ¿Darle un escobazo?

—Ah no, eso lo haces tú solito. Yo nada más enciendo las luces.

Avanzamos por las escaleras lentamente y yo voy pegada a la espalda de Beck.

—Mi ayudante número uno –se mofa.

—Hey, piénsalo, si el asesino ataca, al primero que va a matar será a ti y yo podré salir huyendo.

—Ay, qué bonita forma de decir que me estás usando como escudo humano.

—Eres... eres como mi Iron man ¿Ah? ¿Te gusta el concepto?

Le doy una palmadita en la espalda.

—Ajá, por supuesto, nunca había pasado por mi cabeza la idea de morir como un héroe. Eres toda una genia Mir.

Le entrecierro los ojos sabiendo que no me puede ver y le doy una nalgada.

—Mejor calla y apúrate.

—Bueno, con esos incentivos la cosa mejora eh.

Encuentro el apagador, Beck me hace una cuenta regresiva con los dedos y...

— ¿Daniel?

— ¡Holaaa!

Está en el sofá, recostado y con dos bolsas de hielo; una en su cabeza y la otra... ehh, en sus partes.

No abrí la boca para nada, de hecho, mi vista se fue de inmediato a Beck que se encontraba a un paso mío, tenso y no hacía falta dudar de que tenía una mirada asesina.

— ¿Se puede saber... ¡que carajos haces aquí!?

Su tono de voz me sorprendió y me tomó tan de sorpresa que pegué un salto. Él lo notó así que tomo aire y trató de contenerse.

—Daniel...

— ¿Y por qué hablar de mí? Ustedes estaban muy agustito, ¿eh? –alzó las cejas de manera juguetona y yo abrí la boca pero mejor me callé ya que me puse roja.

—Daniel...

— ¿Qué? –volvió su mirada hacía su hermano que no estaba para nada feliz.

— ¿Qué haces aquí? ¿Cómo entraste?

—Ahh, eso, es una historia larga pero mejor pónganse cómodos, mejor dicho, siéntense como en su casa y...

— ¡Es mi maldita casa!

—Ah... cierto. Bueno, la cosa es que fui a una fiesta del señor Cox y...

— ¿El empresario? –Daniel lo confirma con la mirada- ¿Y tú que hacías en una fiesta empresarial? Tremendísimo idiota

—Es que no fui por el Cox que es empresario, fui por su hijo.

— ¿Eres gay?

— ¿Qué? ¡No! Yo quería hablar con su hijo ya que está estudiando para ser cineasta y aún sin serlo déjame decirte que ha ganado millones con alguno proyectitos que...

—Al punto Daniel –se jala del cabello desesperado.

—Sí, como te decía, yo quería hablar y unos grandotes no me querían dejar pasar pero el señor Cox terminó saliendo y me dijo que su hijo que no estaba ahí pero que podía llevarme hasta donde estaba y tuvo la amabilidad de llevarme en su limusina y dejarme en el antro.

— ¿Su hijo estaba en un antro?

—Ajam, de hecho su hijo ya se había ido entonces yo me quedé en el lugar festejando un poquito y conseguí salir con una chica. Ella y yo nos fuimos a su casa pero resultó que era casada.

Hace una mueca y por un momento creo ver una chispa de decepción.

—Beck creo que...

—Espera Mir –me detiene-. En todo lo que me has dicho me has recalcado que eres un idiota pero no me has respondido ¿Qué haces aquí?

—Pues el esposo me ha golpeado un poquito y la casa del bosque me queda lejos así que a mi mente vino mi hermanito que me ama mucho, o sea, tú.

Le sonríe como si nada y yo no sé si debería de ir a protegerlo cuando veo que Beck está tentado en tomar el jarrón y tirárselo.

— ¿Cómo entraste? –le pregunta entre dientes.

—La verdad no fue nada fácil –abre una bolsa de galletas y se mete tres a la boca-. Quise escalar como el hombre araña pero me di cuenta que esa película es una farsa ya se no me salieron telarañas y me caí de culo.

—Y lo bueno es que eres actor.

—Así que le llamé a los bomberos diciéndoles que mis llaves quedaron dentro de la casa y ellos sacaron sus escaleritas para que yo subiera a la azotea.

— ¿Qué hiciste qué?

—Oye Beck, pon atención que me canso de repetir.

—No puede ser, parece un niño –gime desesperado y suelto una risita-. ¿De qué te ríes?

—De que te quejas y son casi iguales.

—Un punto menos –amenaza.

—Una noche fuera de la habitación –enarco una ceja y este abre la boca.

—Dejaremos este tema para después –me dice y volvemos con Daniel que nos ve demasiado entretenido.

— ¿Hacen cuanto ustedes dos...?

—A ver, Daniel, ya deja las tonterías y respóndeme una última pregunta.

—Adelante.

— ¿Dónde está Alice?

Su hermano palidece en instantes.

Oh, oh.

—Bue... bueno, pues ella, ella está en la casa del bosque... estudiando, supongo je, je...

Deja las bolsas a un lado se levanta del sofá de prisa al ver la expresión de su hermano.

— ¡Dejaste a Alice sola!

Beck ruge y camina directo a su hermano que no duda en esconderse detrás de mí.

—Oye yo... sabes que necesito trabajo no puedo...

— ¡Nunca puedes cuidarla, la misma excusa y deja de actuar como un cobarde!

—Beck, tranquilízate –le pido tratando de que no se acerque a Daniel- No entiendo muy bien que tenga de malo que Alice pase una noche sola en vuestra casa pero respira que tampoco puedes echar a Daniel por la madrugada.

—Ella tiene que estar al cuidado de alguien, ella no puede...

— ¡Beck! Alice tiene 19 años.

Su pecho sube y baja como si estuviera a punto de salírsele su corazón. Me mira por última vez y se va a nuestra habitación. Yo me giro hacia Daniel que ha quitado la sonrisa y ahora tiene la mirada fija en el suelo.

—Mis amigos han salido de fiesta, no están ocupando su habitación si quieres puedes dormir...

—No, está bien. Puedo dormir en el sofá, gracias Mir.

Abro los ojos sorprendida por lo que acaba de decir y me preocupa que tengan este tipo de actitudes cada que se menciona algo de Alice; lo veo recoger todo y como se echa en el sofá.

Subo por una almohada y una cobija, pero para cuando vuelvo él ya se ha quedado dormido. Lo arropo y apago la luz.

Ay Dios...

Son las cinco de la mañana y los líos no se acaban.

Respiro hondo antes de entrar a la habitación y ver a un Beck sentado en la orilla de la cama serio.

—Sé perfectamente que esto no me incumbe, igual me arriesgaré y... ¿puedo saber por qué tanta tensión por Alice?

No me mira.

—Mir, no estoy de humor y prefiero no hablar de esto ahora mismo.

— ¿Lo hablaremos mañana?

—No.

—Oye, no puedo ayudar si no tengo ni una pizca de idea del porqué de sus peleas y Jaden fuiste...

Se tensa al instante, se pone de pie y yo cierro los ojos con fuerza.

Se me ha salido.

Lo he empeorado todo.

— ¡Nadie te ha pedido tu ayuda y no me llames Jaden!

Ya me duele la cabeza, no quería discutir a estas horas y suficiente he tenido con Acfred hace unas horas.

—No me grites que no he hecho nada malo.

— ¡Sabes que no me gusta que me llamen...!

—Pues perdón por llamarte como dice tu acta de nacimiento.

Aprieta los puños y lo veo cambiarse.

— ¿A dónde vas?

—Me largo como siempre lo he hecho.

Paso saliva y ahora yo tengo ganas de tirarle el jarrón cuando se encamina a la puerta.

— ¡Jaden Beck vuelve aquí ahora!

Alzo la voz haciendo que se detenga y se dé la vuelta.

—Tienes tres para soltar esas tontas llaves y meterte a la cama o la que se va de la casa soy yo.

Parece reaccionar ante mi tono de voz y obedece.

No digo nada cuando yo también me meto a la cama y le doy la espalda. Me quiere abrazar y me alejo.

—Mir...

—Hasta mañana Beck.

Le suelto en seco y lo que resta de la noche no pasa más.

Al despertar me encuentro con un Beck en la misma posición en la que se quedó anoche.

¿Me hirieron sus palabras? Solo un poco.

Igual me causa ese tipo de curiosidad insistente en saber cosas de su vida. No quiero saberlas de internet, quiero que me las cuente él; lo arropo y me apuro para ir al spa de Chiara.

— ¡Dios!

Pego un brinco al escuchar los ronquidos de Daniel que se ve en una posición bastante incomoda en el sofá. Todo torcido.

—Chia... ¿Adonis?

Mis ojos se abren al ver que mi amigo está aquí.

Anne y Adonis ayer fueron a una fiesta, él me avisó que se quedarían en un hotel pero me pone a pensar que haya dejado a su hermana para venir a ver a Chiara.

— ¡No es lo que piensas!

Se alarma ella y yo hago una mueca fingiendo creerles.

—No he dicho nada, yo venía por un masaje perooo... mejor me voy y los dejo a solas.

—Ya empezó –se queja Adonis.

Camino a pasos lentos sin darles la espalda,

—Yo no he hecho nada, me voy para que pasen tiempo como jóvenes que se conocieron hace poco pero que se la pasan muy juntitos –la risita se me escapa y también desparece luego de que Chiara habla.

— ¡Pero si Beck y tú han hecho lo mismo!

— ¿Qué?

—Los vi –pone cara pervertida y yo me sonrojo en un dos por tres cuando Adonis abre la boca sorprendido ante la insinuación.

MIRIAAAAAM ESTAMOS EN PROBLEMAS.

¿Cuáles? Yo solo veo que alguien sabe que te masturbaron pero...

¡No ayudas!

—Ehhh, Beck y yo, cero, ehhh –se me sale una risa nerviosa- ¡Me voy!

Salgo del spa y me detengo al notar el auto que se encuentra estacionado.

— ¡Miriam, por la tarde iré a casa de Beck!

Mierda.

Mis manos se vuelve puños y mi sangre se congela al ver que es él y que ha escuchado.

El miedo me invade pero aferro mis pies al piso para no mostrarlo.

—Acfred.

Se siente tan raro verlo después de... ¿1 año? ¿2?

No logro poder contar y notar lo cambiado que se ve ya que no me da tiempo y la discusión llega, como siempre.

— ¡Al carro!

—No me voy a subir a...

— ¡Ahora!

Tiemblo por sus gritos pero sigo negándome a moverme.

— ¡No subiré a ninguna parte!

— ¡No te estoy preguntado si quieres o no!

Se encamina hacia mí y su rostro me da terror. No quiero pelear, no quiero salir herida.

— ¡¿Qué te pasa por la cabeza?! ¿Qué haces aquí? ¿Condujiste?

— ¡Me pasa que mi novia me ha engañado, no he dudado en venir por ella y llevarla de regreso a casa por eso conduje seis horas!

— ¡Vete que tú y yo no somos nada!

Llega hasta a mí y me arrastra para meterme al carro.

— ¡Ya dije que no!

Me le zafo pero este me atrapa y me retuerce de las muñecas. Es lo que ha hecho en cada discusión. Lastimarme de los brazos, romperme cosas o acorralarme en medio de gritos.

—Auch, no, no...

Me toma del mentón y hace que lo mire.

—Tú y yo somos pareja y no puedes dejarme.

— ¡Hace mucho que te dejé Acfred! –logro gritarle y como castigo me aprieta aún más de las muñecas- ¡Duele! ¡Suéltame!

Me sube al carro y le pone seguro a la puerta.

Un rayo de esperanza es lo que veo cuando Adonis sale de prisa y se da cuenta de la visita. Intenta sacarme pero Acfred le da un golpe que lo tira al piso.

— ¡No! ¡Déjalo!

Al verlo sangrar de la nariz se da la vuelta y enciende el auto.

— ¡Eres un maldito demente!

— ¡Soy tu prometido eso es lo que soy y dame tu teléfono!

—No te voy a dar nada.

Me lo termina arrebatando y supongo que ha de estar buscando entre mis contactos a toda la gente con la que vivo ahora y por supuesto, el número de Beck.

— ¡¿Cuál es su número?! Debo partirle la cara por meterse con mujeres comprometidas.

— ¡Yo no estoy comprometida con nadie! ¡Detente!

—Dime, ¿ya te acostaste con él? ¿te atreviste a engañarme?

—No es engaño ni infidelidad cuando ya no existe ningún tipo de vínculo.

Acelera tanto que me aferro a la puerta del auto y suelto un grito cuando frena de golpe. Abre la puerta y me saca del auto haciéndome caer en el cemento fuertemente en la orilla de la carretera.

Sale hecho furia, lleno de celos y demostrándome que no ha cambiado. Me mentalizo haciéndome a la idea de que me va a golpear y una que otra lágrima sale de mis ojos.

Unas llantas rechinan y la voz de la persona que acaba de llegar me hace sollozar.

— ¡Eres una maldita zorra aprovechada!

Me escupe Acfred antes de salir huyendo e irse dejándome tirada y con el sentimiento de que soy poca cosa y con tanta vergüenza por toda esta escena; sollozo poniéndome de pie y bajo la cabeza al saber que es él quien me está viendo así.

Qué horror.

—Yo... perdón...

Es lo único que puedo decir ya que el aire en mis pulmones no me es suficiente. Sus brazos me rodean y deja que llore en su pecho.

—No quiero contarles a mis hermanos, soy un desastre, Beck yo...

—Shhh, estoy aquí. No hables.

Lo aprieto y aun con tantos sentimientos, parece que el mundo me quiere restregar que sus brazos me dan tranquilidad.

Y sé que al llegar a casa y ver a los demás, me sentiré el triple de segura.

No es que dependa de algo.

Es que ellos ahora son mi hogar.

—No me digas Beck.

Me da un beso en la cabeza.

— ¿Qué?

—Prefiero que tú me llames Jaden.

Notita: Holaaaa. Les pido una disculpa ya que sé que les prometí doble actualización el día viernes pero mi familia llegó de un viaje y mi papá no se sentía bien.

- -

1 0: El culo de América.

Titanic.

Es la película que Jaden puso hace 1 hora y a la que no le he puesto atención ya que no dejo de pensar en todo lo que ha pasado.

Luego de que Acfred se fuera y yo llorara un poco, regresamos a casa que por suerte estaba sola; Jaden me dio un momento a solas en la habitación pero luego entró, hablamos y me vi obligada a hablarle a Paul que se puso tan serio y furioso que estaba por tomar un vuelo.

Terminó hablando con Jaden quien logró darle calma y hablaron de otras cosas que no me quisieron contar.

Cuando los chicos llegaron obviamente notaron que algo andaba mal y se confirmó cuando llegó Adonis lastimado de la nariz. Agradecí que por ese día nadie tocara el tema y que solucioné las cosas con Jaden.

Acfred y yo no éramos nada.

- ¿En qué piensas?

Jaden se vuelve a dejar caer en el sofá pero trae un bote de chocolate en sus manos.

-En que a veces no te entiendo -bufo en medio de una pequeña sonrisa al recordar el pequeño debate que tuvimos hace unos días en la noche sobre cómo llamarlo frente a los chicos.

-Somos dos.

Me ofrece helado y niego con la cabeza.

Dudo en contarle, no quiero verme como una aprovechada; hace unos días Chiara me pidió que le ayudara un poco con el spa y gané un poco de dinero. Lo gasté en las cosas que se necesitaban para la casa.

Me sentía mal sin aportar nada.

- ¿Me puedes dar alguna idea?

-Depende -sonríe pícaro.

- ¡No, de eso no!

-Si no es de eso, ¿Entonces de qué se trata?

-De Adonis -entra en uno de sus viajes ancestrales por mi respuesta-. Ponme atención, ¿vale?

Asiente mientras cambia de posición en el sofá sin dejar de comer chocolate.

-La mamá de Anne y Adonis es buceadora, es una persona que adora apoyar en campañas relacionadas al mar, a los animales acuáticos, al cuidado de las playas y todo lo que tenga que ver con el agua.

-Es Reggie en versión mujer pero con gustos acuáticos. Entendido.

Eh... No voy a contradecirlo porque si lo hago se desenfoca del tema.

-En fin, su madre tuvo una idea que aparentemente ha estado planificando durante bastante tiempo para recaudar fondos y su idea para conseguirlos es conseguir un trato con alguna disquera para que artistas den un concierto como...

-Como los conciertos de verano, lo sé. Soy Jaden Beck, ¿recuerdas?

-Entonces Jaden Beckie boo, Adonis ha estado algo estresado y no sé cómo ayudarlo con eso. ¿Alguna idea?

-Ah... primero, ¿A quién realmente pensabas hablarle de esto?

-A Reggie.

-Se agradece la pequeña mentira eh.

-Tú me preguntaste.

Me encojo de hombros con una sonrisa y le robo un beso antes de que hable.

-Déjate de tonterías y dame una idea.

-A mí no me engañas, tú ya tenías algo en mente. Suéltalo.

-Pues... Ya te la dije, hablar con Reggie solo que me da pena.

Me mira incrédulo y yo me sonrojo, como siempre.

- ¿Eres real?

-Creo que lo soy.

-Ahora que lo pienso mejor, tienes una personalidad bastante diferente a la que creí que tenías.

Bueno... supongo que es cierto lo que dice.

-No estaba bien y había pasado mucho tiempo encerrada.

-Cierto. No me ubicabas ni un poco y tampoco a Marvel.

- ¡Dame una idea!

-Pues ya la tienes, Reggie es el más indicado para este tipo de cosas. Es una persona estudiosa y de hecho es fan de ese tipo de proyectos, pero si no quieres sonrojarte como un tomate mientras le platicas, yo puedo hacerlo.

-No, no, no, eso no me parece correcto. Yo hablaré con él.

-Como quieras, igual si quieres otra idea yo te ayudo.

-No sé porque sospecho que vas a querer algo a cambio.

- ¿Me parece a mí o tienes un pésimo concepto de mí?

-Eso no es cierto.

-Haré como si te creo y ahora dime... ¿Iron Man o Capitán América?

-Sigo eligiendo al culo de América.

Sonrío mientras me acomodo en su regazo.

-Pensaba quitarte un punto pero pensándolo bien, yo tengo a mi culo de América.

- ¡Beck! -me aprieta el trasero y me calla con un beso- Eres un pervertido de primera.

-Soy pervertido de nacimiento pero tengo mis límites.

-Ujum...

-Es en serio, digo, si no hubiera vivido con los chicos podría haberme convertido en un descarado al cien por ciento.

-A veces lo eres.

- ¿Y te molesta?

-Para nada.

Lo abrazo enterrando mi rostro en su cuello y así inhalar su aroma cuando él me estrecha aún más a su cuerpo.

- ¿Qué tienes?

-Solo...un poco de sueño.

-Te dije que no me esperaras a que llegara.

-Oye, la de los regaños soy yo. No me quites mi papel -protesto haciéndome a un lado para buscar algo que ver en la televisión.

-Dame opciones.

-Ver uno de mis programas o una película de Daniel.

-Tus programas de esa gente gritando me estresan pero veamos eso.

- ¿Y por qué no la película de Daniel? No puede ser tan mala, además, recién vi unas entrevistas y los actores hablaban de lo emocionas que estaban por trabajar con él mucho antes de...

Jaden hace su cabeza para atrás mientras se ríe.

- ¿De qué te burlas?

-Este es el tipo comentario de una persona que no lo ha visto actuar.

-No seas así.

-No digo que sea malo, Daniel es... apasionado de más.

Bosteza y me tira en el sofá para quedar sobre mí dejando su cabeza en mi pecho. No me quejaría si solo fuera para estar cómodo viendo el televisor, pero él tiene sueño por el desvelo.

-Deberías de ir a la cama a descansar.

- ¿Quién habló de descansar? Yo prefiero invertir el tiempo en otras cosas.

Se acerca, toma mi mechón dejándolo detrás de mí oreja para luego pegar sus labios a los míos.

Nos separamos cuando escuchamos voces fuera de la casa y que descubrimos de quienes se trata cuando entran a la casa.

- ¡Hemos llegado del viajee!

Reggie es el primero en aparecer con una sonrisa enorme y con una planta en sus manos.

- ¿Cómo les fue? -pregunta Jaden con lentitud cuando Katie aparece segundos después.

- ¡De maravilla! ¡Ahora vuelvo que debo enseñarle a Milaila la casa! -sube torpemente las escaleras.

¿Quién es Milaila?

-Pues él está más contento que una lombriz ¿y tú?

- ¡Yo no estoy feliz!

Chilla Katie dejándose caer en el otro sofá.

-Te aseguro que eso se nota a miles y miles de kilómetros de distancia -le digo para luego chocar las manos con Jaden.

-Ja, ja, chistosos y...

La puerta de la casa se abre de golpe.

- ¡La persona que le da color a sus tristes vidas está aquí!

Es Daniel y a su lado viene Ailce.

-Me han dado el día libre -la más pequeña de los Beck sube las escaleras.

- ¿Qué le hiciste?

- ¿Yo?

-No Daniel, le pregunto a mi otro hermano.

- ¿Tenemos otro hermano? Dios, de la herencia me comienza a quedar poco. Eh... si no les molesta, voy por chocolate.

- ¡Ni se te ocurra!

Los dos hermanos Beck salen disparados a la cocina dándole inicio a una de sus muchas guerras.

Regreso a la realidad enfocándome en la joven rubia que se encuentra tirada en la alfombra.

- ¿Quieres hablar?

- ¡Me siento olvidada! ¡Insuficiente! ¿Cómo es posible que ella le dé más felicidad que yo?

-Katie yo no...

- ¡Todo iba tan bien hasta que ella apareció!

-Y con ella te refieres a...

-Milaila.

Pone una cara de furia mientras aprieta sus puños en el piso.

- ¿Una planta?

-No solo es una planta Miriam, es la que rompió nuestra relación.

-Creo que...

-Yo se la di de regalo hace unos días y luego de eso ella me remplazo -hace un puchero y en verdad yo no sé qué decir.

Creo que ella está loca.

Katie es especial.

LOCA.

¡Que no!

-Todas las mañanas la riega y le habla bonito, la trae de un lado a otro y le toma fotos cada que puede. Incluso en el avión me dijo que me le subiera a las piernas y dejó en mi asiento a Milaila. ¡Le puso hasta el cinturón de seguridad.

Miriam contente. No te rías.

Me repito al escuchar todo lo que me cuenta Katie y es que ella tiene algo pero da risa la forma en la que cuenta las cosas.

-Escucha Katie, tu... amas a Reggie, ¿no?

-Lo hago.

- ¿Por qué?

-Es atento, es amable, es inteligente, es respetuoso y adorable. Es alguien sencillo y tiene gustos peculiares. Yo no sé mucho de todo lo que él me habla pero me lo explica con calma y no me hace sentir tonta y... -se le quiebra la voz cuando sus ojos se empañan-. Estoy siendo una mala novia, ¿verdad?

Niego con la cabeza y bajo a la alfombra a abrazarla.

- ¿Aún no te devuelven el trabajo?

-No...

Busco sacarle conversación y menos mal que lo logro. Me da con detalles como fue su viaje en Hawái; los sitios que visitaron, todo lo que comieron, cada objeto que rompió sin querer Reggie y lo emocionante que fue aprender a surfear.

¿Tú sabes surfear?

No...

Pobre.

- ¿Y qué hicieron ustedes?

¿Eh?

No sé si sonrojarme o ponerme pálida.

- ¿Hacer de qué?

-Simon, Henry, Chiara, Adonis, la grosera de Anne, Beck... y tú.

Juguetea con sus cejas y mis mejillas se inflan.

- ¡Hicimos lo de siempre!

- ¿Qué es lo de siempre?

- ¡Katie!

-Yo solo quiero saber si no ocurrieron desastres, ¿Beckie no se salió de control?

Acerca mucho su rostro al mío dejándome el cerebro en blanco; ¿Salirse de control? ¿Jaden? ¿El mismo que usa calcetines de Iron Man? Es juguetón pero no ha causado problemas de mayor grado desde que nos conocemos.

-No pasó nada fuera de lo normal.

-Je, je, en verdad ha sido domado.

- ¿Domado?

Katie abre la boca pero se calla cuando en la casa aparece Anne con varias de bolsas de compras. ¿En qué trabaja?

De por sí no hemos hablado lo suficiente y tampoco sé ese tipo de cosas. De su hermano tengo entendido que ahora trabaja como secretario del jefe de una hotelería. No gana millones pero sabe administrarse además de que forma parte de los proyectos de su madre.

- ¡Ya dije que...!

La voz de Jaden se detiene cuando sale de la cocina y ve a Anne; obviamente Daniel no pierde la oportunidad al ver a su hermano distraído y le arrebata el bote de chocolate.

- ¡Gané!

Sube las escaleras con prisa atropellando a Reggie que viene con Milaila.

- ¿Alguien quiere ir a una fiesta? -por fin habla Anne sin dejar de verme.

-No -contestan todos al mismo tiempo y me da una mirada que me hace querer desparecer y que no vea que me causa satisfacción.

-Esa sudadera te queda enorme.

-Me la dio Beck.

Le sonrío y tal parece que mi comentario le molesta aún más ya que nos da un último vistazo antes de irse a su habitación y azotar la puerta con fuerza.

-Jijijiji -Katie se ríe como una de esas brujas de película, se pone de pie y corre hacía su novia que la besa-. Te espero arriba.

-La garrapata es muy dramática y... ¡Mi chocolate! ¡Danieel!

Jaden sube como si su vida dependiera de ello.

-Ehh... Reggie... ¿Puedo hablar contigo un momento? Prometo no quitarte mucho tiempo.

-Claro, no tengo problema. ¿Pasa algo?

Se pone cómodo en el otro sofá.

-Más bien... me gustaría saber si puedo contar con tu apoyo.

Le cuento de una manera más detallada la idea de la mamá de Adonis, los objetivos, los recursos con los que se cuenta y lo que hace falta.

Me emociona y él también lo hace; en medio de la conversación incluso me comparte algunas de sus ideas y los pequeños baches que habría pero que con una buena organización se puede llevar a cabo el proyecto.

- Muy bien, entonces, por la noche te envío un correo con más información y más ideas.

-En verdad gracias Reggie.

Le doy un corto abrazo que corresponde.

-No es nada, gracias a ti por confiarme esto. Solo hay que estar conscientes que esto nos costara varios desvelos.

¡Estoy tan entusiasmada! Hace tiempo no me sentía tan útil.

-Antes de irme, ¿podrías decirle a Katie que se arregle? Es para ir a una entrevista de trabajo.

-No tardo en avisarle.

Me sonríe y reconozco que sufro un choque de emociones al ver como pierde tensión en su cuerpo. Se preocupa tanto por ella que no sé quién de los dos tiene más suerte de tenerse.

La verdad es que ni siquiera sé si tengamos una entrevista de trabajo para formar parte del café-biblioteca pero no pierdo la intención de conseguir un empleo temporal en lo que trato de desempolvar un poco mis habilidades de dibujo.

- ¡Yo te llevo!

Entra Jaden a la habitación cuando me estoy terminando de arreglar.

-Nop, tú que quedas y...

Me carga como costal de papa.

- ¡Bájame, tengo prisa!

-Bájate.

- ¡Jaden!

- ¡Dame el honor de llevar al culo de América en mi camioneta!

- ¡Deja a mi culo en paz!

- ¡No le estoy haciendo nada!

Me deja en la cama muerto de la risa, por mi parte me pongo de pie y tomo mis cosas encaminándome a la puerta.

-Y para tu información, esta noche te quedas sin el culo de América.

- ¡Mir!

Cierro la puerta y bajo para burlarme yo sola y triunfante.

- ¿Nos vamos?

Veo a Katie esperándome y asiento. Ella en verdad quiere buscar empleo, es obvio al ver que esta vez ella no ha tardado casi nada en arreglarse.

De camino no hacemos más que hablar de Chiara y Adonis que han estado pasando demasiado tiempo juntos y de Simon que se la vive trabajando en el estudio; según yo llevo 6 o 7 semanas viviendo con ellos y me ha tocado adaptarme a muchas cosas.

Son más hombres que mujeres en casa pero admito que llegan a ser organizados y los veo bastante comprometidos con su trabajo del que casi no hablan pero en sus redes veo que interactúan siempre que pueden con sus fans o dándoles contenido.

He estado husmeando bastante por las redes; tiene 16 álbumes teniendo en cuentas los recopilatorios, lo de estudio más aparte los sencillos.

Creo que Colors in paradise es de los álbumes que más me gustan. Todos los integrantes tienen una canción en solitario y se pueden apreciar mucho más sus voces; la voz de Jaden me relaja, tiene ese tipo de voz totalmente limpia donde no hay fallas por más que intentes señalarlas.

Y aunque no lo conozco y solo lo he visto en fotos, la voz de Vance es increíble.

Cuando llegamos al lugar guío a Katie hasta la pequeña oficina en la que por fortuna se halla el señor que me recibe casi todos los días; él me recibe con gusto y le presento a Katie diciéndole que estamos en busca de trabajo; el señor Kevin acepta darnos el trabajo, unos días ayudamos en el café y otros en la biblioteca.

-Bueno, una preocupación menos. Ya no tendré que decirles a mis padres que echaron del trabajo a su pequeña.

Dice en medio de un suspiro cuando salimos del trabajo.

Ujum, hace 2 semanas venimos a la entrevista y hoy ya tuvimos nuestro primer día de trabajo en la biblioteca, algo desastroso pero tratamos de tomarlo con humor.

-Katie, le dijiste a tu ex jefe "gordo" estando borracha.

- ¡Yo también quería vacaciones!

-Y te las dio.

Chasquea los dientes arreglándose el cabello.

-Mejor apurémonos antes de que lleguemos tarde a la cena Reggie y yo.

- ¿Qué cena?

-Con mis papás que quieren verlo, no hay dudas de que lo quieren más a él que a mí.

Y al llegar, bueno, realmente en esa casa nadie parece ser un adulto a excepción de Reggie y Simon.

Nos encontramos con un Reggie en traje trabajando junto con Simon en su laptop y a unos metros se encuentra una de las muchas batallas que hay siempre por lo mismo, por el poder del control de la televisión; de un lado vemos a Henry y Jaden contra Alice y Daniel.

- ¡El control es nuestro!

Exclaman los hermanos y yo avanzo hacia ellos en lo que Katie se acerca a su novio.

- ¡La casa es mía y...!

- ¡Tú eres feo! -quien grita ahora es Daniel y Henry no duda en responderle.

- ¡Con mi cabeza de coco no te metas! -le gruñe.

- ¡Y el control me quedo yo porque estaba solito en el sillón!

Los interrumpo tomando asiento y por suerte, pasa algo que sucede cada mil años y es que ya no dan más pelea.

-Miriam antes de irnos...

- ¡Yo se lo digo!

Jaden se pone de pie interrumpiendo a Reggie.

-Vale, entonces, Miriam te dejo a mi paloma mensajera.

-Y la paloma mensajera te llevará a otra parte.

- ¿Qué?

Me carga para de esa forma llevarme hasta nuestra habitación donde sonrío al ver que hizo lo que le dije antes de irme a la biblioteca.

-Tendiste la cama. Te ganaste una estrellita.

-No quiero una estrellita de premio, mejor dame un beso o dejame tocarte el culo.

- ¡Jaden!

Me da una nalgada y chillo.

- ¿Tanta satisfacción te da tener la cama arreglada?

-Si.

-Bueno, la tendí porque o me ganaba una estrellita o me regañabas. Igual no entiendo para que tenderla. Mi lógica es mucho mejor.

-Jaden, tu argumento no tiene pies ni cabeza.

- ¡Claro que lo tiene! Para que tender la cama si de todas formas por la noche se va a deshacer otra vez.

Me baja de sus brazos y yo corro a buscar ropa para darme una ducha en lo que él coloca algunas cosas en la cama.

- ¿Y eso?

-Soy la paloma mensajera.

Da unas palmadas a un lado suyo para que me acomode.

-Eh, vale, ¿Y cuál es el mensaje?

-Primero lo primero, dame mi beso que no trabajo de a gratis.

Le doy un beso en la mejilla y este frunce el ceño.

-No vuelvo a tender la cama. Que poco pagas Miri.

Suelto a reír tomándolo de los hombros haciéndolo caer sobre mí y besarlo.

- ¿Ya?

-Soy tu único trabajador, me podrías pagar más.

-Eres un idiota ambicioso.

-Y nunca he negado que lo soy.

Nos quedamos en silencio mirándonos fijamente; soy la fan número uno de los destellos de sus ojos que parecen una galaxia. Ya lo he dicho muchas veces y por segundos creo que no me cansaré de repetirlo.

- ¿Cuál es el mensaje? -le pregunto en un susurro.

-Es una noticia.

- ¿Las posibilidades del proyecto?

Niega.

-Ya no hay posibilidades.

-Oh, eso... Creí que se podría pero...

-No hay "posibilidades" porque el concierto se llevará a cabo.

El concierto... ¡Aceptaron el proyecto!

- ¿Vamos a festejar?

-Tú y yo sí -me da un beso casto.

-Un momento... Tendrán que irse de viaje ¿No? ¿Quiénes darán el concierto?

-Todos iremos a Francia, incluyéndote.

¿Qué?

-El concierto lo darán las estrellas del momento. Thunder lights.

Notita: Hola solecitos. Últimamente el tiempo no me es suficiente pero les juro que estoy dando de todo para darles capítulos constantes e incluso maratones. Igual estoy contenta porque es el capítulo HASTA EL MOMENTO más cortito del libro.

Las preguntitas del capítulo de hoy:

¿Chiara y Adonis?

¿Notaron qué Miriam le dice Jaden sólo cuando están solitos?

¿Opiniones de Milaila?

Aceptaron el proyecto, ¿Qué creen qué pasará en Francia?

¿Thunder lights?

AAAAAAAAA, ESTOY EMOCIONADA POR LO QUE SE VIENE.

Thunder ligts, Francia, concierto y...

¿Vance? ¿Quién es él?

¿Deberíamos conocer a los que restan del grupo? Jejejeje

¡Nos leemos pronto!

—Corrección, Thunder Lights nunca ofrece y hace lo mismo para todo. Cada show es único.

Ya ni siquiera me sorprendo por esa seguridad hacia lo que hacen. Nunca los he visto dudar o sobre pensar si lo que llevan haciendo por años es malo o poco.

—Habrá canciones que son de otros artistas. Uno que otro cover.

— ¿Y...?

— No hay nada de qué preocuparse, Mir –sacude mi cabello y lo empujo-. Simon y Reggie trabajaron mucho para decidir las pistas que se presentaran, Kalet y Parker seguramente estuvieron en contacto con el coreógrafo y bailarines, y Vance y Henry hablaron con el staff.

— ¿Y qué hiciste tú?

— ¿Yo? De todo un poco. Revisé pistas, practiqué mi canto, les di mis comentarios de las coreografías de los performances para hacer algunos cambios y...

—Ejercicio. Hiciste demasiado ejercicio esta semana.

—Me gusta y me molesta no hacerlo, pero, también sirve mucho para recuperar la condición. Después de casi... ¿3 meses? Volver al escenario a bailar mientras cantas, brincar y gritar por todas partes cansa. Pero vale la pena.

Por primera vez, veo en sus ojos su ya conocido brillo, solo que esta vez no es igual, no veo la melancólica.

Azul. — ¿Por qué a los 14?

Inquiero cuando nos detenemos y ninguno de los se atreve a despegar la vista del mar que se escucha tan tranquilo cuando la noche comienza a caer.

—Todo cantante, o al menos la mayoría de ellos, da como respuesta que inicia en la industria por el amor a la música. Y así es, fue mi primer motivo. El segundo fue huir de casa.

— ¿Escapaste? ¿No te gustaba estar en casa junto a tus padres?

—Eso ni siquiera era una casa y ellos nunca estaban en ella –escucho como libera un suspiro antes de seguir-. Mir, la música nos aleja de nuestros propios pensamientos, pero también los trae.

— ¿Entonces la música es mala?

—Quiero decir que, para muchos, la música, las canciones, las notas que crean melodías y armonías, son un refugio. Yo amo cantar desde que tengo conocimiento y sin pensarlo, a los 14 la música fue aquello de lo que me creía exento.

— ¿Y ahora?

—A los 17 sobreexploté todo lo que guardaba, se convirtió en una tortura y luego de los 20, aquello que me hacía sentir que lo tenía todo, ya no era nada. Sus palabras salían con calma, no tenía prisa y mantenían nuestro ambiente sereno. Intimo.

— ¿Serías capaz de abandonar... Thunder Lights?

—No. No puedo y tampoco quiero. Ese es el punto. Ellos son mis hermanos, son mi familia. Y nunca he sido capaz de visualizar un futuro que no sea estar de pie en un escenario junto con Thunder Lights y las aclamaciones eufóricas de cada lighthing. Son mi familia.

— ¿Lighthing?

—Así se hacen llamar nuestras fans –una de sus peculiares risitas llenas de amor y diversión llega a mis oídos contagiándome al momento-. Por lo general, las empresas deciden que nombre llevará el fandom de sus artistas.

— ¿Y su empresa no hizo lo mismo?

—Nope, eso es lo más chistoso. Que en ocasiones se pasan por el arco del triunfo lo que pide la empresa y esperan hasta que nosotros digamos algo. Esa rebeldía se les pego de Henry.

— ¿Tampoco hace caso?

—Él hace lo que quiere y prefiere pedir perdón a pedir permiso.

Con razón Jaden y Henry parecen uña y mugre.

—El fandom fue creativo. Trueno y rayo.

—Creativas de manera excesiva y vengativas hasta con nosotros.

Sus hombros se encogen cuando sonríe.

—Y ustedes no se han de quedar atrás.

—Exacto... Volviendo al tema anterior, no soy el único que tiene problemas, creo ya habértelo dicho. Por eso las vacaciones.

— ¿Y han servido?

— ¡Bastante! –me responde lleno de emoción y alivio-. Incluso fuiste de ayuda.

—Entonces me alegra que el amigo de papá me haya rentado la casa equivocada.

Añado con sarcasmo consiguiendo que eche la cabeza hacia atrás mientras ríe, para después, negar con la cabeza repetidas veces.

—No es la primera vez que le pasa eso a Bruno.

— ¿Ya ha rentado la casa otras veces por error?

—See, solo me tocó una vez a mí y las demás ocasiones a los chicos.

— ¿Y no se han enojado con él por ello?

—Solo una vez, que un grupo de críos lo engañaron haciéndose pasar por adultos y cuando llegamos, lo primero que vimos fue la casa hecha un desastre y que la cocina se estaba incendiando.

—Esa fue la única vez que te tocó vivir una renta despistada de Bruno.

—Bueno, esa y la tuya. Cosas del destino.

— ¿Crees en el destino?

—Hay personas que no, otras que creen que es un cuento para niños o que es una bobería. Respeto cualquiera de esas elecciones, y por ello yo elijo ser de los que creen en ello. En que las cosas por algo suceden.

— ¿Entonces eres un romántico a la antigua?

—Prefiero decir que soy romántico a mi modo.

—Romántico al estilo Beck.

Me burlo y analizo que muchas veces he mencionado que me gusta su aroma, o la seguridad y calma que me dan sus brazos cuando me abraza, o el brillo de sus ojos, pero esta ocasión, me doy cuenta que me gusta una acción en particular que suele ser acompañada con un sonido: su risa.

Es algo simple, pero él hace las cosas tan únicas y es como lo atardeceres, cada risa que sale de su boca es una distinta.

Como la sonrisa que hace como si fuera una inocente en la que sonríe mostrando todos sus dientes, que sus pómulos se marquen y que sus ojos parezcan cerrados.

O sus risitas maliciosas en las que arruga su nariz, encoje sus hombros y solo muestra sus dos dientes de enfrente.

Me siento capaz de describir cada tipo de sonrisa que Jaden me ha permitido explorar e insisto lo confuso que es como una persona de meses puede causar tantas emociones, pero no de aquellas que te hacen sentir miedo como si te acorralaran.

No hay presión, solo se disfruta de la sensación que crea que nuestros colores se mezclen al igual que la melodía. Sin tener esa intención al conocernos, estamos buscando el tono perfecto de una sintonía.

Hemos discutido algunas veces y hemos tenido algunos momentos tensos en estos meses, pero en la mayor parte de todo este tiempo, estoy segura que, si alguien nos hubiese grabado como en un reality show, se podría ver que tenemos más escenas llenas de sonrisas y risas.

Gris.

— ¿Por qué Acfred?

Ahora él, es quien indaga en mi pasado.

—Para trazar algo en el lienzo, se necesita inspiración, algo que transmitir. Y mi lema era: Vive el momento, sobre todo siéntelo. Y si te deja una lección, plásmalo para seguir adelante.

— ¿Sigues teniéndolo como lema?

—Así parece –sonrío antes de que mi mirada busque la suya-. Aquella fue mi razón para creer que no era tan mala idea iniciar una relación con Acfred. Él no era popular pero no aparentaba ser mala persona. Mi idea era que, si no funcionaban las cosas, simplemente me alejaría.

—No funcionaron las cosas.

—Pero tampoco me alejé. No hui cuando debí y no hice caso a las señales como que a ni a Rocky le caía bien.

—Deberías presentarme a Rocky, es muy sabio.

—Lo amarías y más si te digo que él fue quien me defendió cuando me lo topé en el parque.

—Vale, creo que mantendré a Rocky por el resto de mi vida.

—Eso si te deja. Primero tendrías que agradarle.

—Me amará, estoy seguro –afirma como si ya casi sintiera el amor de mi perro-. Sabes… te entiendo en muchas cosas como por qué te alejaste de las redes e internet, de la universidad y de tu familia, pero, ¿Qué tan perdida te sentías como para estar decidida a abandonar todo?

—Puede llegar a ser tan difícil explicar lo que se siente cuando ni siquiera uno mismo sabe en qué momento inició todo el caos.

— ¿Y tu familia?

—Papá y Paul me daban mi espacio, trataban de pasar ratos conmigo y saber que tenía. Mamá... bueno, ella es un poco conservadora y creo que a partir de mi encierro fue que nuestro vinculo se deterioró. Y luego estaba Leo que simplemente me ignoraba la mayoría de las veces por su trabajo y Alan... a veces intentaba hacerme reír y cuando se cansaba de mi mala cara solo se iba y no me volvía a hablar en semanas.

Jaden buscó mi mano para entrelazarla con la suya, y retira el mechón de cabello que cubre mi rostro colocándolo detrás de mi oreja.

Platicar de temas y pensamiento que mantuve guardados solo para mí misma, es extraño y que hace que me escosan los ojos.

Uno nunca sabe que tanto le importa, daña, extraña o necesita, una frase, una acción, un recuerdo o una persona hasta que uno lo dice con la voz y el cuerpo lo termina de expresar.

— ¿Por qué solo Ruel?

— ¿Sabes que no lo conozco en persona verdad?

—Yo tampoco. Solo me sé su nombre.

— ¿Entonces de que hablas?

Se relame los labios y calla por unos segundos haciendo caras extrañas, buscando las palabras adecuadas a lo que me intenta preguntar.

—Lo veo mucho en las fans, ¿Vale? Ellas suelen poner que cuando están en situaciones difíciles, Thunder Lights, comer, ver atardeceres y el pollo frito son su refugio. No te rías que es un ejemplo.

—No me rio, te estoy poniendo atención.

—Tienes cara de estreñida.

— ¡Jaden!

—Ah, sí, sí. Como decía, ese es un ejemplo, cada persona tiene una lista de cosas, un pequeño grupo que forma parte de su mundo que la reconforta. ¿Por qué tu dejaste de lado hasta el diseño gráfico y solo te refugiaste en la música de Ruel?

—Es curioso, ya que Ruel tampoco tiene mucho tiempo en la industria y yo solía tener como artistas favoritos a Ariana grande, Taylor Swift y Creedence Clearwater Revival.

—Me irrita que Justin Bieber no aparezca en esa lista, pero no me quejo porque acabo de descubrir que tienes esplendidos gustos musicales.

Vuelve a callar algo apenado y le da un ligero apretón a mi mano.

—Pero cuando me encerré definitivamente, sus canciones me ayudaron a sacar lo que mi bloqueo para dibujar me impedía. Lloraba, dormía, a veces tarareaba, las cantaba. Lo más lejos que llegué un día fue bailar alguna cuando me sentía capaz y creía que saldría del hoyo.

— ¿Tienen alguna canción favorita?

—Me gustan todas, pero hay una que escuché demasiado cuando la lanzó el año pasado. Hasta la memoricé de tantas veces que la reproducía.

—Cántala.

—Buen intento, pero no. Ya dije que no tengo voz.

—Cantaste en tu fiesta –abro la boca para intervenir, pero niega-. No tienes la voz de un cantante, ya lo dijiste, y yo dije que tampoco es que estuvieras tan desafinada.

Entrecierro lo ojos y tomo mi celular del bolsillo de mis jeans, buscando la canción que la última vez que escuché fue antes de bajar del avión cuando llegué por primera vez a Carolina del Sur.

I'm waking up my mind I'm just trying to kill the silence I'm ripping off the blinds I'm just trying to let some light in I've been on the road, I've been missing home See it on my phone that the world back there Keeps spinning 'round without me I'm waking up my mind I'm ripping off the blinds

Respiro profundo antes de atreverme a cantar un trocito de aquella canción.

—'Cause I feel like I'm not there, 'cause my head is up somewhere, far away from all my friends, I just want that back again, Oh I... Oh I... Try to be happy, but it's hard sometimes... It's hard sometimes.

When I come off cold I'm not doing it on purpose You caught me in a hole That I dig for myself when I'm nervous I've been on the road, I've been missing home See it on my phone that my friends back there Got inside jokes without me Oh woah Don't mean to come off cold I don't want to be alone

Oh I (Oh I) Try to be happy, but it's hard sometimes (Hard sometimes) But life (But life) Just seems to happen right before my eyes (Before my eyes) 'Cause I feel like I'm not there 'Cause my head is up somewhere Far away from all my friends I just want that back again

Creo que solo escucharemos lo que resta de la letra que se acompasa con el piano y la voz de Ruel, lo creo hasta que una voz nueva aparece. La voz suave, delicada y airosa que caracteriza a Jaden me sorprende cuando se sincroniza de una manera tan perfecta con la melodía, como si la hubiera estado cantando él desde un inicio y sobre todo porque es mil veces escuchar su voz al desnudo, que cuando la graba en un estudio.

—I don't feel like myself and I can't help being selfish. Sometimes, the pressure gets the best of me... Oh I, oh I... Oh I, Try to be happy, but it's hard sometimes but life, just seems to happen, it's just passing by, oh...

La canción la he escuchado millones de veces, pero es fascinante como Jaden la envuelve tanto con su voz y a su modo que parece nueva y suya.

—Try to be happy, but it's hard sometimes... 'Cause it's hard sometimes.

Nos quedamos callados. Cada uno encapsulado en sus propios recuerdos.

—Si has escuchado a Ruel, no, no, ¡Eres fan!

Lo molesto tratando de que salga de su viaje existencial.

—No soy su fan, solo escuché algunas canciones después de que lo mencionaste.

—Haré como si te creo...

Otro silencio, pero de esos que se crean cuando alguien tiene algo que decir.

—Mir...

— ¿Uh?

—El gris no te define.

Me regala una sonrisa y me permite ver ese nuevo brillo en sus ojos.

—Jaden... El azul tampoco te define.

El gris, como lo usa la mayor parte de las personas, es para representar un vacío, algo aburrido, anticuado, solo. En la psicología del color también significa ello, pero, de la misma forma, se puede utilizar para simbolizar algo confiable, maduro e inteligente.

Sucede lo mismo con el azul. Lo llegan a asociar con la tristeza, frialdad. Pero también puede llegar a querer decir confianza, comunicación, seguridad, reflexión o calma.

Combinarlos puede crear un azul grisáceo, una tonalidad parecida a una tarde de lluvia. Es uno de los tonos más fríos de la gama de colores azules, es cierto, pero no deja de ser un color muy armónico cuando se aprecia porque su transmite distinción, sofisticación, fidelidad y sobre todo, la calma que augura.

Tal vez, todo se deba a la etapa de la vida en que uno se encuentra.

Yo llevaba tiempo viendo todo sin colores, mis lágrimas reflejadas en el espejo escurrir y mi sonrisa escondida bajo mi propio concepto del gris.

Seguir adelante no quiere decir que el dolor ya no exista y que las sonrisas ya no cuesten. Todo es un proceso y que no se soluciona por arte de magia o por el amor que te ofrece una persona.

Es una batalla conmigo misma de buscar una nueva inspiración para crear una nueva pintura de mi misma. Una que sea mejor que la anterior, que ame y admire orgullosa.

Azul y gris. Ambos pueden representar momentos pero no a una persona, no una vida entera.

Alcanzo mis tenis con la intención de decirle a Jaden que es hora de irnos pero me impiden dos cosas.

La primera es que Jaden tiene los ojos cerrados y se encuentra tranquilo. Una de las mayores características de Jaden Beck es que es hiperactivo, jamás está quieto.

La segunda cosa que me impide hablar es cuando veo correr a tres personas conocidas como locos por la playa y el mensaje que me ha llegado de un grupo que no conozco al igual que el número de los integrantes pero que deduzco a la velocidad de la luz y que me hace abrir los ojos cuando lo leo:

Fuiste agregada al grupo "PÉRDIDAS"

X1: ¡Tenemos un 3312!

X2: AL PAR SE LE OCURRIÓ LLEVARSE A BDN SIN EL PERMISO DE ALICE. AYUDAAAAA.

X3: ¡No es nuestra culpa que sea igual de escapista que el dueño! Mierda.

Miriam: ¡¿Se les escapó BDN?!

X3: Se les escapó a Parker y a Vance. ¡YO YA ESTABA DORMIDO!

X1: MARÍA DISTRAE A BECK, POR FAVOR. PIENSA EN LA POBRE ALMA DE TU COMPAÑERO DE AVIÓN.

X3: ¡ES MIRIAM, IDIOTA!

— ¿Ya nos vamos? -Jaden me saca de mi trance cuando se pone de pies y me mira con el ceño funcido- ¿Estás bien? Parece que viste a mi bisabuela Graciela.

Abro la boca y en ese mismo instante creo que se me está bajando la presión cuando veo a Kalet, Vance y Parker rodeados por 4 policías.

X3: MiRiamm, dile a Reggie que me marwque. YAAAA.

X2: NOS QUIEREN SUBIR A UNA PATRULLA.

X1: Si me disculpan, voy a llorar.

Y la noche apenas comenzaba...

I have learned to love me

Why couldn't you love me?

Un video de su última gira aparece en las pantallas, fans en los conciertos, cada país que visitaron, las sorpresas que dieron y recibieron. Para después, salir con el último cambio vestuario e iniciar con una última ronda de interpretaciones especiales.

Empire de Simon retumba. Amo el ritmo y lo divertido que es verlo bailar. Son cosas que crees que nunca verías hacer a un chico como Simon.

A house of cards, that's what the us comes down to

One step forward, two steps back

Speak now or all will fall

There is no love, only a war

Who made the empire lose

El acento y las notas tan agudas y altas que alcanza Parker son como estar delante de un ángel. Quisiera tener ese don.

Drunk in Canada or Chicago

I always ask to come back to you

Come back to Malibu

How did you cast a spell on me? (How did you do it?)

Oh girl, I know the answer.

I'm in love with everything you call imperfection

I'm in love with your image in Malibu

El estadio se oscurece y revive con la presencia de Kalet y los bailarines junto con más pelotas enormes para el público y disfrutar de Party.

Hey baby, just dance

Feel the music by my side

I'll keep the secret, be you

Forget the envious idiots,

It's your party

Kalet aparte de tener una buena voz es un bailarín excepcional. El control que tiene en su cuerpo demuestra las muchas horas de prácticas que ha invertido al igual que Parker. El segundo es genial la delicadeza con la que hace cada paso y como su cuerpo pareciera ser uno mismo cuando la música suena.

El escenario se apaga cuando Kalet termina su participación. Las luces parecen foquitos de navidad, se encienden y se apagan. Nadie entiende lo que está pasando y los guardias no saben qué hacer con las fans descontroladas y con las que lloran.

—Este mix es muy especial -dice Kalet y giro a todas partes tratando de verlo.

—No queremos que esto acabe, canten con nosotros tan fuerte como puedan –la voz emocionada de Vance se escucha.

—Hagamos un trato –mi corazón se desenfrena con la voz de Jaden y veo las caras llenas de emoción de Chiara, Adonis y Katie-. Dame una respuesta al final de concierto. Y si todavía no estás lista, está bien. Vale la pena esperar por ti, Mir.

Todo el escenario se enciende por completo, los chicos vienen con un nuevo cambio de vestuario, pero cada uno dándole su respectivo toque. No están en el escenario. Parker, Reggie y Kalet están en una plataforma rectangular del lado izquierdo y Simon, Vance, Henry y Jaden están en una plataforma igual de lado derecho.

La guitarra y bajo suenan de fondo, puedo reconocer de qué canción se trata y que significa la sonrisa que me regala Jaden.

Oh oh o-o-oh, oh oh o-oh

—Gracias por la canción Mir.

Vale, creo que el punto de todo esto que llore.

—Life's a tangled web, of cell phone calls and hashtag I-don't-knows, and you you're so caught up, in all the blinking lights and dial tones

Es Vance quién canta, pero todo preparado por Jaden.

—I admit I'm a bit of a victim in the worldwide system too but I've found my sweet escape when I'm alone with you. Tune out the static sound of the city that never sleeps. Here in the moment on the dark side of the screen.

Parker le da paso al estribillo que canta Jaden y Henry.

— ¡Luces arriba! –Simon anima al público para que los anillos se alcen y de ellos salgan luces de colores.

—I like the summer rain, I like the sounds you make, ee put the world away, we get so disconnected. You are my getaway, You are my favorite place, we put the world away, yeah we're so disconnected.

Los gritos de las fans no cesan, no hay nadie que no se sepa la letra de la canción y que no la cante. Incluso Mike la canta.

—Oh oh o-o-oh, oh oh o-oh, We're so disconnected, Oh oh o-o-oh, oh oh o-oh

Kalet, Reggie y Simon se encargan del coro se miran entre ellos como fieles cómplices.

—Hands around my waist, you're counting up the hills across the sheets and I'm a falling star, a glimmer lighting up these cotton streets

Henry canta divertido antes de gritar:

— ¡Nunca dejaré de seguirle la corriente!

Vance le cede su turno a Kalet para que cante con Parker y yo no dejo de reír sumamente feliz. ¿Esto es real? Digo, acaba de gritar mi nombre antes miles de personas y si lo de un inicio es lo que creo que es, mi corazón parece gritar la respuesta.

—I admit I'm a bit of a fool for playing by the rules but I've found my sweet escape when I'm alone with you. Tune out the static sound of the city that never sleeps, here in the moment on the dark side of the screen.

Es tan irreal. Aún tengo dudas de si se trata de un sueño o es una realidad cada cosa que está pasando.

¿Realmente me merezco todo esto?

— I like the summer rain, I like the sounds you make, ee put the world away, we get so disconnected. You are my getaway, You are my favorite place, we put the world away, yeah we're so disconnected.

Las plataformas siguen avanzando entre el público, comienzan a bajar y los chicos a pisar el escenario corriendo al centro y dejando a Jande cantar en el medio.

—Turn off the radio, those late night TV shows, hang up the telephone and just be here with me. Turn off the radio, those late night TV shows, hang up the telephone and just be here with me.

Modifica esa parte ya que hace una nota alta cuando llega el breve instrumental sin letra que hay en la canción. Jaden me sonríe antes de darse la vuelta y que suene una batería en la que está Kalet, Simon en un teclado, Vance tiene un bajo y otro Reggie otro.

No sé en qué momento, pero mis ojos están ardiendo, mis manos están frías y tiemblan. Mi boca se abre con el espectáculo de luces y la letra cambia, toda la canción. Todo.

—When I first saw you from across the room, I could tell that you were curious, oh, yeah. Girl, I hope you're sure what you're looking for 'cause I'm not good at making promises.

Parker con Henry que llevan guitarras eléctricas cantan esa parte y lo demás, es Jaden.

—But if you like causing trouble up in hotel rooms and if you like having secret little rendezvous. If you like to do the things you know that we shouldn't do, then baby, I'm perfect. Baby, I'm perfect for you. And if you like midnight driving with the windows down, and if you like going places we can't even pronounce, If you like to do whatever you've been dreaming about then baby, you're perfect, baby, you're perfect so let's start right no.

Kalet está concentrado en la batería, el staff le pasa una guitarra eléctrica a Jaden y el público se avienta, literalmente, tratando de subir al escenario cuando hace un solo de una manera sorprendente-mente habilidosa.

Parker y Henry que ya han dejado de tocar, alzan sus brazos y aplauden para que las fans también lo hagan. Vance canta con Jaden y me alza el pulgar sonriente.

—When I first saw you from across the room, I could tell that you were curious, oh, yeah. Girl, I hope you're sure what you're looking for 'cause I'm not good at making promises.

—But if you like causing trouble up in hotel rooms and if you like having secret little rendezvous. If you like to do the things you know that we shouldn't do, then baby, I'm perfect. Baby, I'm perfect for you. And if you like midnight driving with the windows down, nd if you like going places we can't even pronounce, if you like to do whatever you've been dreaming about hen baby, you're perfect, baby, you're perfect, so let's start right now.

Cantan los siete emocionados antes de que las luces se concentren en Jaden.

—And if you like cameras flashin' every time we go out, oh, yeah. And if you're looking for someone to write your breakup songs about. Baby, I'm perfect, baby, we're perfect

Un trueno real se escucha, la llovizna cae, los instrumentos vuelven a sonar realizando una impresionante mezcla para hacer sonar otra canción y que la letra de ella salga en las pantallas para aquellas fans que no la conozcan.

If it's all a dream, don't wake up

'Cause I got your body right here next to me

Just wait up

Gotta check myself 'cause I just can't believe

Ayy-oh

That you were in my heart, you were in my head

Now you're waking up here in my bed

Unbelievable, yeah

Unbelievable, yeah

Unbelievable, yeah

Unbelievable, you are

Unbelievable, it's

Unbelievable

That you were in my heart, you were in my head

Now you're waking up here in my bed

El que nunca despegue su vista de mí me hace querer subir a abrazarlo, que haya pensado en cada detalle, que haya sido tan selectivo con cada canción, que no me haga subir al escenario o que haya puesto a Mike especialmente para que nadie tome fotos de mí, me hace sentir especial.

Yeah, never thought, never thought I'd be holding your hand

Picking up, picking up, picking up my confidence

When you're making those moves, ayy

I don't know what to do, yeah

If it's all a dream, don't wake up

'Cause I got your body right here next to me

Just wait up

Gotta check myself 'cause I just can't believe

Ayy-oh

That you were in my heart, you were in my head

Now you're waking up here in my bed

Mi corazón parece que quiere salirse de mi cuerpo cuando lo veo pelear divertidísimo con el de seguridad hasta que llega a mi lugar y canta a centímetros de mí.

That you were in my heart, you were in my head

Now you're waking up here in my bed

Los chicos comienzan a cantar otra canción, Chiara, Katie y Adonis suspiran como si estuvieran viendo una película, pero él sigue aquí, con el micrófono apagado, frente a mí, a un paso de distancia, con una enorme sonrisa y con sus ojos llenos de brillos.

I wrote another love song, baby, about you

I've written one for every second without you

It goes like this, oh

It goes like this, oh

— ¿Por qué todo esto? –le pregunto.

—Mir, ¿Por qué sigues creyendo que no eres lo suficientemente valiosa como para que haga todo esto por ti? Miriam, yo sigo pensando que esto es poco, que estoy haciendo nada para llegar a ti.

—Jaden yo...

Me calla con un beso casto antes de huir riendo del guardia que lo intenta cargar.

—I wrote another love song, baby, about you, I've written one for every second without you

It goes like this, oh

It goes like this, oh

I wanna see the whole damn world with you, baby

Yeah you can be the one, girl, you driving me crazy

It feels like this, oh

It feels like this, oh

Las acciones valen más que las palabras. Pero en ese momento solo me quedo pensando en que me ha definido como: valiosa.

¿Cómo sabe uno qué quiere estar con otra persona? La pregunta correcta en mi caso es: ¿Por qué no querría estar al lado de Jaden?

—Sin presiones greñas, es tu vida –me sonríe Adonis.

Cuando todos creen que es el fin, cuando yo creo que las canciones elegidas por Jaden han llegado a su fin. Los fuegos artificiales dicen lo contrario, así como la leve lluvia no cesa al igual que la música.

Yeah, you!

Yeah, you!

I used to wanna be

Living like there's only me

But now I spend my time

Thinking 'bout a way to get you off my mind (Yeah, you!)

Canto como si mañana fuera a morir, como si fuera la última vez que escucharé a Jaden cantar al igual que a los chicos tocando, cantando y haciendo coros con toda su energía.

All I wanna be, yeah, all I ever wanna be, yeah, yeah

Is somebody to you

All I wanna be, yeah, all I ever wanna be, yeah, yeah

Is somebody to you

Everybody's tryna be a billionaire

But every time I look at you, I just don't care

'Cause all I wanna be, yeah, all I ever wanna be, yeah, yeah

Is somebody to you (Yeah, you!)

La música de fondo sube y los chicos dejan los instrumentos, el staff los retira y cada uno con un micrófono canta en distintas partes del escenario.

— ¡Es el mejor día de mi vida!

Gritan algunas fans haciéndome sonreír. Me siento igual que ellas.

Look at me now, I'm fallin'

I can't even talk, still stutterin'

All I wanna be, yeah, all I ever wanna be, yeah, yeah, yeah, yeah

(Yeah, you!)

Jaden hace una nota alta mientras los demás siguen cantan. Palmadas arriba, las luces, los golpes en el piso, el coro. Es un concierto único.

Everybody's trying to be a billionaire

But every time I look at you, I just don't care

'Cause all I wanna be, yeah, all I ever wanna be, yeah, yeah

Is somebody to you (Yeah, you!)

'Cause all I wanna be, yeah, all I ever wanna be, yeah, yeah

Is somebody to you (Yeah, you!)

Yeah, you!

El ceño de los chicos se frunce cuando las luces cambian de color y las pantallas los muestran a ellos, pero también a las fans.

— ¿Qué está pasando? –le pregunto a Katie al ver que los chicos se miran entre ellos.

— ¡Ola relámpago sorpresa! –chilla ansiosa.

¿Esto es normal? ¿Qué tanto pueden amar a The Thunder Lights como para coordinarse en segundos?

La lluvia suma fuerza, el cielo se ilumina por los rayos antes de que el trueno llegue. Las fans siguen de pie, cuentan hasta tres al mismo tiempo haciendo olas. Los anillos pasan de rosa a azul, de azul a morado, de morado a naranja, de naranja a verde, de amarillo a blanco.

—Every day when I cry, every night when I can't sleep, the lights always shine and become my home

Es lo que las fans gritan, una y otra vez con una melodía de fondo desatando sonrisas y lágrimas de los chicos.

Vale, no nada más en ellos, hasta yo termino lagrimeando.

—Hoy también lo hiciste bien –les dice Simon conmovido-. El show está por acabar, esperamos realmente hayan disfrutado cada segundo. Volveremos, hasta entonces, por favor mantente fuerte y sano.

—Esto no sabíamos que pasaría, tampoco lo de la lluvia –se ríe-, estábamos tan concentrados en la sorpresa que no lo vimos venir. He estado disfrutando de mis vacaciones, era un descanso necesario luego de las agendas apretadas que habíamos llevado. Pero siempre es un honor estar con ustedes –dice Parker intentando secarse el sudor.

— ¿Sabes qué está lloviendo, cierto? –le recuerda Jaden haciendo reír a las personas-. Está lloviendo y no quiero alargar esto porque aún falta algo y temo que todos ustedes se resfríen, pero... -se rasca la nuca y sonríe con sus ojos cristalizados- Estoy feliz de estar aquí, de estar en casa.

Henry se acerca con cautela y riendo lo abraza.

—Vaya, nuestro bebé está sensible. ¿Quizás quieres escuchar un chiste?

— ¡No! –se le despega y Henry ríe.

—Eso creí. Muchas gracias por venir y ser parte de todo esto, recuerden que lo recaudado será invertido en el cuidado de nuestro planeta. Manténgase sanos, nosotros regresaremos.

—La última canción es muy especial para todos aquí, canten con nosotros, salten y griten como si fuera el último día de sus vidas –sonríe Vance antes de que se comiencen a dispersar por todo el escenario.

—Volveremos con mejor música y con más sorpresas –dice Kalet pasándole unas toallas a los chicos y otras a las fans.

La música suena, las palmadas al aire, pisadas fuertes y al ritmo, las luces haciendo su trabajo.

You can't know up 'til you've been down

You can't take off tied to the ground

You can't live days scared of the night

And if it's dark don't mean there's no light

But in the silence, we can make a sound

Trueno, rayos y...

Everyone wants

Everyone needs

Looking for something to believe

When we get close, everyone knows

Feels like we're going home

Everyone wants

Everyone dreams

In the end love is all we need

When we get close, everyone knows

Feels like we're going home

Las luces cambian de colores, los chicos corren y ríen, cantan con las fans y nadie que queja de estar bajo la lluvia.

¡Quiero quedarme aquí más tiempo!

— ¡Feels like we're going home! –canto con Katie agitando los anillos.

You can't know love 'til you know pain

You can't feel pride 'til you feel shame

— ¡Idiota! –grita Chiara cuando Parker tira agua al público y le cae casi toda a ella.

— ¡Ya está lloviendo no seas chillona!

'Cause love's one thing you can't pretend

And desperation's not your friend

But in the silence, we can make a sound, oh

Everyone wants

Everyone needs

Looking for something to believe

When we get close, everyone knows

Feels like we're going home

Everyone wants

Everyone dreams

In the end love is all we need

When we get close, everyone knows

Feels like we're going home

Los bailarines reaparecen, dan giros, aplauden y dan dos pisadas al escenario.

When we get close, everybody knows

(Feels like we're going home)

Feels like we're going home

Los chicos cantan una parte y todo el público la a completa con el coro de los bailarines.

(When we get close, everybody knows)

When we get close, everybody knows

(Feels like we're going home)

— ¡Tres, dos, uno...!

Feels like we're going home

Dejan caer globos blancos, confeti y brillos. Las notas altas de los cuatro vocales explotan, el sonido de los fuegos artificiales en el cielo junto con la lluvia, los rayos y el trueno. Los anillos arriba, los chicos tirando agua y utilizando las mangueras que sacan espuma y niebla.

Everyone wants

Everyone needs

Looking for something to believe

When we get close, everyone knows

Feels like we're going home

Everyone wants

Everyone dreams

In the end love is all we need

When we get close, everyone knows

Feels like we're going home

Los siete se alinean, se toman de las manos y hacen una reverencia de agradecimiento.

Feels like we're going home

Feels like we're going home

Feels like we're going home

Feels like we're going home

Un rayo ilumina todo el cielo, todooo, tanto que temo por quedar ciega. El trueno se escucha fuertemente, las luces del escenario se apagan y salen más fuegos artificiales.

Al volver la mirada al escenario, no hay nadie. Las pantallas se encienden mostrando un mensaje volviendo a emocionar a la gente:

THE THUNDER LIGHTS WILL RETURN

Quiero estar ahí cuando eso pase.

¿Y si salgo corriendo? Demasiado riesgo.

Si no me encuentran seré un perrito callejero.

Jaden aparece y sube a la camioneta en la que ya me encuentro arriba. Me mira, lo miro. Sonríe y sonrío, pero internamente yo estoy que me meo de los nervios.

— ¿Del 1 al 10 que tan cursi me vi?

— ¿En verdad quieres la respuesta?

Siento el aire por mis pulmones cuando el ambiente entre los dos no parece tenso.

La camioneta arranca, él cierra los ojos y yo no dejo de verlo ya que siento que cada segundo que pasa es un segundo perdido.

—Jaden, ¿Realmente soy especial?

Abre los ojos se gira de medio lado y me sonríe.

—Miriam, eres tan especial que puedes destruirme y volverme a construir con una sola mirada. El solo pensar el poder que tienes sobre mí me da escalofríos, pero no temo de mostrarte todo lo que fui, soy y puedo ser. Hace mucho no sueño con algo, y es que quiero ser tu novio, Mir.

¿Lo ha dicho? ¿En verdad lo ha dicho?

Mis labios tiemblan y aprieto mis ojos en mi trance.

— ¿Del 1 al 10 que tan real es esto? –le pregunto.

—100. Es 100 por ciento real.

—Soy un desastre.

Mi corazón tiembla cuando niega con una sonrisa.

—El mundo es un desastre, no tú.

—No me gusta Iron man –digo sacándole una risita.

—A mí no me gusta ser romántico y casi me declaro en un concierto –me hace reír.

—Indirectamente lo hiciste.

— ¿Entonces?

—Entonces si quiero que seas mi novio.

Llego hasta él, me subo a sus piernas y beso la parte de inferior de sus labios haciéndolo gruñir.

—Me gusta molestarte –rozo sus labios con los míos y este vuelve a sonreír.

—Me gusta ser tu novio.

Sus manos se enredan en mi cintura antes de besarme por completo.

Antes de que mi corazón decida no querer soltarlo.

CPSIA information can be obtained
at www.ICGtesting.com
Printed in the USA
LVHW081635100323
741371LV00004B/139